À PROPOS DE L'AUTRICE

Diplômée d'Histoire à l'université de Londres, Nicola Cornick a connu le succès dès la publication de son premier roman, aux États-Unis et en Angleterre. Avec sa série des « Glory Girls », Nicola Cornick fait revivre la Régence anglaise avec brio. Ses romans se caractérisent par le goût de l'aventure, du mystère, mais aussi par des personnages extrêmement vivants et un réel talent pour l'intrigue.

L'inconnu du bal

NICOLA CORNICK

L'inconnu du bal

Traduction française de
HÉLÈNE ARNAUD

Les Historiques

HARLEQUIN

Collection : LES HISTORIQUES

Ce roman a déjà été publié en 2019

Titre original :
ONE NIGHT WITH THE LAIRD

HARPERCOLLINS FRANCE
83-85, boulevard Vincent-Auriol, 75646 PARIS CEDEX 13
Service Clients — https://www.harlequin.fr/contenu/contactez-nous
ISBN 978-2-2805-2224-3 — ISSN 1159-5981

Édité par HarperCollins France.
Composition et mise en pages Nord Compo.
Imprimé en août 2025 par ScandBook UAB en Lituanie
en utilisant 100% d'électricité renouvelable.
Dépôt légal : septembre 2025.

FSC
www.fsc.org
MIXTE
Papier | Pour une gestion forestière responsable
FSC® C021394

Pour limiter l'empreinte environnementale de ses livres, HarperCollins France s'engage à n'utiliser que du papier fabriqué à partir de bois provenant de forêts gérées durablement et de manière responsable.

Pour Alison Lindsay. Merci !

Le plaisir est un péché et parfois le péché devient plaisir.

— Lord BYRON

1

Édimbourg, Écosse – avril 1815

Il fallut dix minutes pour passer de la nouvelle à l'ancienne ville d'Édimbourg en calèche. Pendant ces dix minutes, Jack dut subir l'une des pires et plus incontrôlables érections de sa vie. Durant toutes ces années, il avait eu le temps d'apprendre que l'anticipation était l'un des plus puissants aphrodisiaques du monde mais, ce soir, elle devenait presque insoutenable…

Sur la banquette d'en face était assise la femme à l'origine de sa gêne. Il ne la voyait pas distinctement, dans la lumière furtive des réverbères, cependant il sentait sa présence hypnotique et le parfum du jasmin accroché à sa peau et à ses cheveux. Il pouvait même entrevoir l'ombre d'un sourire sous son masque, et le goût délicat de ses lèvres, qu'il avait embrassées quelques minutes plus tôt, s'attardait dans son esprit. Elle l'avait repoussé, lorsqu'il s'était montré trop impatient, mais sans colère… Joueuse et mutine, elle lui avait fait comprendre en un geste que la soirée était loin d'être terminée.

Il avait une réputation de libertin, pourtant, il n'avait pas connu d'amante depuis longtemps. Était-ce pour cela qu'il avait oublié sa prudence habituelle et suivi cette femme mystérieuse, rencontrée quelques heures auparavant ? Il ne connaissait même pas son nom, ni n'avait vu son visage ! Tout ce qu'il savait, c'était que son désir pour elle lui embrasait la chair et le consumerait, s'il ne la possédait pas très vite.

Elle le savait aussi... Sans doute avait-elle autant conscience que lui de la tension qui montait dans la calèche, de l'attente qui devenait de plus en plus fébrile. Qu'il avait hâte de gober dans un baiser son petit sourire satisfait. Il aurait voulu lui faire l'amour ici, dans cette voiture, et laisser les cahots de la route guider le rythme de leurs ébats. Pourquoi cette femme le bouleversait-elle tant ? Ce n'était pas normal : jamais encore il n'avait craint à ce point de perdre le contrôle... Dès qu'il l'avait aperçue, il avait eu envie d'elle – et rien n'aurait pu l'en détourner.

La voiture s'arrêta soudain, sans prévenir. Un valet vêtu de noir, au visage impassible, ouvrit la portière et déplia le marchepied. Jack se tassa sur son siège pour laisser sa compagne descendre en premier. Elle rassembla les plis de sa robe de soie argentée dans une main et sortit d'un pas léger. Il la suivit, embrassant la rue d'un rapide regard. La calèche s'était arrêtée sur le Royal Mile. Non loin, la silhouette imposante de la cathédrale St. Giles se devinait derrière le fin voile de pluie qui dessinait des halos dorés autour des réverbères.

L'inconnue lui prit la main et l'entraîna dans l'une des allées sombres qui plongeaient entre les bâtiments et s'éloignaient de la rue principale. Là, il n'y avait pas la moindre lumière. Jack percevait le claquement discret des escarpins de la jeune femme sur les pavés et sentait la bruine froide tomber sur ses joues, tremper ses cheveux et sa veste. Les murs des immeubles se rapprochaient, ne laissant entre eux qu'un goulet étranglé.

Il plongeait tête baissée dans le danger et il le savait : ces allées obscures étaient le théâtre de tant d'embuscades, de vols et d'assassinats... Personne ne viendrait à son aide, ici. Voilà comment il allait être récompensé de sa quête insensée de plaisir sensuel – par un couteau en plein cœur !

Il s'immobilisa un instant au milieu de la ruelle. Son bon

sens parvint enfin à étouffer un peu le feu du désir. Hélas, à peine la mystérieuse inconnue s'était-elle retournée vers lui et avait-elle plaqué son corps délicat contre le sien qu'il cédait une fois de plus et l'embrassait. Dos au mur froid de l'immeuble, il s'enivra de sa chaleur féminine et de son parfum délicat. Elle lui rendit son baiser, fiévreusement, sans s'embarrasser de préliminaires ou de séduction. Exigeante et autoritaire. Une main plaquée sur sa nuque, elle maintint ses lèvres sur les siennes et enfonça ses doigts délicats dans ses cheveux. Il sentit alors la moiteur brûlante de sa langue sur la sienne et ne put réprimer un gémissement de désir.

Passant les mains sous la cape de la femme, il froissa la soie argentée qui glissait sous ses paumes. Il la prit par la taille et l'attira un peu plus contre lui. Sa poitrine se pressa sur son torse. Elle frotta légèrement ses hanches contre son bassin. Comment pouvait-il se laisser à ce point aveugler par le désir qui coulait dans ses veines ? C'était exaspérant !

Il devina soudain un petit éclat mutin au fond des yeux de sa compagne ; elle lui sourit dans la pénombre. S'écartant un instant, elle ouvrit une porte percée dans l'angle du bâtiment et cachée dans le noir. Lui reprenant la main, elle l'entraîna à l'intérieur.

La maison ne ressemblait en rien à ce à quoi il s'attendait ! Dans ce quartier pauvre aux immeubles lépreux et aux pavés sales, se cachait un palais miniature… L'intérieur de la demeure était poli, astiqué, luxueux. Partout où l'on posait les yeux, on ne voyait que bois lustré, éclats d'or et d'argent. Jack eut à peine le temps d'apercevoir la décoration de l'entrée que la jeune femme l'entraînait dans l'escalier de pierre. En un clin d'œil, il nota les teintes chatoyantes des longs rideaux fermés sur la nuit et l'étalement de coussins moelleux sur la banquette. Son hôtesse s'arrêta au milieu de l'escalier pour l'embrasser de nouveau et inséra la main dans son pantalon pour caresser son sexe dressé. Le geste fut si soudain, si inattendu que Jack faillit jouir sur place. L'excitation l'enivrait, lui donnait des vertiges. Il avait la bouche sèche et son cœur battait la chamade.

La chambre dans laquelle elle l'entraîna était plongée dans l'obscurité. Seules quelques braises rougeoyaient faiblement dans la cheminée. Il n'y avait pas une seule bougie d'allumée. L'inconnue referma doucement la porte et se tint devant un instant, les mains appuyées sur le bois. Jack devinait le poids de son regard posé sur lui. La pénombre rendait ses sens plus acérés – il entendait sa respiration haletante, qui lui indiquait qu'elle n'était pas aussi calme et sereine qu'elle le prétendait... Ce détail l'emplit d'une profonde satisfaction. Il n'aurait certainement pas voulu être le seul à perdre le contrôle de ses désirs !

Dans un froissement de velours, elle dénoua les rubans de sa cape et la laisser couler sur le sol. La mousseline de soie de sa robe se mit à scintiller faiblement, tandis qu'elle s'approchait de Jack pour poser une main douce sur son torse. Elle déboutonna sa veste d'un geste sûr et la fit glisser de ses épaules, avant de faufiler les mains sous sa chemise pour trouver la chaleur de sa peau. Il l'entendit retenir sa respiration tandis qu'elle le caressait. En dépit de l'excitation qui bouillonnait en lui, il resta parfaitement immobile et la laissa faire. Faute de mieux, lui résister lui donnait déjà un petit goût de victoire...

Elle se hissa sur la pointe des pieds pour l'embrasser – elle était assez grande, mais beaucoup moins que lui. Il passa les doigts dans ses boucles satinées. Il ne savait même pas de quelle couleur étaient ses cheveux : pendant toute la soirée, elle avait porté un capuchon par-dessus son masque. Très vite, il rencontra quelques épingles maintenant son chignon en place et les retira. Elles tombèrent sur le parquet dans un tintement discret, et les longs cheveux de l'inconnue ruisselèrent en une cascade souple sur ses épaules.

Elle lui mordilla la lèvre avant d'insinuer la langue entre ses dents. En un éclair, Jack fut emporté par un tourbillon de sensations délicieuses. La main dans sa chevelure soyeuse, il la maintint plaquée contre lui et lui rendit ses baisers, cédant enfin à cette flamme qui le dévorait depuis le début de la soirée. Chacun de ses gestes était accueilli par un frisson sensuel, et son amante se montrait de plus en plus audacieuse. Elle l'embrassait comme si sa vie en dépendait, lui mordait les lèvres, le dévorait littéralement.

Malgré le tourbillon de sensations qui l'emportait, Jack remarqua qu'elle avait certains désirs à elle et qu'elle ne se privait pas pour les explorer. Ce fut elle, par exemple, qui inséra une dague froide dans sa main et qui se retourna sans un mot pour qu'il tranche les lacets de son corsage. C'était de la folie, dans le noir ! Néanmoins, Jack parvint à passer la lame entre les épaisseurs de tissu et il entendit la soie se fendre lentement avant de céder d'un seul coup. La robe et les jupons glissèrent aussitôt.

L'inconnue était nue. Jack le sentait. La chaleur de sa peau lui parvenait dans l'obscurité. Il perçut de nouveau le parfum du jasmin, plus discret, plus sucré et sensuel. Il se souvint alors de la sensation de cette poitrine pressée contre lui. Il attrapa alors la femme par la taille, mais la lame glacée de la dague vint se plaquer contre sa gorge, et il recula brusquement d'un pas. Une main appuyée sur son torse, elle le repoussa. Ses cuisses rencontrèrent le bord d'un lit. La lame se fit plus insistante, et Jack se laissa tomber en arrière, atterrissant au milieu du matelas le plus large, le plus moelleux et le plus confortable qu'il ait connu.

Elle lui ôta prestement sa chemise et le chevaucha, resserrant les cuisses autour de ses hanches. D'une main, elle déboutonna son pantalon et libéra son sexe. Jack tenta de la faire rouler sous lui, mais la lame, sur sa gorge, l'en dissuada. Immobile, il sentit alors la pointe du couteau descendre sur son torse – caresse dangereuse qui traça un chemin le long de ses côtes, de son ventre, jusqu'à ce que le plat de la lame effleure la pointe de son sexe, emprisonné dans la main ferme de l'inconnue.

Seigneur, elle était folle ! Et lui aussi avait l'impression de perdre la tête...

D'un seul coup, elle jeta la dague et grimpa sur lui pour se laisser descendre sur son sexe brûlant. Il étouffa un cri de plaisir tant la chaleur de ce corps était agréable, après cette longue attente. L'inconnue se pencha pour étouffer ses gémissements dans un baiser fiévreux. Elle jouait des hanches, de plus en plus vite, de plus en plus fort, jusqu'à ce que la jouissance le saisisse et lui arrache de violents frissons d'extase.

Lorsque ses cris et ses soupirs se furent calmés, elle s'allongea à côté de lui sur le matelas. Jack entendait à peine son souffle discret – et aussi court que le sien. Jamais il n'avait connu d'ébats aussi sensuels, aussi exubérants. Néanmoins, il avait l'impression que quelque chose lui manquait. Mais quoi ?

Il se tourna instinctivement vers son amante, ce qui n'avait aucun sens, puisqu'il faisait toujours aussi noir. Elle bougea et, d'un seul coup, il eut peur qu'elle s'enfuie.

Alors qu'elle allait se redresser, il lui saisit le poignet et la retint fermement. Il la ramena dans le creux de son bras et la serra contre lui pour l'empêcher de partir.

— Vous savez que c'est très impoli de quitter un homme juste après l'amour ? murmura-t-il contre ses cheveux.

Il savoura le frôlement soyeux de ses boucles défaites contre ses lèvres.

Elle resta silencieuse un moment, puis rit, et son corps se détendit. Cependant, elle ne répondit pas.

— Comment vous appelez-vous ?

Il avait besoin de lui parler, un besoin désespéré, comme si leurs ébats passionnés n'avaient pas été suffisants. C'était étrange... Jusque-là, il n'avait jamais désiré autre chose qu'un simple contact physique avec ses maîtresses.

— Je m'appelle Rose, affirma-t-elle après une courte hésitation.

Ce n'était donc pas son vrai prénom.

— Moi, c'est Jack.

Il n'avait pas pour habitude de mentir, de cacher une partie de la vérité ou de se montrer évasif. Ce n'était pas son genre.

Pour toute réponse, elle lui caressa doucement le torse. Manifestement, elle n'aimait pas parler, mais elle savait bien se racheter d'autres manières... Le moindre effleurement avait le don de faire tambouriner le cœur de Jack dans sa poitrine.

— J'aimerais vous voir.

— Non, dit-elle immédiatement, d'une voix presque paniquée.

— Pourquoi pas, chérie ?

Il fit de son mieux pour paraître détendu, apaisé, afin de ne pas l'effrayer davantage. Lui caressant la tempe, il en chassa une mèche égarée, puis s'attarda sur la peau douce de sa joue.

Elle se tortilla un instant dans ses bras, comme si cette intimité et sa gentillesse la mettaient mal à l'aise. Elle ne voulait pas se sentir trop proche de lui ; ce qui était étrange, après ce qu'ils venaient de partager.

— Je ne veux pas de lumière, reprit-elle d'une voix soudain autoritaire.

Elle avait coutume de donner des ordres... Plus il en devinait à son sujet, plus elle l'intriguait.

— Et si j'en veux, moi ?

— Vous allez devoir vous satisfaire de vos mains.

Joignant le geste à la parole, elle lui prit le poignet et plaça sa paume sur son sein, lui faisant comprendre ainsi que la discussion était close. Elle le manipulait, mais il ne put résister. Il sentit le téton durcir contre sa main, et son propre sang s'échauffa. Il s'abandonna une nouvelle fois au désir et profita de cette poitrine offerte, la cajolant, l'embrassant, la mordillant. Il se laissait volontiers distraire et savourait les petits gémissements de son amante, qui se cambrait pour mieux s'offrir à ses attouchements.

De temps à autre, un murmure étouffé le pressait de la mordre, de sucer son téton plus fort, presque pour mêler la douleur au plaisir. De nouveau, le sexe de Jack se redressa, tendu et impatient. Quand son amante mystérieuse s'étendit sous lui et le supplia de lui faire l'amour sans retenue, il céda à sa demande sans se faire prier et la pénétra avec fougue, tandis qu'elle s'agrippait aux montants du lit. Ce fut une étreinte sauvage, dépravée, inavouable. Jack eut l'impression d'avoir plongé au cœur d'un rêve sombre et libertin ; mais, même au cœur de ce plaisir, il sentait que quelque chose n'allait pas. C'était un peu comme si cette femme lui demandait de la punir. Comme si chaque coup de reins, chaque morsure, chaque baiser était une repentance pour elle.

Tout au long de la nuit, elle s'offrit à lui et le laissa faire ce qu'il voulait de son corps, poupée sensuelle et passionnée entre ses mains – et ce fut spectaculaire, excitant…

Au bout d'un moment, épuisé et comblé, Jack se laissa aller sur le lit, le souffle court. Hélas, il n'arrivait toujours pas à chasser cette impression de manque, de vide. Quand il lui fit l'amour pour la dernière fois, il fit de son mieux pour prendre son temps, langoureusement, et ancrer un peu plus l'intimité qu'ils partageaient. Transformer cette nuit anonyme en autre chose, et retenir ces instants précieux avec cette femme énigmatique. Il ne savait même pas pourquoi il tenait tant à créer un lien avec elle, alors qu'il avait passé sa vie à ne cultiver que des aventures brèves et sans conséquence. Était-ce parce que son inconnue incarnait une sorte de défi pour lui ? Il n'avait pas l'habitude que ses maîtresses lui cachent des choses – au contraire, c'était en général elles qui s'accrochaient à lui et cherchaient à établir une familiarité dont il ne voulait pas.

À présent, la peau de la jeune femme était humide et chaude, aussi fébrile que la sienne. Elle suivait ses mouvements, comme si leurs corps étaient bercés par une vague de sensualité qui allait et venait toujours. Pourtant, même en lui offrant son corps, elle lui refusait ce qui importait le plus...

Elle s'endormit dans ses bras quand le raz-de-marée se fut calmé, mais Jack fut incapable de trouver le sommeil avant plusieurs heures. Il écouta sa respiration paisible, les sens en alerte. À un moment, elle cria. Il la serra contre lui et elle parut se calmer, mais il sentit des larmes mouiller son torse quand elle y pressa la joue.

Finalement, la chaleur de ce corps abandonné le berça et il sombra à son tour dans les limbes. Il ne se réveilla qu'au matin, alors que le soleil, déjà haut dans le ciel, baignait la chambre d'une douce lumière.

Avant même d'ouvrir les yeux, il sut que l'inconnue ne serait plus là.

Il faisait encore nuit quand Mairi se réveilla. L'espace d'un instant, elle se sentit légère et libre, sans le moindre souci. Son corps était comblé, rassasié de plaisir... Mais, quelques secondes plus tard à peine, la solitude vint de nouveau l'envahir, aussi sombre, froide et triste qu'une longue nuit d'hiver.

C'était toujours ainsi, lorsqu'elle se réveillait. Elle profitait d'un court instant de sérénité et de paix, avant de replonger dans l'amertume et l'obscurité. Là, la douleur et le deuil l'attendaient, tapis comme des fauves sur le point d'attaquer. Ce matin-là, son désespoir était encore plus profond que d'habitude, aussi perçant qu'un poignard acéré. Elle avait espéré noyer son malheur dans le plaisir de la chair, mais cela n'avait fait qu'empirer les choses...

Elle se glissa hors du lit, regrettant immédiatement la chaleur du corps de Jack. Il s'était endormi allongé sur le côté, un bras passé autour de sa taille comme si elle était sienne. Comment avait-elle réussi à trouver le sommeil ainsi, dans les bras d'un inconnu ? Ce n'était pas bien. Ce n'était pas ce qu'elle avait voulu, elle qui rejetait tout ce qui pouvait ressembler de près ou de loin à une forme d'intimité. C'était étrange qu'elle ait su offrir son corps à cet homme sans la moindre retenue et qu'elle regrette ensuite à ce point d'avoir dormi avec lui.

Traversée par un frisson soudain, elle enfila ses sous-vêtements et, sur la pointe des pieds, alla ouvrir le coffre dans lequel elle avait rangé une robe simple et un châle. Elle en noua les lacets en tremblant. Il faisait trop sombre pour voir ce qu'elle faisait, mais elle devait se presser. Toujours aussi précautionneusement, elle prit ses escarpins et se dirigea vers la porte. Déjà, une faible lumière commençait à filtrer à travers les volets. Elle ne voulait pas se retourner, pourtant, quelque chose la poussa à jeter tout de même un coup d'œil par-dessus son épaule.

Jack était allongé au milieu du grand lit, sous les draps froissés et les couvertures défaites. Le torse découvert, il exposait innocemment les muscles de ses épaules et le duvet doré qui lui recouvrait les pectoraux. Des cheveux fauves, un peu plus sombres, retombaient sur son front, et une barbe naissante se devinait sur sa joue. Des cils longs, noirs, bordaient ses paupières closes. Peu à peu, la lumière naissante dévoilait ses traits, son nez un peu long et son menton volontaire. C'était un visage déterminé, assez beau pour séduire n'importe quelle femme...

Soudain, Mairi étouffa un cri.

Le choc la cloua sur place. Horrifiée, tétanisée, elle continua à dévisager celui avec qui elle avait passé la nuit.

Jack Rutherford.

Non ! Impossible !

Prise de vertige, elle se retint au montant du lit pour ne pas tomber. Comment est-ce que cela avait pu arriver ? Elle avait délibérément choisi un parfait étranger, dans un bal masqué... Elle l'avait vu dès qu'elle était entrée dans la salle, vêtu d'un domino noir et d'un masque, et quelque chose en lui avait immédiatement retenu son attention. Elle lui avait trouvé un air un peu sauvage, un peu dangereux. C'était un inconnu – exactement ce qu'il lui fallait. Ils n'avaient pas parlé, n'avaient partagé qu'une danse, et cela avait suffi à réveiller le feu du désir au creux de ses reins. Elle l'avait alors pris par la main et l'avait amené là, dans la petite maison qu'elle avait achetée en secret, dans une ruelle de la vieille ville. Elle avait voulu que cette nuit reste un mystère délicieux… Hélas, elle avait choisi sans le savoir un homme qu'elle connaissait déjà trop bien !

Jack Rutherford. Sans doute aurait-elle dû se méfier en entendant son prénom, la veille, mais elle n'y avait même pas prêté attention. Tant d'hommes se prénommaient Jack… Elle n'avait pas non plus reconnu sa voix – ils s'étaient si peu vus, ces derniers mois, que ce n'était pas surprenant.

À présent, elle ne savait plus que faire, ou que penser. Elle n'appréciait *même pas* Jack Rutherford ! C'était un homme arrogant, sûr de lui et effroyablement présomptueux, bien trop conscient de son charme et de l'effet qu'il produisait sur les femmes. Ils avaient été obligés de se côtoyer quand sa propre sœur avait épousé le cousin de Jack, trois ans plus tôt. Dès le premier jour, il lui avait proposé d'apprendre à se connaître mieux – intimement. Elle avait rejeté ses avances avec un dédain glacial et, après cela, tous deux s'étaient à peine adressé la parole. Ils partageaient depuis un profond dégoût mutuel…

Mairi s'agrippa de plus belle au bois poli. Tout son corps se crispait et le sang battait contre sa tempe. Pourquoi donc avait-elle été attirée ainsi par cet homme ? Sans le savoir, elle avait choisi le seul dont elle n'aurait jamais dû s'approcher. Ils étaient déjà liés par l'union de leurs familles et leurs amis communs ! Comment allait-elle pouvoir lui cacher la vérité, quand elle le reverrait ?

Un courant d'air froid traversa soudain le plancher, et elle frissonna de plus belle. Elle avait suffisamment de regrets au sujet de cette nuit sans avoir besoin de cela en plus… Elle n'avait eu qu'une envie, pourtant : se noyer dans un univers de plaisir physique pour oublier ne serait-ce qu'un instant le malheur qui pesait sur elle. Hélas, même si cette nuit passée avec Jack avait été spectaculaire, elle n'avait pas eu l'effet escompté.

Son amant d'un soir s'étira soudain dans son sommeil et se retourna dans un soupir. Une nouvelle vague de panique envahit Mairi. Il ne fallait surtout pas qu'il apprenne qu'elle était la femme masquée ! S'il découvrait son identité, il lui poserait des questions gênantes auxquelles elle n'avait aucune envie de répondre. Mieux aurait valu ne jamais le revoir, mais leurs liens familiaux rendraient cela impossible.

Elle se frotta nerveusement le front, à la fois frustrée et en colère contre elle-même. Elle avait presque l'impression d'avoir *délibérément* choisi cet homme – une pensée particulièrement dérangeante.

Il était grand temps de fermer la porte sur cette nuit, de s'en aller et de tout oublier. De faire comme si rien ne s'était passé.

Elle risqua un dernier regard en arrière. Jack était un homme dur, impitoyable, mais il avait fait preuve de tendresse, cette nuit. Et elle se sentait vulnérable à cause de cela. Comment aurait-elle pu faire le lien entre le Jack Rutherford qu'elle connaissait, au charme arrogant et tape-à-l'œil, et cet homme ? C'était à croire que tous les préjugés qu'elle avait eus à son égard avaient été renversés par sa douceur au lit... Il avait voulu savoir qui elle était, au lieu de se contenter de son corps offert. Pourquoi ?

Finalement, elle se détourna, cédant au raz-de-marée désespéré qui montait en elle, et referma doucement la porte. À cause de son imprudence, Jack et elle venaient de passer de simples connaissances à amants. Il lui faudrait à présent revenir en arrière et effacer cette nuit de sa mémoire, par n'importe quel moyen.

Dès qu'elle descendit dans le hall, Frazer apparut dans l'encadrement de la porte de service. Avait-il dormi ?

— Inutile d'avoir l'air si sévère, lui dit-elle. Vous n'êtes pas mon père.

Son majordome ne se détendit pas pour autant et, comme à son habitude, ses pensées restèrent un mystère. Il avait toujours eu un visage dur, austère et morose – un visage indéchiffrable. À la vérité, il était bien assez âgé pour être son père, et elle avait engagé ses jeunes et solides fils en guise de valet et de cocher. Cela faisait dix ans que Frazer travaillait pour elle, depuis son mariage. Il n'était qu'un domestique, pourtant, Mairi avait toujours l'impression de devoir gagner son estime. Ce matin, elle l'avait sans doute perdue pour toujours...

— Puis-je faire quelque chose pour vous, madame ? demanda-t-il avec une politesse exagérée. Voulez-vous que votre femme de chambre vous fasse couler un bain ?

— Faites juste préparer la voiture, s'il vous plaît, répondit-elle froidement.

Elle ne voulait pas perdre un seul instant, à présent. Intimidée par le regard de son majordome, elle se mit à tripoter nerveusement ses gants.

— Si vous pouviez ranger la chambre...

— Bien sûr, madame, s'empressa-t-il de répondre d'une voix glaciale.

— Le gentleman dort toujours.

— Voulez-vous que je le réveille ? Que je le rase ? Que je lui offre un petit déjeuner ?

Cette fois, il n'arrivait pas à dissimuler une pointe de sarcasme. Mairi lui lança un regard sévère, et il le lui rendit.

— Laissez-le dormir, dit-elle finalement, les joues en feu. Quand il se lèvera, vous lui demanderez de partir. Et... Frazer ? S'il devait poser la moindre question...

Il acquiesça.

— Bien entendu, madame. Pas un mot.

— Merci.

Elle sentit sa gorge se nouer, et des larmes amères lui

montèrent aux yeux. Frazer désapprouvait peut-être son comportement, mais il lui restait fidèlement loyal. Cela faisait quatre ans, maintenant, qu'elle avait perdu son époux, Archie, et la même douleur assombrissait toujours ses journées.

Quand elle sortit sur Candlemaker Row, un vent froid vint la gifler. Le ciel se parait de reflets perlés, au-dessus des toits d'Édimbourg. Mairi resserra son châle. Lorsqu'elle atteignit le Royal Mile, sa voiture avait été avancée, et l'un des beaux-fils de Frazer se tenait devant, prêt à lui ouvrir la portière. Elle s'installa sur la banquette et partit pour sa maison de Charlotte Square. Elle n'avait qu'une envie : prendre un bain chaud et enfiler des vêtements propres... Elle souffrait trop : son corps à cause du plaisir, et son cœur à cause de tout le reste.

Bercée par le mouvement de la calèche, elle ferma les yeux. En dépit de la sensuelle intimité de la nuit, elle se sentait plus seule que jamais...

2

Juillet 1815

— Tu sembles particulièrement abattu, Jack, remarqua Robert, marquis de Methven, en jetant ses cartes d'un air amusé. Des problèmes d'argent ?

Ses yeux bleus le sondaient, par-dessus la table de jeu.

— Qu'est-ce qui te fait penser ça ? répondit Jack en déposant lentement ses cartes sur le tapis, avant d'attraper sa tasse de café.

Il était bon, chaud, exceptionnellement savoureux. Pourtant, il ne l'aida pas à se sentir mieux... Ce dont il aurait vraiment eu besoin, c'était d'un bon verre de brandy ; mais il essayait de limiter sa consommation depuis des années. L'alcool lui avait causé assez de problèmes dans sa jeunesse, et il n'avait pas l'intention de perdre de nouveau le contrôle.

— Tu joues aussi prudemment qu'une vieille fille qui a peur de perdre un shilling au whist ! lança Methven avec un grand sourire. Tu as l'esprit ailleurs ! Et ça ne peut pas être à cause d'une femme, parce que tu ne les laisses jamais t'attendrir...

Jack se dandina sur sa chaise, gêné. Il renversa même un peu de café en reposant sa tasse et, quand il releva la tête, ce fut pour voir son cousin se moquer de lui.

— Bon sang, Rob, marmonna-t-il sans réelle colère.

— Je ne t'ai encore jamais vu dans un état pareil. J'imagine que ça devait arriver tôt ou tard, cependant… Qui est-ce ?

Jack hésita un instant. Le club était aux trois quarts vide et plongé dans un calme profond. Ce n'était pas plus mal : il n'avait aucune envie de se donner en spectacle en racontant ses malheurs en public. Jamais il ne s'était trouvé dans une situation pareille… En général, il s'épuisait à chasser ses maîtresses envahissantes, pas à soupirer après une femme qui avait disparu de sa vie.

— Je ne sais pas qui elle est, avoua-t-il finalement.

Methven parut surpris.

— Elle ne t'a pas dit son nom ?

— Nous n'avons pas beaucoup parlé…

Son cousin poussa un soupir à la fois résigné et condescendant. Il connaissait bien ses habitudes.

— Elle était comment ?

— Grande, fine, avec des cheveux longs. Je n'en sais pas plus… Il faisait trop sombre pour bien la voir.

Cette fois, Methven manqua de s'étouffer avec son brandy.

— Seigneur, Jack ! Et où est-ce que cette… euh… *rencontre* a eu lieu ?

— À un bal masqué, répondit Jack dans un haussement d'épaules. En tout cas, c'est là que ça a commencé ; et ça s'est fini… ailleurs. Quelque part dans la vieille ville.

Son cousin éclata de rire. Peut-être était-ce drôle, en effet. Après tout, il avait la réputation de fuir ses amantes avant l'aube, et voilà qu'il soupirait après une femme qui s'était servie de lui et l'avait abandonné sans le moindre scrupule ! Une telle chose ne lui était jamais arrivée : c'était toujours lui qui partait, pas l'inverse.

Mais ce n'était pas pour cela qu'il tenait tant à la retrouver. C'était parce qu'il se sentait perturbé, distrait. Trois mois… Ça en devenait ridicule ! Il aurait dû l'oublier deux mois et vingt-neuf jours plus tôt. Pourtant, elle le hantait. La veille encore, il avait laissé une négociation commerciale lui échapper parce qu'il n'avait pas assez prêté attention à l'affaire. Un concurrent s'était engouffré dans la brèche et lui avait coupé l'herbe sous le pied. Aucune femme n'avait eu le pouvoir de le détourner de ses affaires, avant. C'était frustrant, exaspérant.

— Que *sais*-tu d'elle ? demanda soudain Methven.

Rien que Jack aurait voulu – ou pu – lui répéter. Elle était charmante et délicieuse, sa peau sentait le jasmin et était aussi douce que de la soie. Ses cheveux formaient des boucles parfaites. Il avait caressé son visage et savait qu'elle avait les traits fins, un nez droit et un petit menton volontaire. Sa poitrine était ferme et ronde, petite mais parfaite, et ses reins avaient une courbure sensuelle qui le rendait fou. Et l'intérieur de ses cuisses était plus doux encore que tout le reste.

Le simple fait de penser à elle lui donnait systématiquement une érection et, s'il ne la trouvait pas très vite, il allait finir par perdre la tête. D'ailleurs, s'il tenait tant à la retrouver, où était le mal ? Il ne faisait qu'obéir à son désir. Une fois qu'il aurait satisfait ses envies, tout irait mieux... En attendant, il était rongé par une frustration perpétuelle.

— C'était une Lady, reprit-il, en se souvenant soudain de sa voix autoritaire, peu habituée au refus.

Et elle n'était pas vierge. Une femme sans expérience n'aurait pas pu s'abandonner avec aussi peu d'inhibitions... Cependant, sous son vernis d'assurance, il avait perçu une vulnérabilité. Elle était triste... Il se souvenait de son cri et de ses larmes en pleine nuit. Aujourd'hui encore, cela réveillait en lui un étrange instinct protecteur...

— Oublie-la, lui conseilla Methven. Tu connais la société d'Édimbourg. Ton inconnue est sans doute une épouse qui s'ennuie ou une veuve prédatrice... Pour elle, tu n'es qu'un nom parmi tant d'autres. De toute manière, cette nuit vous a apporté ce que vous vouliez, à tous les deux, non ?

Il haussa les épaules avec nonchalance et ajouta :

— Ne gâche pas ce bon souvenir, Jack.

C'était un bon conseil, mais difficile à accepter... Jack ne se faisait pas d'illusions : il n'avait certainement pas été l'unique conquête de sa mystérieuse amante. La calèche noire anonyme et le petit pied-à-terre luxueusement meublé le prouvaient. Sans doute n'avait-il été que le dernier d'une longue liste d'amants. Il avait passé une nuit avec elle ; une nuit de passion fiévreuse, sans lendemain, sans promesses, sans exigences. Combien d'hommes auraient rêvé d'être à sa place ? Il aurait dû se montrer reconnaissant. Et tourner la page. En tout cas, mieux valait pour lui ne pas se couvrir de ridicule une troisième fois, en retournant *encore* à la petite maison de Candlemaker Row, dans l'espoir de la trouver ou de convaincre le majordome guindé de l'aider dans sa quête.

Son cousin soupira de nouveau et poussa la cafetière vers lui.

— Elle doit être particulièrement douée, pour t'avoir fait perdre tes moyens comme ça, dit-il.

Jack ne répondit pas et serra les dents. Oui, elle était douée. Très douée. Jamais il n'avait connu une femme comme elle, capable de l'entraîner dans un océan de plaisir charnel et de le laisser pantelant sur le rivage, satisfait et frustré à la fois.

— Est-ce que tu as essayé de coucher avec une autre femme, juste pour rompre le charme ? suggéra Methven. Remplacer une catin par une aut...

Jack bondit sur ses pieds, une main sur la garde de son épée, sans même se rendre compte de ce qu'il faisait. Il vit alors son cousin hausser un sourcil d'un air amusé, comprit que c'était un piège et qu'il était tombé dedans comme un novice. Qu'est-ce que son cousin allait penser de lui ?

— Je m'excuse, s'empressa de murmurer Methven. Je ne pensais pas que tu en étais à ce point...

— Ce n'est pas ça, protesta Jack dans un grognement.

Il se rassit et se resservit du café.

— Je ne sais pas, en fait...

Il ignorait pourquoi il avait été aussi choqué par les paroles de son cousin, alors que celui-ci avait probablement raison.

Sa mystérieuse amante n'était sans doute qu'une catin des hautes sphères. Non. Une part de lui sentait que c'était le contraire, un détail essentiel à ses yeux, étonnamment.

— Ce n'était pas une courtisane.

— Est-ce que tu es retourné à l'endroit où tu l'as rencontrée ?

Methven le dévisageait plus gravement, guettant la moindre de ses réactions. Jack fit alors de son mieux pour ne pas trahir davantage ses émotions.

— Oui.

Le bal masqué avait eu lieu chez Lady Durness, sur Charlotte Square. Hélas, on avait fermé la maison pour l'été, et le majordome n'avait pas été d'une grande aide concernant la liste des invités. La calèche noire ne portait aucun insigne, aucun blason. La maison de Candlemaker Row, en dépit de son opulence, ne présentait aucun indice.

Il n'avait sans doute plus qu'à accepter la vérité. Cette femme ne voulait pas qu'il la retrouve, et il n'avait pas l'habitude de forcer la main à une femme. Ainsi, c'était bien la fin de cette étrange et excitante aventure. Il allait devoir trouver un moyen de passer outre sa colère et sa frustration à l'idée d'avoir été utilisé.

— Aucune importance, dit-il donc, en conjurant un sourire crispé. Tu voulais me parler de quelque chose de particulier, Rob ? Tu as mentionné une faveur, dans ta lettre.

Son cousin acquiesça. Il avait soudain le regard dans le vague, perdu, et Jack se sentit mal à l'aise. Finalement, Robert se tira de sa rêverie.

— Tu sais que nous allons baptiser Ewan à Methven, le mois prochain ? Nous aimerions que tu y sois...

Robert avait épousé Lady Lucy MacMorlan trois ans plus tôt et ils avaient déjà deux fils – le cadet n'était âgé que de deux mois. James, leur héritier, avait eu droit à un baptême grandiose l'année précédente. Visiblement, son petit frère allait recevoir le même honneur...

— J'imagine que ce sera encore un de tes grands rassemblements de clan, marmonna Jack.

Robert se mit à jouer pensivement avec son verre à pied.

— Oui, un baptême, c'est toujours une occasion assez formelle, répondit-il finalement, mais le reste du temps, nous serons simplement en famille.

Jack fit de son mieux pour réprimer une grimace. Il avait horreur des fêtes de famille et, cette fois, cela serait sans doute pire qu'avant. Les Methven et les MacMorlan étaient des ennemis historiques. Certains membres des deux clans étaient toujours à couteaux tirés...

— Ton mariage n'a pas suffi à apaiser les rancœurs ? Tu es vraiment obligé d'en faire plus ?

Robert parut amusé par sa réaction.

— Oui, je suis obligé. Lucy et moi n'avons pas vu Lachlan et Dulcibella, depuis leur fuite. Ils ont au moins eu le tact de ne pas se présenter au baptême de James, l'an dernier.

— Tu ne rates rien, crois-moi ! rétorqua Jack. Je te conseille de ne pas les inviter : grand-mère ne les supporte pas. Personne ne les aime, en fait. Je dois dire que tu l'as échappé belle, Rob...

Ce dernier sourit d'un air un peu absent, et Jack sut qu'il pensait à son épouse. Trois ans plus tôt, Robert avait été fiancé à Miss Dulcibella Brodrie, mais celle-ci s'était enfuie avec Lachlan, le frère de Lucy. Robert avait eu beaucoup de chance, ce jour-là. Lucy était une femme charmante, aussi intelligente que belle, et qui l'aimait plus que tout. Dulcibella, elle, était trop gâtée, superficielle, méprisante, et n'aimait qu'elle... Déjà, on murmurait que son mariage avec Lachlan battait de l'aile.

— Il faut que je trouve un moyen de m'entendre avec mon beau-frère, déclara Robert d'une voix tendue. Maintenant que Dulcibella a hérité des terres de Cardross, nous sommes voisins ; et je ne veux pas de difficultés.

Il se pencha, accoudé sur la table.

— Mais ce n'est pas de ça que je voulais te parler, Jack.

Nous nous demandions... Est-ce que tu accepterais de devenir le parrain d'Ewan ?

L'atmosphère de la pièce sembla soudain s'alourdir et un profond silence s'installa. Jack ne savait que répondre. La demande inattendue de son cousin avait jeté une chape glacée sur ses épaules. Devenir parrain l'obligerait à se rapprocher de sa famille, à accepter de nouvelles responsabilités. Il serait contraint d'avoir une réelle présence dans la vie de son filleul. Et, si par malheur quelque chose devait arriver à Robert et Lucy, il deviendrait le tuteur du garçon – un rôle qui ne lui irait pas du tout !

Il réprima un frisson et tenta de sourire.

— Tu n'as pas besoin de moi pour ça, dit-il d'un ton aussi léger que possible. Ewan a tout un clan de parents bien plus convenables que moi...

Son cousin le dévisageait gravement.

— Jack, si Lucy et moi devions avoir un accident, je tiens à ce que ce soit toi qui t'occupes de James et d'Ewan.

Une vague de panique monta à la gorge de Jack. Non ! C'était impossible !

— Rob...

— Lucy est de mon avis, ajouta Robert avec douceur. En tout cas, si tu t'en sens capable.

Jack n'osait plus le regarder en face. Il se concentra obstinément sur le marc de café qui tournoyait dans le fond de sa tasse.

— Je ne suis pas ce qu'on peut appeler un modèle, répondit-il en faisant de son mieux pour paraître nonchalant. Ewan mérite mieux.

— Au contraire ! Mon fils ne pourrait trouver mieux.

Puis, comme Jack ne disait rien, il céda un peu à l'impatience :

— Bon sang, mon vieux, aie confiance en toi ! Je sais très bien à quoi tu penses, mais tu as fait ce que tu pensais être le mieux pour Averil, à l'époque...

Jack le fit taire d'un geste sec. Il ne parlait jamais de sa sœur et il n'allait certainement pas commencer maintenant !

— Je l'ai laissée dans cette école atroce, Rob. Je n'ai rien fait pour elle !

Le silence se fit plus lourd, et chargé de non-dits cette fois. Au bout de quelques secondes, Robert soupira.

— Très bien. Je respecte ta franchise et je te comprends, dit-il, l'air résigné. Tu viendras quand même à Methven pour le baptême, n'est-ce pas ?

— Ce n'est pas vraiment une question, répliqua Jack. On dirait plutôt un ordre.

Une étincelle amusée passa dans le regard de Robert.

— Je n'ai aucune autorité sur toi, et tu le sais très bien.

Il laissa un instant passer avant de reprendre d'un ton plus confidentiel :

— Grand-mère serait très contente. Sa santé s'est dégradée, ces derniers temps... Te voir lui ferait du bien.

— Je n'apprécie pas le chantage, répondit amèrement Jack avant de soupirer à son tour. Très bien. Tant qu'elle ne prévoit pas de me marier avant la fin de la fête.

— Elle serait heureuse de te voir avec une épouse.

— Tu me caches quelque chose, Rob...

Methven acquiesça avec un demi-sourire.

— Grand-mère pourrait, je dis bien *pourrait*, avoir invité quelques jeunes femmes pour te les présenter.

— Parfait ! Un marché aux bestiaux ! lâcha Jack avec une grimace. Tu me décourages avant même que j'y sois, tu sais !

— Pourtant, tu dois bien penser à l'avenir, maintenant que tu as le domaine de Glen Calder, non ? insista son cousin.

— Mon avenir n'implique ni épouse ni famille, reprit gravement Jack. Tous les hommes ne rêvent pas de cela.

Il avala sa dernière gorgée de café. Une famille n'était certainement pas ce dont il rêvait. Ce qu'il voulait – ce dont il avait *besoin* – c'était la brûlure du brandy sur la langue. Pourtant, il pensait de moins en moins à s'enivrer pour oublier ses soucis, depuis quelque temps. Ce soir, en revanche, l'idée devenait de plus en plus tentante. Trop tentante...

Il connaissait ses faiblesses et savait très bien qu'il ne lui en faudrait pas beaucoup pour basculer. Il repoussa donc la bouteille pour ne plus l'avoir juste devant lui. Si seulement Robert n'avait pas bu... Néanmoins, ses problèmes n'avaient pas à peser sur les épaules de son cousin. Robert lui avait proposé de boire du café avec lui, et Jack avait accepté. Il avait horreur d'imposer sa faiblesse aux autres.

— Jack, tu ne dois pas t'en vouloir, murmura Robert en lâchant un petit juron dans sa barbe. Tu n'aurais jamais dû porter le poids des erreurs de tes parents.

— Ne parlons pas de ça, le coupa Jack.

Sa gorge se nouait, et il arrivait à peine à articuler. Les encouragements de Robert ne lui faisaient rien. Il n'arrivait pas à y croire, parce qu'il savait, au fond de lui, qu'il avait échoué. Il était le seul fils de la famille. C'était son devoir de protéger sa sœur et sa mère après la mort de son père. Mais il avait failli à ce devoir – et la honte ne l'avait plus jamais quitté.

De nouveau, la bouteille de brandy attira son regard. Ses doigts se crispaient dans ses efforts pour résister à cette compulsion, cette obsession qui montait peu à peu comme une marée mortelle.

Mieux valait qu'il reste seul. Ainsi, ses erreurs n'auraient de conséquences que pour lui. Finalement, il tendit la main et prit la bouteille.

— ... Lady Mairi MacLeod, disait Robert.

Jack se figea, le bras en suspens, et leva les yeux.

— Pardon ?

— Je disais que j'aimerais bien que tu escortes Lady Mairi MacLeod pour le baptême, répéta Methven.

Comme Jack ne répondit pas immédiatement, il ajouta :

— Je sais que tu ne l'aimes pas, mais c'est ma belle-sœur. Ce serait un geste de courtoisie.

Jack grimaça.

— Je suis obligé ?

Dire qu'il avait cru que cette soirée ne pouvait pas empirer !

Ce qu'il ressentait pour Mairi MacLeod allait bien au-delà d'une aversion passagère. Quand il l'avait rencontrée pour la première fois, trois ans plus tôt, au mariage de sa sœur, il l'avait trouvée à la fois fascinante, froide, belle et indépendante. Un vrai défi. Il aimait les riches veuves, et elles avaient tendance à l'apprécier en retour. Il n'avait donc pas perdu de temps et avait proposé à Mairi de devenir sa maîtresse. Hélas, elle lui avait sèchement fait comprendre ce qu'elle pensait de sa proposition et l'avait ensuite traité avec une profonde indifférence.

Il n'avait pas l'habitude des refus et avait constaté avec une profonde exaspération que Mairi l'attirait, malgré tout. Il y avait comme un lien sombre et sensuel entre eux, un lien qu'il ne pouvait ignorer. Et voilà qu'on lui demandait de passer une semaine de voyage avec elle, l'escortant sur les mauvaises routes des Highlands ? Il ne pourrait pas survivre à ce long et pénible trajet sans avoir tour à tour envie de l'étrangler et de lui faire l'amour !

En face de lui, Robert poussa un soupir exagéré.

— Je ne comprends pas ton antipathie pour elle.

— Dans ce cas, je vais me faire un plaisir de te l'expliquer, rétorqua Jack avec une pointe de cynisme. Lady Mairi est orgueilleuse et hautaine. Elle est trop riche, trop belle et trop intelligente.

De nouveau, la colère montait en lui. Comment pouvait-il être aussi sensible aux charmes de cette femme ? Même son amante voluptueuse et mystérieuse n'avait pas su rompre ce charme. Étrangement, il avait l'impression que ça l'avait renforcé, au contraire. Voilà qu'il éprouvait du désir pour *deux* femmes qui ne voulaient pas de lui, à présent !

Robert éclata soudain de rire.

— Est-ce qu'elle a d'autres défauts, à tes yeux ? murmura-t-il d'un air moqueur.

Jack se passa une main lasse dans les cheveux.

— Je préférerais ne pas avoir à l'escorter. Pourquoi ne peut-elle pas voyager avec sa famille ?

— Parce qu'ils sont à Forres et que Lady Mairi réside en ce moment dans sa propre maison, à l'extérieur d'Édimbourg, répondit calmement Robert. Ce n'est qu'un geste de politesse, Jack. Si Lady Mairi te déteste autant que tu le crois, elle refusera que tu l'accompagnes. Tout simplement.

— Ou bien elle acceptera juste pour me tourmenter... Très bien, céda-t-il avec un profond soupir. Mais tu me devras une faveur en retour !

— Je ne pense pas, non, répliqua sèchement Robert.

— Cinq minutes. Ça ne me prendra que cinq minutes pour lui poser la question et pour qu'elle refuse.

Il était hors de question qu'il passe du temps en sa compagnie. Il irait à Ardglen. Il proposerait à Mairi de voyager avec lui jusqu'à Methven. Elle refuserait. Et il repartirait. Une fois qu'ils se retrouveraient à Methven pour le baptême, il leur serait alors facile de s'ignorer cordialement...

À présent que son plan était établi, il sentit la tension quitter peu à peu ses épaules. Mairi MacLeod et lui-même parviendraient certainement à rester courtois pendant un si court moment. Cinq minutes. Et tout serait fini.

— Dites à Lady Mairi MacLeod que Mr Rutherford désire la voir.

Mairi était dans le salon quand elle avait entendu le heurtoir résonner dans l'entrée. Deux coups arrogants et autoritaires. Quelques instants plus tard, des voix échangèrent quelques mots et elle frissonna en reconnaissant les accents graves et sensuels de son visiteur. Sous le choc, elle manqua de se couper avec le petit sécateur qu'elle tenait à la main. Reposant avec précaution l'outil à côté du vase de roses qu'elle arrangeait, elle s'approcha de la porte entrouverte sur la pointe des pieds et attendit, consciente de la tension qui montait en elle. Le parfum entêtant des fleurs emplissait la pièce et la gênait presque pour respirer. Son sang tambourinait à ses oreilles. Elle s'agrippa à la poignée de la porte et ferma les yeux pour chasser le vertige qui la prenait soudain.

Le temps passé lui avait donné une fausse impression de sécurité. Elle avait quitté Édimbourg le matin même où elle avait laissé Jack endormi dans la maison de Candlemaker Row et s'était installée dans sa maison de campagne. Là, elle n'avait vu personne et avait pensé que cela suffirait à éviter Jack Rutherford. Peu à peu, n'ayant eu aucune nouvelle de lui, elle avait espéré qu'il l'ait oubliée.

Et pourtant il était là.

Elle fit de son mieux pour prendre de profondes inspirations, se répétant qu'elle ne risquait rien. Même si Jack avait réussi à l'identifier, elle n'était pas obligée de le voir. Elle avait ordonné à ses valets de ne laisser entrer personne, et ils étaient bien formés.

Au même instant, confirmant ses pensées, elle entendit l'un d'entre eux repousser poliment Jack, avec la maestria d'un domestique expérimenté.

— Je suis navré, monsieur, mais Lady Mairi ne reçoit pas en ce moment.

— Oh ! elle me recevra, moi ! répondit fermement Jack.

Mairi voulut reculer, se cacher. Trop tard. Jack avait-il vu son ombre passer sous la porte, sur le marbre blanc de l'entrée ? Avait-il senti sa présence ? Quoi qu'il en soit, moins de dix secondes plus tard, il entrait dans le salon d'un pas déterminé et se campait devant elle. Ses gestes étaient empreints d'un mélange d'autorité et de grâce qui la troubla. Le souffle court, elle fut traversée par des frissons incontrôlables. Quand elle se rendit compte qu'elle tremblait, elle serra vivement les mains pour dissimuler sa faiblesse.

La première chose qu'elle remarqua fut l'élégance de sa tenue. Il avait pris soin de son apparence, avant de lui rendre visite. Comment devait-elle interpréter cela ? Jack s'habillait toujours avec goût, mais il avait fait plus d'efforts encore que d'habitude. Ses vêtements étaient particulièrement luxueux et coupés à la perfection. Sa chemise de lin blanc était immaculée et ses bottes lustrées. Il portait très bien cette tenue, avec une élégance nonchalante. Tant d'hommes paraissaient ridicules, dans leurs vêtements à la mode, corsetés dans leurs chemises amidonnées et leurs vestes trop rigides... Jack Rutherford, lui, n'avait pas besoin de tout cela pour mettre son charme en valeur. Sa veste vert sombre s'ajustait sans un pli à ses solides épaules. Son pantalon épousait ses jambes comme une seconde peau et dessinait les contours de ses cuisses musclées.

Mairi sentit une étincelle d'excitation s'allumer au creux de son ventre. Son souffle se fit plus laborieux et son cœur se mit à battre plus fort. Jack avait l'air un peu trop dangereux, et beaucoup trop beau, avec ses cheveux fauves retombant sur son front, ses yeux rieurs, et la ligne franche de sa mâchoire rasée de frais. Les excès inavouables qu'ils avaient commis durant leur nuit de passion revinrent la hanter à tel point qu'elle n'était plus certaine de pouvoir contrôler ses émotions.

Elle le fixait, réalisa-t-elle soudain. Agacée par cet instant de faiblesse, elle prit une profonde inspiration, tandis que Jack la saluait avec une grâce inégalée.

— Lady Mairi.

Il ne s'excusa pas d'être venu sans se faire annoncer, ou d'avoir ignoré le refus explicite transmis par son valet. À Édimbourg, elle avait cru garder le contrôle de la situation. À présent, sa présomption lui paraissait absurde. Jack était bien trop énergique pour laisser le contrôle à qui que ce soit. Son charme tranquille cachait une volonté de fer...

— Monsieur Rutherford, répondit-elle avec toute la froideur dont elle était capable.

Il la regarda un instant, mais ne parut pas reconnaître en elle son amante masquée.

Il ne savait pas !

Elle chancela tant elle était soulagée et dut presque se retenir à la table pour ne pas s'écrouler. Étrangement, d'autres émotions se mêlèrent à sa joie. Parmi elles, une pointe de déception… La femme en elle voulait qu'il se souvienne.

Quelle folie ! Elle aurait dû être heureuse de s'en tirer à si bon compte. Heureuse et reconnaissante. N'importe quoi, sauf cette frustration absurde.

— Comment allez-vous ? demanda-t-elle froidement. Bien, je l'espère.

Jack eut un petit sourire cynique, comme s'il savait que ses paroles n'étaient rien d'autre qu'une courtoisie de façade. Il ne prit même pas la peine de lui répondre.

— J'ai cru comprendre que vous comptiez vous rendre à Methven pour le baptême de votre neveu, dit-il simplement en examinant la pièce, comme s'il n'avait pas envie de la regarder. Je suis venu me proposer comme escorte.

Il était donc là à cause du baptême d'Ewan… Mairi fut à la fois soulagée de comprendre les raisons de sa visite, et profondément irritée de voir qu'il lui offrait ses services avec autant d'indifférence.

— C'est très gentil à vous, murmura-t-elle sans chaleur dans la voix. J'ignorais que vous teniez tant au plaisir de ma compagnie.

Il la regarda de nouveau, distant et sans trahir la moindre émotion.

— Je suis venu à la demande de mon cousin, madame, pas pour mon bon plaisir.

— Bien sûr. Je m'en doutais, lâcha-t-elle avec un sourire aussi glacial que le sien. Dans ce cas, veuillez dire à Lord Methven que j'apprécie sa gentillesse, mais que je préfère organiser mon voyage moi-même.

Jack acquiesça. Il n'avait manifestement pas l'intention d'insister, sans doute parce qu'il n'avait aucune envie de l'accompagner sur la longue route du château de Methven.

Son comportement indiquait clairement qu'il avait hâte de quitter son salon – et de ne plus la revoir. Elle le comprenait... Si elle était hantée par les souvenirs sensuels de la nuit qu'ils avaient passée ensemble, Jack, lui, ne voyait toujours en elle que la femme qui avait rejeté ses avances et l'avait ensuite traité avec dédain. Une femme qu'il détestait et à qui il était malheureusement lié par une union entre leurs deux familles.

Si seulement il savait... L'ironie amère de la situation faillit lui arracher un sourire.

— Au revoir, monsieur Rutherford, dit-elle après un court silence. Heureusement pour nous, le château de Methven est assez grand pour que nous n'ayons pas à nous côtoyer de trop près pendant notre séjour là-bas.

Elle reprit son sécateur, appréciant la froideur du métal sur sa paume brûlante.

Il allait partir d'un instant à l'autre. C'était fini.

Hélas, il s'attarda encore un instant et jeta un bref coup d'œil aux roses qu'elle agençait. Leur rouge intense, profond, ressortait sur le bois de la table, dans un rayon de soleil. La lumière faisait danser des ombres sur son visage, mettant en valeur ses pommettes hautes et sa mâchoire carrée. Mairi sentit son cœur battre plus fort. Quand il leva les yeux sur elle, elle eut peur de ne pas réussir à conserver son vernis d'indifférence.

— Ma grand-mère adorerait vos fleurs, dit-il soudain. Elle a toujours aimé les roses. C'est vous qui les faites pousser ?

— Oui, dans le jardin muré, répondit-elle en effleurant amoureusement un pétale du doigt. Celles-ci ont été spécialement greffées et on leur a donné mon nom : Mairi Rose...

Soudain, elle se figea, la gorge sèche. Cette nuit-là, à Édimbourg, elle lui avait dit s'appeler Rose !

Il ne parut pas faire le rapprochement et examinait les fleurs, la tête baissée. Immobile.

Au bout de quelques instants, Mairi retrouva son calme.

Elle alla ouvrir la porte en grand pour faire comprendre à son hôte qu'il était temps pour lui de partir.

— Bonne journée, monsieur.

Jack leva les yeux et croisa son regard.

Soudain, le cœur de Mairi s'arrêta. Toute indifférence avait disparu, remplacée par une pointe d'incrédulité et une colère si sombre, si violente, qu'elle ne put réprimer un frisson.

— Rose, répéta-t-il à mi-voix.

Mairi sentit sa gorge se nouer davantage. Sa main glissa de la poignée de porte, et elle eut soudain envie de monter l'escalier en courant pour se cacher quelque part, à l'étage. Hélas, comment aurait-elle pu fuir cet homme ?

— Il me semble que vous étiez sur le point de partir, monsieur Rutherford, dit-elle d'une voix faible et mal assurée.

Mais il ne bougea pas. Il ne la quittait pas des yeux. Un nouveau frisson la traversa. Finalement, il lui sourit.

— En fait, je crois que je vais m'attarder encore un peu..., déclara-t-il.

Il traversa la pièce en quelques pas et plaqua une main sur la porte pour la repousser fermement.

3

Jack regarda Mairi s'éloigner. Chaque pas qu'elle faisait était un mouvement délibéré pour mettre plus de distance entre eux. Sa silhouette et ses gestes trahissaient l'élégance maîtrisée d'une jeune aristocrate.

Très vite, l'instinct de Jack lui confirma ce que son esprit avait encore du mal à admettre : cette femme était bien celle qui lui avait offert la nuit la plus excitante et la plus sensuelle de sa vie ! C'était *elle* qu'il avait tant cherchée, ces trois derniers mois.

Soudain, une bouffée de rage l'aveugla. Il avait déjà été assez frustré et agacé à l'idée que sa mystérieuse tentatrice soit une parfaite inconnue. Mais comprendre que Mairi MacLeod s'était servie de lui et l'avait ensuite repoussé sans scrupule était bien pire encore. De toute évidence, elle n'avait jamais eu l'intention de lui révéler son identité. Sans doute avait-elle pris plaisir à rejeter ses avances pour l'utiliser comme on utiliserait une professionnelle... Ce qui le surprenait, c'était qu'elle n'ait pas laissé d'argent sur la table de chevet en partant !

Savoir qu'il avait été stupide en plus d'être dupe ne fit rien pour apaiser sa fureur. Il aurait dû la reconnaître, mais il était si hypnotisé par son propre désir que tous les indices lui avaient échappé. Le pire, c'était qu'il avait toujours envie d'elle, malgré tout. Et cette constatation redoubla sa colère.

Elle était peut-être amorale, gâtée, trompeuse, mais il voulait la prendre de nouveau dans ses bras.

Mairi traversa le salon pour se camper cette fois devant la grande cheminée de marbre et le dévisager. Le soleil d'après-midi passait par les hautes fenêtres et leurs voilages légers. La lumière donnait au visage de la jeune femme un éclat doré et délicat. Sa robe bleu ciel paraissait irréelle, éthérée, à côté de l'auburn sombre de ses cheveux. Elle restait là, baignée de lumière, et sa beauté sensuelle emplissait l'air d'une chaleur électrique. Jack sentit son corps s'embraser de plus belle. Il voulait la haïr. Il avait toutes les raisons du monde de la détester. Pourtant, maintenant qu'il savait que c'était elle, la libertine de ses rêves, elle devenait pour lui la femme la plus fascinante du monde.

Il contempla un instant la tendre courbe de son cou et la cascade de boucles flamboyantes qui retombait sur sa nuque. D'un seul coup, il fut projeté dans la maison de Candlemaker Row, au milieu des draps froissés et de la chambre obscure. Il sentit presque la chaleur moite de cette peau contre la sienne, et son sexe s'éveilla à ce souvenir.

— Vous êtes Rose, dit-il. Vous avez passé une nuit avec moi à Édimbourg, il y a trois mois.

Oui, c'était elle : il n'y avait pas de doute possible. Il avait vu la vérité traverser son regard brûlant, quelques instants plus tôt, mais il avait besoin de l'entendre de ses propres lèvres.

Elle leva les yeux vers lui. Son visage restait froid et ne trahissait pas la moindre émotion.

— Oui, c'était moi, admit-elle.

À son corps défendant, Jack fut impressionné par son courage. Neuf femmes sur dix auraient nié l'évidence, prétendu qu'elles ne savaient pas de quoi il parlait. Mais Mairi avait peut-être tellement l'habitude de se confronter à ses multiples amants qu'elle ne cherchait même plus à mentir pour préserver sa réputation.

— Je m'attendais à ce que vous fassiez semblant de ne pas comprendre.

Elle haussa les épaules.

— À quoi bon se fatiguer ? Nous connaissons tous les deux la vérité.

Elle faisait visiblement de son mieux pour paraître indifférente, mais son corps souple se crispait peu à peu. Ainsi, elle n'était pas aussi froide qu'elle voulait le lui faire croire... Jack savoura un instant cette petite victoire. La nuit où elle l'avait séduit, elle avait gardé le contrôle à chaque instant ; maintenant, les rôles étaient inversés.

— Mairi Rose, murmura-t-il. Que c'est pratique d'avoir un autre prénom à portée de main, quand vous en avez besoin !

Elle feignit un sourire sarcastique.

— J'en ai *trois* : Mairi Rose Isabella...

Jack réprima un rire nerveux.

— Encore mieux ! Vous avez le choix, en matière de pseudonymes !

— Je ne voulais pas que vous sachiez qui j'étais, lâcha-t-elle avec une pointe d'indifférence, comme si ses mensonges n'avaient aucune importance à ses yeux.

Il sentit sa colère revenir. Jamais encore une femme n'avait osé le traiter comme s'il ne comptait pas, et il n'appréciait pas du tout cette humiliation nouvelle...

— J'avais compris, répondit-il. La voiture sans marquage, l'armée de valets silencieux, la maison anonyme et luxueuse ouvrant sur une allée discrète...

S'abandonnant à sa rage, il céda au désir de la provoquer.

— J'imagine que vous avez beaucoup d'expérience en matière d'amants de passage, Lady Mairi ?

Si cette pique la toucha, elle n'en montra rien.

— Si je vous ai donné l'impression de me servir de vous, je m'en excuse, dit-elle à mi-voix. Avec votre réputation, je suppose que vous avez l'habitude des rencontres sans lendemain...

— Je préfère néanmoins connaître le nom des femmes avec qui je fais l'amour ! répliqua-t-il sèchement.

Elle eut un petit sourire hautain.

— Pourtant, vous ne vous en êtes pas plaint sur le moment, *monsieur* Rutherford.

Elle insista lourdement sur son nom, comme pour lui rappeler subtilement qu'elle lui était supérieure, elle, la fille d'un duc, et lui, le plus jeune fils d'un baron.

Qu'elle aille au Diable ! Qu'elle le regarde de haut autant qu'elle le voulait, elle n'en était pas moins une femme amorale – et il la désirait toujours.

— Je ne me plains pas. J'avoue que j'ai pris grand plaisir à profiter de vos charmes...

Sa grossièreté était volontaire, et il vit les joues de Mairi s'enflammer. Tant pis pour elle. Elle ne méritait pas mieux, après l'avoir traité aussi froidement.

— Cependant, j'aurais préféré que vous admettiez honnêtement votre désir, poursuivit-il. Cela dit, nos ébats ont été très agréables. J'ai aimé que vous me laissiez faire ce que je voulais de vous... Une femme aussi désinhibée est une perle rare !

Il vit soudain son regard devenir plus hautain encore. Elle n'aimait pas qu'on lui manque de respect, elle non plus. Au moins, maintenant, ils étaient quittes !

Il s'approcha tranquillement d'elle mais, au dernier moment, elle se détourna. Il eut presque l'impression qu'elle aurait été prête à saisir la première opportunité de s'enfuir, s'il ne s'était pas tenu entre la porte et elle. D'ailleurs, il était heureux de lui bloquer le chemin, parce qu'il n'en avait pas encore fini avec elle – tant s'en faut.

Il la contourna lentement. Elle gardait la tête baissée, cachant ses yeux sous un voile de cils qui s'étalait en éventail sur sa joue délicate. Il prit quelques instants pour admirer la ligne fine de sa mâchoire et le creux de sa gorge. Elle semblait faite de porcelaine fine et paraissait si vulnérable... Sauf qu'il ne s'agissait que d'une apparence.

— Pourquoi m'avez-vous choisi, ce soir-là, à Édimbourg ? demanda-t-il. Vous deviez bien avoir une raison. Dites-la-moi.

Elle leva les yeux sans hésiter, et son regard bleu nuit se fit presque moqueur.

— Je suis désolée, répondit-elle, mais vous vous trompez, monsieur Rutherford. Quand je vous ai abordé, au bal, je ne savais pas qui vous étiez.

Elle s'interrompit juste assez longtemps pour lui permettre de digérer cette nouvelle insulte.

— Vous auriez pu être n'importe qui, ajouta-t-elle.

Jack fut brusquement traversé par un flot de rage incontrôlable, et difficile à expliquer. Cette femme portait vraiment l'indécence à un niveau inégalé ! Ainsi, elle prétendait que n'importe quel homme aurait pu lui convenir, ce soir-là ? Ce n'était pas vrai... Elle mentait forcément.

Il lui prit le bras et l'attira brutalement contre lui. Il perçut alors le parfum discret et furtif qui avait tant hanté ses nuits. Il entendait aussi son souffle, de moins en moins assuré.

— Je ne vous crois pas, dit-il. Vous saviez que c'était moi, j'en suis sûr. Vous m'avez délibérément choisi. Je suis même persuadé que vous m'avez désiré depuis le premier jour, et que votre masque de vertu n'était là que pour sauver les apparences.

Était-ce la voix de son orgueil ou de son entêtement, qui parlait par sa bouche ? Quoi qu'il en soit, il était certain qu'elle ne lui disait pas la vérité.

Mais si elle mentait, alors elle le faisait avec une maestria qu'il n'avait encore jamais vue. Elle haussa une nouvelle fois les épaules et le fixa de ses yeux purs, innocents.

— Vous avez le droit de me croire ou non, monsieur Rutherford. Je n'ai aucun pouvoir là-dessus.

Encore cette pointe de moquerie dans sa voix !

— Peut-être avez-vous une trop haute opinion de vous-même pour admettre que je puisse ne pas vous avoir reconnu, enchaîna-t-elle. Depuis notre rencontre, j'ai pu constater que votre arrogance vous pousse à croire que toutes les femmes vous trouvent irrésistible…

Touché.

Elle l'avait bien cerné. S'il n'avait pas été autant en colère, il aurait sans doute été amusé de constater que Mairi MacLeod le connaissait si bien.

Il lui relâcha le bras et laissa sa main glisser jusqu'à son coude. Elle avait la peau si chaude, si douce, sous la dentelle de sa manche.

— Vous m'avez pourtant trouvé irrésistible, Lady Mairi, que vous connaissiez ou non mon identité…

Il l'attira à lui, et sa jupe lui effleura les cuisses. Elle restait rigide, crispée. Il sentait sa tension à travers tout son corps et voyait le sang battre au creux de son cou. Leur désir s'embrasait dans le silence, comme une botte de foin sous une étincelle.

— Je suis convaincu que vous m'avez choisi parce que vous aviez envie de moi, poursuivit-il à mi-voix, à son oreille. Peut-être que c'était votre instinct. Peut-être que vous ne saviez pas ce que vous faisiez. Mais vous me vouliez, *moi*.

Il remarqua alors une émotion nouvelle dans ses yeux et comprit aussitôt que c'était exactement de ça qu'elle avait peur : d'avoir été guidée par une pulsion profonde, inconsciente, qui l'aurait poussée vers lui spécifiquement. L'espace d'un instant, elle eut l'air effrayée ; mais, très vite, son dédain reprit le dessus, et elle retrouva sa froideur accoutumée.

— Je ne vous croyais pas aussi romantique, monsieur Rutherford, lança-t-elle d'un ton léger, et je souffre de devoir balayer une fois de plus vos illusions… Je ne crois pas à une forme de destinée qui lierait deux personnes à leur corps défendant. C'est absurde !

— Vous ne croyez pas non plus qu'un désir puisse être assez puissant pour attirer deux amants ? demanda Jack sans cacher son cynisme.

— La seule chose puissante, ici, est votre imagination, monsieur Rutherford.

De nouveau, la voix de Mairi faisait à elle seule baisser la température de la pièce. Toutes ses émotions avaient disparu. Elle se libéra de son étreinte et s'éloigna de lui. La soie bleu clair de sa robe effleura une dernière fois sa jambe.

— Je n'ai pas *imaginé* cette nuit à Edimbourg, lui rappela-t-il. Vous vous êtes complètement abandonnée dans mes bras, sans la moindre hésitation et sans pudeur. Et, d'après ce que vous m'avez vous-même fait comprendre, vous vous offrez de cette manière à tous les hommes que vous séduisez.

Elle fit volte-face et l'interrompit d'un geste autoritaire. Cette fois, il avait réussi : ses provocations lui avaient enfin fait perdre son calme. Il admira le feu rageur qui dévorait ses joues et donnait à son regard des éclats de tempête.

— Il suffit, monsieur ! Vous m'insultez, et vos remarques concernant mon comportement ou mon caractère n'ont aucun intérêt à mes yeux. Il est temps pour vous de partir.

Jack soutint son regard.

— Vous ne pouvez pas tout avoir, madame. Soit vous êtes une courtisane qui distribue ses faveurs à qui le souhaite, soit vous êtes réellement attirée par moi et devriez cesser cette mascarade d'indifférence. Je ne pense pas que vous m'ayez une seule fois dit la vérité, depuis mon arrivée. Soyez au moins honnête sur un point et admettez que vous me désirez !

Ils se dévisagèrent un long moment, aussi tendus l'un que l'autre. Jamais encore Jack n'avait connu de femme aussi réservée et méfiante. Et jamais il n'avait autant voulu briser les défenses d'une maîtresse, pour l'obliger à lui avouer ses désirs.

Du bout des doigts, il repoussa les quelques mèches cuivrées qui retombaient sur son épaule. Dès qu'il la toucha, elle se figea. Il laissa néanmoins ses doigts effleurer sa gorge et le creux de sa clavicule. Elle tremblait... Un petit frisson discret mais révélateur qui fit battre son cœur plus vite. Sa peau s'échauffait peu à peu sous sa main, et son sang battait plus fort à chaque caresse. Elle était si douce, si chaude, si belle...

Il se pencha alors un peu plus, jusqu'à ce que ses lèvres soient presque à portée des siennes. Ses grands yeux bleu sombre s'emplissaient d'une profonde langueur et se fermaient à demi. Il déposa sur sa bouche un baiser furtif, et elle étouffa un gémissement.

En un instant, Jack eut une envie folle de la serrer contre lui et de l'embrasser avec passion jusqu'à ce qu'elle s'abandonne complètement à lui.

Il se retint au dernier moment et se contenta d'un second baiser, un peu plus long, un peu plus appuyé. Elle entrouvrit les lèvres et s'agrippa à lui. Cette vérité qu'elle n'avait pas voulu avouer, ses gestes la trahissaient.

— Vous me désirez, murmura-t-il.

Une boule de feu lui brûlait les reins. La traversée cahoteuse d'Édimbourg dans la calèche et le désir qui avait failli avoir raison de lui, ce soir-là, lui revinrent à l'esprit. Il embrassa Mairi une troisième fois. Ses lèvres étaient aussi savoureuses que dans son souvenir. Il la goûta du bout de la langue et fut accueilli par une vague de passion irrésistible. Ils cédèrent à leur désir et échangèrent des baisers de plus en plus fiévreux. Jack sentit bientôt qu'il perdait le contrôle. S'il ne se reprenait pas, il enverrait le bouquet de roses par terre et ferait l'amour à Mairi sur la table de bois poli !

Soudain, la morsure froide d'une lame se fit sentir contre sa gorge.

— Ce sécateur est aussi acéré que n'importe quelle dague, murmura-t-elle d'une voix un peu rauque. Reculez, monsieur Rutherford.

Jack eut besoin de quelques secondes pour comprendre ce qui se passait, et le sécateur appuya davantage. Mieux valait obéir… Il leva la main et caressa furtivement le fil de la lame courbe. Comme Mairi l'avait dit, l'outil était très bien aiguisé – au moins autant que son regard glacial.

— Je pourrais facilement vous désarmer, lui fit-il remarquer.

Il lui suffirait pour ça de lui tordre le bras, mais Mairi avait certainement caché d'autres armes dans son salon. Sans doute n'attendait-elle qu'une bonne raison pour s'en saisir…

— Vous avez gâché votre effet de surprise en me menaçant, répondit-elle avec un petit sourire. Et vous n'êtes plus le bienvenu chez moi.

Elle traversa la pièce et lui ouvrit de nouveau la porte.

— Au revoir, monsieur Rutherford.

À cet instant, trois valets vêtus de noir entrèrent pour l'escorter jusqu'à la porte d'entrée. De toute évidence, ils attendaient depuis le début dans le couloir que leur maîtresse leur demande d'intervenir. Tous trois avaient la même expression menaçante – en particulier celui qui n'avait pas réussi à empêcher Jack d'entrer. Il avait certainement quelque chose à prouver…

Jack, qui avait déjà affronté des hommes bien plus intimidants dans des lieux plus mal famés que le salon de Lady Mairi, étouffa un sourire. Valait-il réellement la peine qu'il se batte, ici et maintenant ? À contrecœur, il décida que non.

— Vous avez une véritable armée privée à votre service, dit-il en se détournant d'eux pour la dévisager. Que craignez-vous donc ?

Il pensait qu'elle allait refuser de lui répondre et qu'elle le ferait jeter dehors sans autre forme de procès. Mais, après une longue hésitation, elle redressa la tête et lança :

— Je suis une veuve riche. Très riche. Et j'ai reçu des… menaces d'enlèvement et de mariage forcé. Si j'emploie ces hommes, c'est pour me protéger, car je n'ai aucun désir de me remarier.

— Je plains le pauvre inconscient qui voudrait *vous* épouser de force ! Vous avez l'air très à l'aise avec un couteau.

Il la jaugea une nouvelle fois de la tête aux pieds, conscient de sa grossièreté, et vit ses pommettes rougir. Elle redressa le menton.

— Je pourrais être tentée de vous le prouver, si vous ne partez pas immédiatement de chez moi !

Jack ne put réprimer un sourire.

— Vous n'avez rien à craindre de moi, ma chère. Je suis plus riche que vous et je n'ai certainement pas l'intention de vous épouser... Juste de partager votre lit.

Il la gratifia d'un salut moqueur avant de précéder les valets dans le hall, puis dehors. Il s'attendait presque à sentir son sécateur s'enfoncer entre ses omoplates, mais n'entendit que la porte claquer dans son dos.

Un autre valet vêtu de noir attendait dans la cour, tenant les rênes de son cheval. Une arche, ouvrant sur l'allée, lui laissa apercevoir une voiture qu'on chargeait. Celle-ci n'était pas anonyme : elle portait le blason du duc de Forres, associé à celui des MacLeod. On n'aurait pu trouver véhicule plus luxueux, plus rapide ou mieux entretenu. Une telle voiture pouvait rendre n'importe quelle route confortable, même les chemins accidentés des Highlands. Lady Mairi avait bel et bien organisé son voyage sans lui...

Cependant, à Methven, elle ne pourrait l'éviter en permanence. Le château était grand, mais les fêtes familiales obligeaient les invités à rester ensemble la plupart du temps, qu'ils le veuillent ou non.

Jack se rendit soudain compte qu'il attendait finalement l'événement avec beaucoup plus d'impatience que la veille. Quand on y réfléchissait, ce genre de rassemblement offrait tant d'opportunités – et il voulait raviver la flamme de la passion entre Mairi et lui, il voulait goûter de nouveau aux délices de leur première nuit. Il *la* voulait, avec sa fragilité et ses forces, les émotions qu'elle dissimulait jalousement sous sa façade impassible. Elle le désirait, elle aussi. Elle s'était trahie en l'embrassant. Peut-être mentait-elle, mais son corps, lui, clamait la vérité.

Il lui en voulait d'avoir fait semblant de le mépriser, pour le séduire ensuite en secret, passer la nuit avec lui, puis le quitter comme un homme qu'elle aurait payé. D'ailleurs, cette colère l'intriguait. Il n'avait jamais été de nature à réfléchir sur ses sentiments, mais il y avait quelque chose, chez Mairi MacLeod, qui le poussait à interroger ses pensées et ses émotions comme un poète ou un philosophe… C'était très étrange – et il n'aimait pas ça. Néanmoins, cette colère n'était pas normale. En général, il n'était pas rancunier, et la vengeance n'avait aucun attrait pour lui. Il se contentait d'oublier et d'aller de l'avant. Mais, avec Mairi MacLeod, il en était incapable.

Peu importait. Ce serait un problème vite réglé. Une seconde nuit d'extase, obéissant à *ses* conditions, cette fois, et il serait prêt à tourner la page. C'était toujours ainsi que les choses avaient fonctionné pour lui, jusqu'à présent. Son intérêt pour ses amantes s'étiolait bien vite, une fois qu'il avait partagé leur lit.

Il éperonna son cheval et s'élança au petit galop sur la route poussiéreuse. Lady Mairi MacLeod était peut-être trompeuse et amorale, mais pas plus que lui ! Sur ce point-là, au moins, ils étaient bien assortis… Il ne lui faudrait pas longtemps pour retrouver le chemin de ses bras.

4

Mairi était assise à son bureau. Sur la table, devant elle, s'étalaient les comptes et les registres de la maison. Jack Rutherford était parti, mais l'air de la pièce vibrait encore de sa présence électrique, dangereuse. Impossible de se concentrer, dans ces conditions... Les colonnes de chiffres se brouillaient devant ses yeux et tout ce qu'elle voyait, c'était le visage de Jack. Tout ce qu'elle sentait, c'était la pression de ses lèvres sur les siennes. Elle le désirait tant – et le pire, c'était qu'il le savait.

Qu'il aille au diable !

Elle ne pouvait pas vraiment lui en vouloir d'être en colère, tout comme elle ne pouvait pas le blâmer, s'il la prenait pour une courtisane. Ne lui avait-elle pas avoué qu'elle aurait entraîné n'importe quel homme dans la maison de Candlemaker Row, ce soir-là ? C'était, hélas, la triste vérité, mais aucun homme ne pouvait entendre une telle chose sans la considérer immédiatement comme une catin...

Elle soupira, reposa sa plume et se massa l'arête du nez dans l'espoir d'apaiser la migraine qui s'installait lentement. Pourquoi était-elle à ce point attirée par Jack ? Il était pourtant l'opposé de son époux, Archie, un homme bon et doux. À l'instant même où Jack était entré dans le salon, elle avait senti son aura, sa présence, toute cette énergie vitale qu'il emportait partout, et la tranquillité confiante de ses mouvements. Elle avait été fascinée par sa musculature parfaite sous ses vêtements bien taillés. Elle ne voulait pas le désirer, pourtant, c'était comme s'il s'était imposé à elle sans qu'elle puisse résister au plaisir de le caresser, de l'embrasser, de le toucher... Comment pouvait-elle être aussi vulnérable, face à cet homme ? N'y avait-il donc rien à faire pour lui résister ?

À Édimbourg, elle s'était servie de lui sans la moindre hésitation pour chasser sa tristesse et sa mélancolie. Elle était sortie, ce soir-là, en quête d'un homme qui pourrait lui faire oublier pendant un temps l'immense poids des responsabilités qu'elle portait et les secrets qu'elle protégeait depuis des années. Pendant quelques instants, cela avait marché : tout s'était effacé dans ses bras, sous ses caresses et les sensations excitantes qu'il avait su lui procurer. Elle avait si peu d'expérience du sexe... Jamais elle ne s'était doutée que cela pût être aussi merveilleux. Ce que Jack lui avait offert n'avait rien à voir avec les tentatives maladroites et humiliantes des débuts de son mariage avec Archie, alors qu'ils peinaient à consommer leur union.

Une nuit avec Jack avait suffi à exorciser ces erreurs. D'ailleurs, elle n'arrivait toujours pas à croire qu'elle ait pu se conduire avec une telle indécence. Presque toutes ses connaissances en la matière étaient demeurées très théoriques, avant ça, glanées dans les livres de la bibliothèque de son père.

Encore maintenant, le souvenir du corps de Jack contre le sien éveillait une excitation brûlante au creux de ses reins. Elle s'affala sur la table, la tête dans les mains, découragée. Elle avait tellement envie de lui ! Elle voulait ressentir de nouveau ce plaisir sensuel que lui seul pouvait lui donner. Mais c'était impossible. Cela ne devait pas arriver.

Soudain, deux merles qui jouaient et piaillaient sur la terrasse, devant la fenêtre, la tirèrent de sa rêverie. Elle se secoua impatiemment et se replongea dans le monticule de papiers qui recouvrait son bureau. Il y avait surtout là des lettres que Murchison, son secrétaire, avait déjà triées pour qu'elle ne lise que les plus importantes. Archie MacLeod n'était pas l'aîné de sa fratrie, mais il avait néanmoins hérité une immense fortune de son riche parrain, à l'âge de vingt et un ans. Son héritage comprenait deux maisons à Édimbourg, le domaine à la campagne dans lequel elle vivait actuellement, et le château de Noltland, dans l'est des Highlands, près de la ville de Cromarty. Il y avait aussi de l'argent, sous forme de bons et d'investissements, des œuvres de charité et une dizaine d'affaires et de fondations philanthropiques. Tout cela lui était revenu, selon les volontés d'Archie.

Aujourd'hui, elle devait surtout étudier des rapports provenant des administrateurs des différentes bonnes œuvres qu'Archie avait créées. Il avait peut-être hérité d'une fortune royale, mais n'était pas devenu avare pour autant... Au contraire, on avait rarement vu un homme aussi généreux que lui. Il avait passé sa vie à employer son argent pour faire le bien autour de lui. Ainsi, il avait ouvert des hospices pour les pauvres, un orphelinat, un hôpital destiné à soigner le choléra, et tant d'autres organisations encore que Mairi avait du mal à les lister sans être prise de vertige.

À présent, c'était à elle de gérer cette fortune et elle devait s'en montrer digne. Elle devait poursuivre le travail que son époux avait commencé.

Au bas de la pile, elle trouva une lettre remplie de termes légaux indigestes. Elle provenait de Michael Innes, l'héritier de la baronnie des MacLeod. Mairi parcourut rapidement la missive, puis la relut plus lentement, en proie à une irritation croissante. Innes lui annonçait qu'il allait saisir un tribunal pour prouver qu'elle n'était pas une châtelaine convenable et n'avait pas les qualités requises pour s'occuper des affaires de feu Archibald MacLeod. Il prétendait avoir des preuves de ses erreurs de gestion ainsi que de son immoralité, et la menaçait de les dévoiler devant le juge pour réclamer l'héritage d'Archie en son nom.

Mairi reposa la lettre dans un soupir. Ce n'était pas la

première fois que Michael Innes la menaçait de procès. Il en voulait à Archie d'avoir hérité la fortune de son parrain et affirmait que terres et argent auraient dû être rattachés à la baronnie, car une femme était, selon lui, incapable d'administrer de telles affaires sans les conseils d'un époux... Mairi savait bien qu'il n'écoutait que son amertume et son avidité. Seulement, l'une des dernières phrases de la lettre retint son attention, et elle la lut une troisième fois.

Soyez certaine que je n'hésiterai pas à exposer tous vos vieux scandales pour découvrir la vérité.

Un frisson désagréable la traversa. Elle se frotta nerveusement les yeux, soudain secs et irrités. Sa tête devenait plus lourde, comme remplie de sable. Elle n'arrivait plus à réfléchir. *Je n'hésiterai pas à exposer tous vos vieux scandales...*

Son beau-père avait tout fait pour s'assurer que ces fameux scandales resteraient enterrés pour toujours. Michael Innes avait-il réellement obtenu de telles informations ? Non, c'était impossible ! Personne ne savait, à part Lord MacLeod et elle. En tout cas, c'était ce qu'elle avait toujours cru... Mais c'était bien le problème, avec les secrets : on n'était jamais certain qu'ils soient bien gardés.

Une migraine soudaine tambourina si violemment contre son front qu'elle se mordit la lèvre. Que devait-elle faire ? Elle ne pouvait se confier à personne, à part Lord et Lady MacLeod. Archie avait détruit leurs vies, comme il avait brisé la sienne... Depuis, elle avait passé toutes ses journées à tenter d'apaiser la douleur qu'il avait laissée derrière lui.

Elle hésita encore un instant, puis reprit la plume. Il fallait qu'elle écrive à son beau-père pour lui parler de cette nouvelle menace. Elle ne pouvait pas la lui cacher. Hélas, le simple fait d'écrire la bouleversa. Le vieux laird était trop malade et trop fragile pour supporter le poids d'un tel souci. Mairi avait pourtant besoin de ses sages conseils, et lui seul pouvait les prodiguer.

Quelques minutes plus tard, on frappa à la porte, et Frazer entra en apportant le thé sur un plateau d'argent. Mairi repoussa les papiers pour lui permettre de le poser sur la table. Chaque geste de son majordome était méthodique et précis.

— J'ai pensé que vous auriez besoin d'un remontant, madame, dit-il.

— Merci beaucoup, répondit-elle en le gratifiant d'un sourire. J'en ai besoin, en effet. Tous ces rapports me donnent mal à la tête !

— Je pensais plutôt au choc que vous avez dû subir, madame.

— Ah...

Elle fut un instant amusée par l'air pincé de Frazer. Il avait reçu une éducation presbytérienne très stricte et n'hésitait jamais à montrer sa désapprobation. Sans doute considérait-il qu'il était de son devoir de veiller sur la moralité de sa maîtresse.

— Je suppose que vous faites allusion à la visite de M. Rutherford, reprit-elle. Oui, de toute évidence, mes péchés m'ont rattrapée.

Frazer acquiesça avec une pointe de sourire.

— En effet, madame. Je suis navré que Murdo, Hamish et Ross aient dû entendre ce gentleman parler des excès qu'il a pu commettre avec vous.

— Quelle manière élégante de le dire, Frazer ! Néanmoins, comme Murdo conduisait la calèche, ce fameux soir, et qu'Hamish et Ross tenaient leurs places de valets, je suis certaine qu'ils avaient déjà conscience de mon comportement moralement répréhensible... Quoi qu'il en soit, je vous remercie pour ce thé apaisant. Vous êtes très attentionné, comme toujours.

Frazer perdit un instant sa moue sévère.

— Murdo m'a demandé de vous présenter ses excuses, madame. Il s'en veut énormément de ne pas avoir empêché M. Rutherford d'entrer.

— Ce n'est pas sa faute, répondit Mairi avec douceur.

Elle mélangea un peu de miel à son thé et reposa pensivement la cuillère.

— M. Rutherford n'a sans doute pas l'habitude qu'on l'empêche d'agir à sa guise, reprit-elle.

— Je le crois aussi. C'est un homme dangereux...

Puis, sur un salut impeccable, il quitta le salon en refermant les portes avec une délicatesse exagérée.

Sa tasse de thé à la main, Mairi s'approcha des portes-fenêtres qui ouvraient sur la terrasse. Au-delà des dalles, quelques marches conduisaient aux jardins. Plus loin, à l'horizon, on apercevait l'éclat du soleil sur la mer. La chaleur de juillet se faisait pesante, et une brise presque imperceptible était tout ce qui venait troubler l'air immobile. Si le beau temps tenait encore pendant quelques semaines, il ferait bon pour le baptême d'Ewan, à Methven.

Elle songea soudain qu'elle allait devoir faire face à Jack Rutherford une nouvelle fois, là-bas. Elle demanderait à Lucy de lui donner la chambre la plus éloignée possible de la sienne. Tout le monde savait que Jack et elle ne s'appréciaient pas, et sa requête ne surprendrait sans doute personne.

Les yeux dans le vague, elle vida sa tasse d'un trait. Ses pensées l'entraînèrent dans les méandres de ses histoires de famille. Lucy était-elle déjà enceinte de nouveau ? Si Robert et elle continuaient à faire des enfants à ce rythme effréné, elle allait passer des années à faire des allers-retours à Methven – pour les baptêmes, les anniversaires, et même les mariages, un jour... Cette idée la fit frémir. Elle avait horreur des fêtes de famille, qui lui rappelaient amèrement sa solitude et sa position intenable de veuve sans enfant. Elle avait pourtant tellement rêvé du jour où elle aurait sa propre famille ! C'était un vide, un gouffre dans sa vie, une stérilité douloureuse qui se rappelait sans cesse à elle et qu'elle ne pourrait jamais effacer.

Les dents serrées, elle reposa brutalement sa tasse sur le petit guéridon de merisier installé près de la porte. Un jour,

Jack aussi amènerait sans doute une femme et des enfants à ces fêtes. Quoi qu'il puisse en dire, tous les hommes finissaient par souhaiter une épouse, ou au moins un héritier.

Son estomac se noua, hanté par le vide qui se creusait au fond d'elle. Aucun enfant n'hériterait d'Ardglen, de Noltland ou de tous les biens d'Archie – même si elle parvenait à les protéger de l'avidité de Michael Innes.

En quête d'une distraction, elle sortit sur la terrasse et alla s'appuyer à la balustrade réchauffée par le soleil. L'air était chargé du parfum des roses et du chèvrefeuille. Le soleil lui caressait le visage. Un silence presque parfait régnait sur le jardin. Au bout de quelques secondes, cependant, Mairi perçut le cliquetis d'un harnais et le murmure distant de voix provenant de l'écurie.

Elle eut presque l'impression d'avoir remonté le temps. D'un instant à l'autre, Archie allait apparaître au coin de la maison, souriant, et remonter l'allée de gravier dans ses vieux vêtements de jardinage, se frottant les mains pour en chasser la terre. Elle l'avait toujours taquiné à ce sujet : il employait une armée de jardiniers, pourtant, il préférait faire le travail à leur place. Jamais elle ne l'avait vu plus heureux qu'en plein air.

Mais non. Le silence revint, plus lourd. Rien ne bougeait sur le gazon. C'était un silence d'attente, comme au théâtre, quand un événement majeur est sur le point de bouleverser l'histoire. Elle se sentit soudain faible, prise de vertige, sous le soleil un peu trop fort.

Sa solitude la saisissait à la gorge si violemment qu'elle eut un instant l'impression de se retrouver en plein hiver. Elle ne sentait plus la moindre chaleur, ni la surface rude de la pierre sous ses mains. C'était terrifiant…

— Madame ?

Elle ne se rendit compte de l'arrivée de Frazer que lorsqu'il s'éclaircit bruyamment la voix. Elle se retourna en faisant de son mieux pour sourire. Ses mâchoires étaient crispées, tremblantes, et des larmes lui montaient aux yeux. Elle avait la gorge trop nouée pour parler. Ce fut donc en silence qu'elle lutta pour reprendre le contrôle de ses émotions.

— Hamish vous fait dire que la voiture est prête pour votre départ, demain matin. Nous pourrons nous mettre en route dès que vous le voudrez.

Trop troublée par ses pensées amères, Mairi eut besoin de quelques secondes pour comprendre ce que son majordome venait de dire. Finalement, elle répondit d'une voix un peu brisée :

— Merci. Dites à Hamish que je serai prête à 7 heures.

Frazer la salua poliment.

— Oui, madame. M. Cambridge est arrivé. Il demande à vous voir.

Bon sang !

Mairi ravala un mouvement de colère. Pourquoi fallait-il que Jeremy Cambridge se présente au moment où sa tristesse et ses angoisses la submergeaient ? Si elle ne faisait pas attention, elle risquait de se mettre à pleurer toutes les larmes de son corps en sa présence. Et ce serait un effroyable désastre.

— Dois-je dire à votre visiteur que vous êtes indisposée ? demanda Frazer avec délicatesse.

— Non.

Mairi se redressa tant bien que mal.

— Non merci, répéta-t-elle. Si je dois partir pour Methven demain matin, je ne pourrai pas lui parler avant plusieurs semaines. Mais...

Elle prit une profonde inspiration.

— Laissez-moi quelques minutes avant de le faire entrer.

Le majordome acquiesça. Dès qu'il eut disparu, Mairi se précipita au salon et alla examiner son visage dans le miroir accroché au-dessus de la cheminée. Elle n'avait pas l'air aussi mal en point qu'elle le croyait, même si ses yeux restaient rouges et fatigués, entourés de cernes nouveaux. Dans un profond soupir, elle chassa une boucle de cheveux tombée sur son front et se tourna vers la porte.

Quand on annonça enfin Jeremy Cambridge, elle se tenait debout derrière son bureau. Elle avait besoin de placer une barrière physique entre eux... Non pas que Jeremy soit une menace pour elle. Son père avait géré les domaines de Lord MacLeod, mais il avait eu de plus hautes ambitions pour ses enfants. Il avait envoyé Jeremy à l'université et sa sœur Eleanor dans une école de perfectionnement pour jeunes filles. À présent, Jeremy était un banquier respecté à Édimbourg, s'occupant entre autres de toutes les affaires de la famille MacLeod. C'était un homme grand, posé et fiable. Stable. Rassurant. L'opposé en tout point de Jack Rutherford... Il ne possédait pas une once de l'esprit vif ou du goût pour le danger de Jack.

— Lady Mairi, lança-t-il en la saluant.

Ils se connaissaient depuis de nombreuses années, mais Jeremy restait toujours très respectueux envers elle. Il s'approcha et lui serra la main.

— Je passais à proximité et j'ai pensé venir vous dire bonjour. J'espère que vous allez bien.

— Très bien, répondit Mairi. Mais il est inutile de vous montrer si formel, Jeremy. Souhaitez-vous une tasse de thé ?

Elle le vit se détendre, et ses yeux gris s'illuminèrent.

— Avec plaisir, si vous avez un peu de temps à m'accorder. Frazer m'a appris que vous partiez demain pour Methven. Comptez-vous rendre visite à Lord et Lady MacLeod, en chemin ?

Elle acquiesça.

— En effet. J'espère que Lady MacLeod se sentira assez bien pour me recevoir.

D'ici son arrivée, son beau-père aurait certainement reçu sa lettre. Elle se tut un instant, hésitant à confier à Jeremy la dernière menace de Michael Innes, puis renonça. Il fallait qu'elle parle au laird d'abord. Jeremy ne savait rien des secrets d'Archie, et il valait mieux que les choses en restent là. De plus, elle avait son orgueil et, bien qu'elle connût Jeremy, elle préférait ne pas parler avec lui de ce qu'Innes appelait son « immoralité ».

Elle attendit donc que Frazer, qui avait anticipé ses ordres, ait fini de servir le thé et posé son plateau sur le guéridon, près du canapé à rayures dorées, puis s'assit. Jeremy, qui, en bon gentleman, avait attendu qu'elle s'installe en premier, prit place en face d'elle. Il restait penché en avant, attentif à ses moindres gestes. Mairi se crispa inconsciemment. Il avait toujours été si dévoué pour elle. L'admirait-il pour sa personnalité ou sa fortune ? Elle n'avait jamais su le dire. Soudain, un autre visage lui apparut, plus sombre et plus viril… Le visage d'un homme qui n'avait rien d'un gentleman. De nouveau, elle crut sentir les doigts puissants de Jack se refermer sur son poignet, la vibration sensuelle de sa voix et la caresse de ses baisers. Sa main se mit à trembler et fit tinter la cuillère sur le bord de sa tasse.

— Est-ce que tout va bien ? demanda Jeremy.

— Bien sûr.

Elle sentit son visage s'enflammer. Elle garda soigneusement les yeux baissés et prit tout son temps pour remplir une seconde tasse de thé avec un nuage de lait, avant de la tendre à son invité.

— Avez-vous des nouvelles intéressantes à me raconter ? Cela fait si longtemps que je vis recluse à Ardglen que je n'ai entendu aucun ragot du monde extérieur.

En un éclair, le visage de Jeremy s'assombrit, comme si elle avait posé *la* question qu'il redoutait.

— Non, il ne s'est pas passé grand-chose, répondit-il évasivement.

— Aucune nouvelle d'Édimbourg ?

De nouveau, une ombre traversa le regard de son visiteur. Il baissa les yeux et murmura :

— Rien qui mérite d'être répété.

Étrange... Il se passait toujours des choses en ville, même l'été, alors que tant de personnes partaient dans leurs maisons de campagne. Mairi attendit encore un peu, mais Jeremy ne dit rien, se contentant de vider sa tasse en une gorgée. Il ne s'était même pas laissé tenter par les biscuits spécialement préparés par la cuisinière et, à présent, il avait l'air pressé de partir.

Pourquoi son attitude avait-elle à ce point changé, lorsqu'elle avait fait allusion aux potins de la capitale ? Elle sentit une pointe d'inquiétude monter en elle. Avait-on parlé d'elle, en ville ? En général, elle se flattait de ne pas être assez vaniteuse pour penser que tout le monde s'occupait de ses faits et gestes ; mais le silence de Jeremy et les menaces de Michael Innes lui firent soudain craindre le pire.

Ce dernier avait-il entendu parler de sa nuit avec Jack ? Toute la ville avait-elle été mise dans la confidence ?

Elle ajouta une cuillère de miel à sa tasse de thé et la but en une gorgée, dans l'espoir de calmer la panique qui l'étouffait. Innes avait déjà proféré ce genre de menaces, et rien ne laissait supposer qu'il en savait plus cette fois que par le passé...

Elle leva les yeux sur Jeremy. Il fixait les motifs du grand tapis persan, l'air pensif. Ses oreilles étaient rose vif ; on aurait presque cru qu'il s'était assis sur une épingle.

Il savait. C'était certain. Et, s'il avait entendu cette rumeur, alors tout le monde devait la connaître aussi. Son cœur se mit à battre plus vite dans sa poitrine. Il était hors de question qu'elle justifie son comportement auprès de qui que ce soit, mais elle ne voulait pas non plus devenir un sujet de conversation pour la bonne société d'Édimbourg ! Ce serait une honte... Une veuve bénéficiait d'un peu plus de liberté que les autres femmes, sans outrager aussitôt les bonnes mœurs, mais elle se sentait humiliée à l'idée que tout le monde puisse piétiner sa réputation et examiner ses moindres actions à la loupe. Jamais encore une telle chose ne lui était arrivée.

Peut-être aurait-elle dû y penser, avant de se laisser aller à cette nuit de passion dans les bras de Jack ?

— Désirez-vous encore du thé, Jeremy ? proposa-t-elle.

Il ne lui restait plus qu'à prier pour que les racontars s'éteignent d'eux-mêmes pendant son absence. Sans elle, les commères tomberaient vite à court de nouveaux détails. C'était à espérer, en tout cas...

— Non merci, répondit-il en se levant vivement.

Elle ne se trompait pas : sa hâte à partir le lui confirmait. Tendant le bras, elle lui prit la main et la tint fermement entre les siennes. Il était bien trop poli pour s'écarter et resta donc figé, blafard, comme un écolier dans le bureau de son professeur.

— Jeremy, murmura-t-elle avec douceur, vous me le diriez, s'il y avait quelque chose que je devrais savoir ?

Il avait un regard fuyant, il n'y avait pas d'autre mot pour ça – et c'était une expression étrange, sur un aussi beau visage.

— Est-ce que les gens parlent de moi ? demanda-t-elle encore avec insistance.

Il ne répondit pas franchement.

— Ce n'est rien, fit-il en ravalant son émotion. Je vois bien que ça n'a aucun sens.

— Quoi donc ?

Décidément, elle ne comprenait rien à ses paroles !

Cette fois, Jeremy passa un doigt dans le col de sa chemise, comme s'il étouffait.

— Rien, répéta-t-il. Des sottises.

Mairi soupira, de plus en plus frustrée. Hélas, à moins de le torturer, elle n'en tirerait rien de plus.

— Dans ce cas, je vous souhaite un bon retour chez vous, dit-elle. J'espère que nous nous reverrons bientôt.

Son invité parut profondément soulagé, et son regard se fit soudain plus doux. Il lui prit de nouveau la main.

— Je vous souhaite un très bon séjour à Methven.

Il hésita un instant avant d'ajouter :

— Après le baptême, je pense que vous feriez mieux de rentrer directement à Édimbourg...

Elle ne dissimula pas sa surprise.

— Vraiment ? J'avais plutôt l'intention de passer quelque temps à Noltland.

Il serra les dents d'un air déterminé.

— Il vaudrait mieux que vous retourniez en ville. On a besoin de vous voir en société, pas de vous savoir cachée à la campagne...

Sur ce, il lui fit un baisemain – avec un peu trop de ferveur lui sembla-t-il – et la dévisagea un instant.

— Lady Mairi..., commença-t-il d'une voix étranglée.

— Oui, Jeremy ?

Elle eut soudain peur qu'il se lance dans une déclaration enflammée. Elle n'avait aucune envie de lui faire du mal, mais jamais elle ne pourrait voir autre chose qu'un ami en lui. Soudain, la culpabilité revint la hanter. Elle s'était tellement appuyée sur lui après avoir perdu Archie... Pourvu qu'il n'ait pas vu d'autres sentiments, dans ses démonstrations d'amitié.

— Au revoir, mon cher Jeremy, dit-elle finalement, avant de déposer un petit baiser sur sa joue. Vous savez à quel point je tiens à votre affection.

Il rougit jusqu'aux oreilles et manqua de trébucher sur le tapis en rejoignant la porte. Il lui promit en bafouillant qu'il la reverrait à Édimbourg, le mois suivant, et sortit du salon. Mairi entendit Frazer lui rendre son manteau.

Un profond silence s'installa ensuite dans la maison. Bientôt, le majordome viendrait récupérer le plateau de thé, et la femme de chambre, Jessie, demanderait à la voir pour s'enquérir des vêtements qu'elle voulait emporter. Mairi n'aurait pas dû s'y prendre aussi tard, alors qu'elle allait partir pour quatre semaines au moins. Le voyage en lui-même allait déjà en prendre plus d'une : Methven s'élevait sur la côte nord-ouest, et elle avait plusieurs visites à faire, en chemin.

Une part d'elle était triste à l'idée de quitter Ardglen au

moment où les roses commençaient à fleurir. Elles lui avaient toujours rappelé Archie. Il avait été son meilleur ami depuis l'enfance et il lui manquait atrocement, à présent.

Elle sortit de nouveau sur la terrasse et descendit lentement les quelques marches recouvertes de lichen pour longer l'allée de graviers et traverser la roseraie, entourée de murs de brique rouge.

Une autre part d'elle, lasse de sa perpétuelle solitude, aurait presque voulu partir immédiatement pour Methven ; mais, déjà, les ombres s'allongeaient et le soir arrivait. Mieux valait attendre le lendemain et prendre la route tôt. Dès que le baptême aurait eu lieu, elle irait à Noltland, en dépit des conseils de Jeremy, et ne rentrerait à Édimbourg que pour le début de l'hiver, avant de passer Noël chez son père, à Forres.

Elle soupira d'aise. Elle aimait se préparer en amont. Elle en avait besoin. L'organisation donnait une certaine structure à sa vie, si vide malgré le travail qu'elle fournissait pour gérer l'héritage d'Archie. Il fallait qu'elle continue à avancer, à voyager, à s'occuper, pour fuir l'obscurité.

5

Le soir tombait quand la voiture entra dans la cour de l'auberge d'Inverbeg, sur les berges du Loch Lomond. Mairi venait de passer douze heures sur la route. Elle était épuisée et courbatue. La vue des lanternes de l'auberge la soulagea, d'autant plus que Frazer avait pris de l'avance pour lui réserver une chambre et un salon privé.

Quand ce dernier se précipita pour l'aider à descendre de voiture, elle comprit qu'il devait y avoir un problème.

— Pardonnez-moi, milady, dit-il, mais il n'y a qu'un seul salon privé, et il est déjà occupé...

Mairi ne cacha pas sa surprise.

— Par qui ?

— Par votre époux, madame !

L'aubergiste, un homme fin et nerveux, au teint cireux et au regard fuyant, avait suivi Frazer dans la cour. Il s'était campé à quelques pas d'eux, devant la voiture.

— Il est arrivé il y a une demi-heure et a demandé le salon privé, expliqua-t-il. Quand je lui ai indiqué qu'il était déjà réservé pour vous, il a répondu que ça ne poserait pas de problème, puisqu'il était votre mari. Il a commandé la meilleure nourriture de la maison.

Son *époux* ?

Mairi devinait sans peine qui elle allait trouver dans ce salon. Jack Rutherford. Un frisson désagréable la traversa.

Cet homme avait un sacré cran pour se faire passer pour son mari ! Sans doute cherchait-il à la provoquer, puisqu'elle avait refusé de voyager en sa compagnie jusqu'à Methven. À moins que son arrogance insoutenable lui ait laissé entrevoir la possibilité de poursuivre son aventure avec elle sur la route. Quoi qu'il en soit, elle allait lui faire comprendre sans tarder qu'il s'était donné du mal pour rien !

L'aubergiste les dévisageait tour à tour d'un air surpris.

— Veuillez m'excuser, madame. S'il y a le moindre problème...

Frazer l'interrompit d'un geste.

— Il n'y a aucun problème, dit-il avant de se tourner de nouveau vers sa maîtresse. Si vous voulez bien attendre dans la voiture un instant, je me ferai une joie de me charger de ce gentleman moi-même, milady.

Mais Mairi retroussa sa jupe et descendit le marchepied.

— Je tiens à lui parler.

Frazer parut terrifié à cette idée.

— Ça pourrait être dangereux, madame !

Elle se contenta de lui sourire et de lui tapoter doucement l'épaule. Elle payait son majordome et ses fils pour la protéger, certes, mais elle tenait à s'occuper de Jack toute seule.

— Ne vous en faites pas. Je ne cours aucun danger. Vous pouvez attendre dans le couloir, si vous préférez : je vous appellerai si j'ai vraiment besoin de votre poigne.

L'aubergiste parut choqué et marmonna qu'il n'y avait aucune raison d'en venir aux mains, pas dans un établissement aussi bien tenu que le sien. Quelques paroles apaisantes de Frazer et une pièce d'argent suffirent à étouffer ses craintes. Sans un mot de plus, il les conduisit à l'intérieur.

Il faisait une chaleur délicieuse dans l'auberge bruyante. Des voix animées résonnaient dans la salle, et une épaisse fumée de tabac se glissait sous la porte. On sentait la bière jusque dans le couloir, ainsi que le parfum alléchant de la viande rôtie. Le propriétaire conduisit Mairi dans un corridor dallé aux murs chaulés. Toute une collection de dagues et de claymores le décorait – ce qui serait bien pratique, si Jack se montrait difficile...

La porte du salon privé était entrouverte, et on percevait un murmure de conversations à l'intérieur. Mairi repoussa fermement le battant, sans s'annoncer.

Jack Rutherford était assis dans un grand fauteuil, les pieds posés sur la table basse, devant le feu ronflant. Il avait retiré sa veste et relâché sa cravate. Dans la lumière dorée du feu, à la fois dangereux et tranquille, il avait l'air encore plus beau que dans les rêves les plus fous de Mairi. Les restes d'une tourte au gibier étaient abandonnés dans une assiette, sur la table. Une servante, dont la poitrine plus que généreuse était avantageusement exposée dans son corsage décolleté, remplissait le verre de Jack. Elle se tenait très près de lui et gloussa soudain, lui renversant un peu de vin sur la manche. Riant de plus belle, elle se mit à lui essuyer le bras avec son tablier – sans résultat. Jack, lui, la dévisageait de ses yeux mi-clos, un petit sourire en coin.

Le courant d'air dû à l'ouverture de la porte fit crépiter le feu et vaciller les flammes des bougies. Jack leva alors les yeux, et son rire s'éteignit en un instant. Il dévisagea Mairi sans ciller. Finalement, il se leva et la salua poliment. Sans doute devait-elle lui être reconnaissante de faire preuve d'une once de courtoisie à son égard...

Elle s'avança d'un pas assuré et se débarrassa de ses gants, avant de poser son petit sac sur le second fauteuil.

— Voici donc mon époux dévoyé, dit-elle froidement. Déjà pressé de trouver une maîtresse en attendant que j'arrive.

Jack la gratifia d'un sourire de défi, puis se rassit.

— Si vous m'aviez réservé des accueils plus chaleureux, ma chérie, je n'aurais peut-être pas eu besoin d'aller voir ailleurs.

— Vous irez toujours voir ailleurs, répliqua-t-elle. Vous êtes un débauché, monsieur. Jamais je n'oserais m'attendre à la moindre fidélité de votre part ; si j'avais voulu un compagnon loyal, j'aurais adopté un chien !

Elle aurait aimé dissimuler son amertume, mais en fut incapable. Et Jack l'avait perçue. Il l'examina de plus belle, d'un air songeur.

La servante, elle, s'approcha de nouveau pour attirer l'attention de Jack. Elle tenait manifestement à ce qu'on s'occupe d'elle en priorité.

— Vous ne m'aviez pas dit que vous étiez marié, lâcha-t-elle d'un ton accusateur.

Elle triturait nerveusement son tablier, geste qui tirait encore plus le décolleté de sa robe vers le bas. En dépit de ses efforts, Jack ne semblait pas avoir la moindre difficulté à ignorer cette poitrine rebondie qui s'offrait à ses regards. Il n'avait d'yeux que pour Mairi, tandis qu'il jouait tranquillement avec son verre à moitié plein. Pas un seul instant, il ne se détourna d'elle.

— Ça m'était sorti de la tête, murmura-t-il finalement.

— Étrange, répliqua Mairi d'un ton glacial. Je croyais pourtant que vous vous étiez présenté comme mon époux auprès de l'aubergiste, en arrivant.

— Que voulez-vous ? J'ai une mauvaise mémoire...

— Qui s'accorde bien avec vos mauvaises manières !

Elle embrassa le petit salon du regard. Deux grands fauteuils confortables étaient installés de part et d'autre de la cheminée, et de lourds rideaux de velours protégeaient l'intérieur du froid de la nuit. Finalement, ses yeux se posèrent sur Jack, qui avait l'air parfaitement à son aise, dans son siège.

— Cessons ces simagrées, monsieur, reprit-elle. Est-ce que la salle était trop bruyante à votre goût ? Ou bien avez-vous les poches vides ? Est-ce pour cela que vous avez décidé de vous faire passer pour mon époux ? Pour que je paye votre repas et votre chambre ?

— Non, c'était pour le plaisir de votre compagnie, très

chère, répondit-il avec un éclat de moquerie au fond des yeux. J'aime tant discuter avec vous... C'est revigorant !

Mairi se débarrassa de sa cape et la garda à la main. Il faisait chaud, dans le salon, encore plus sous le regard intense de Jack... Elle avait presque l'impression que cet homme était capable de détruire d'un geste toutes les défenses dont elle s'était patiemment entourée au fil des ans. Il y avait quelque chose de rapace, dans ses yeux : il voyait plus de choses en elle qu'elle ne l'aurait voulu.

Elle lui tourna le dos et s'adressa à l'aubergiste, resté sur le seuil.

— J'aimerais un peu de ragoût de bœuf et un verre de vin, s'il vous plaît, dit-elle, avant de jeter un rapide coup d'œil à la table. En fait, je pense que je vais finir la bouteille que mon *mari* a commencée... À moins qu'il veuille la garder pour lui.

— Je bois de l'eau, pas du vin, répondit Jack. Mais je serai ravi de partager, si le cœur vous en dit.

— De l'eau ?

Pendant un instant, Mairi oublia toute sa haine. C'était si incongru... Elle était convaincue qu'il ne buvait que les meilleurs vins et les brandys les plus coûteux.

Il haussa les épaules d'un air presque mal à l'aise.

— Voyager à cheval est risqué, expliqua-t-il d'un air tranquille.

Néanmoins, Mairi eut l'impression qu'il ne s'agissait pas uniquement de cela, mais qu'il ne voulait pas en dire plus.

Après un court instant de silence, Jack l'interrogea du regard avec un petit sourire en coin et elle se sentit rougir. Elle le dévisageait depuis beaucoup trop longtemps !

— Aubergiste, lança-t-elle vivement, conduisez-moi à ma chambre, et faites monter de l'eau pour que je puisse me rafraîchir.

Elle s'interrompit et, saisie par une inquiétude soudaine, se retourna pour faire une nouvelle fois face à Jack.

— J'espère que vous ne vous êtes pas aussi installé dans ma chambre, monsieur ?

Une lueur diabolique emplit le regard de Jack.

— C'était tentant, je l'avoue, murmura-t-il de sa voix si sensuelle, mais j'ai préféré attendre que vous m'invitiez, ma chère...

Une vague de chaleur parfaitement indécente traversa Mairi. Ses genoux faiblirent sous son poids et elle faillit se laisser tomber dans le fauteuil, quand elle se souvint qu'ils n'étaient pas seuls. Elle aurait dû le gifler, pas se jeter dans ses bras !

— Vous risquez d'attendre longtemps, dans ce cas ! Je vous suggère de retenir une autre chambre : vous aurez sans doute assez de place pour y faire entrer votre personne et votre arrogance surdimensionnée.

Elle ponctua sa remarque d'un petit sourire froid dont elle était si fière – diamétralement opposé au tumulte qui faisait rage en elle.

— Quand je reviendrai ici, je ne veux plus vous y voir, ajouta-t-elle fermement, avant de se tourner vers son major-dome. Frazer, voulez-vous bien escorter M. Rutherford aussi loin de moi que possible ?

— Inutile, coupa Jack. Je pense pouvoir trouver mon chemin tout seul.

Il se leva, attrapa sa veste, abandonnée sur le dossier de son fauteuil, et l'enfila rapidement. Il salua Mairi avec une politesse excessive.

— Serviteur, madame.

Le propriétaire les regardait d'un air abasourdi, s'étonnant sans doute des étranges habitudes des aristocrates. Finalement, il conduisit Mairi dans le grand escalier de l'auberge et lui ouvrit la troisième chambre sur la droite. La pièce était plutôt grande et bien meublée. Ses bagages avaient déjà été montés et l'attendaient, à côté du lit. Sa femme de chambre, Jessie, dernière des dix enfants de Frazer, était occupée à déplier et secouer une robe pour le lendemain.

Sans un mot, Mairi s'assit sur le bord du lit. Elle se rendit compte qu'elle tremblait, sans vraiment savoir pourquoi. Elle était pourtant capable d'affronter un homme comme Jack Rutherford ! Elle était capable d'affronter beaucoup de choses – c'était bien l'un des rares avantages qu'avaient eu son mariage et le scandale qui avait suivi.

Dès son arrivée, Jessie s'était mise à bavarder, ce qui était une bonne chose, parce que ça la distrayait un peu. Contrairement à son père, la jeune fille n'était ni silencieuse ni austère.

— Cette auberge n'est pas si mal, dit-elle. Au moins, c'est propre et confortable !

— La clientèle laisse un peu à désirer, par contre, murmura Mairi.

— J'ai entendu dire qu'il y avait un gentleman, en ce moment, reprit Jessie, excitée par les nouvelles. Ce serait le cousin de Lord Methven ! On dit qu'il est riche et beau… Les filles de cuisine ne jurent que par lui.

— Je suis certaine qu'il sera ravi de l'apprendre.

Jessie s'était immobilisée, les yeux dans le vide et la robe de sa maîtresse à la main.

— On raconte qu'il a fait fortune en Inde, dans le commerce d'épices.

— C'était au Canada, soupira Mairi. Et c'était le commerce de bois.

Elle ne savait pas grand-chose du passé de Jack, seulement qu'il avait pour la première fois fait fortune à vingt-cinq ans, et pour la seconde à son retour en Écosse, important des biens de luxe par le port de Leith.

— *On* dit que c'est un épéiste aguerri et un dangereux libertin, reprit Jessie en savourant le mot comme une friandise. Il paraît aussi qu'il possède un grand domaine vers Glen Calder !

— Et tout cela le rend absolument irrésistible, railla Mairi. Est-ce ma mousseline jaune que vous froissez comme ça ?

Jessie baissa les yeux sur la robe et rougit jusqu'aux oreilles.

— Oh ! pardon ! Je la ferai repasser pour demain, madame !

— Merci.

Lorsque Mairi redescendit au petit salon, le feu avait été ravivé et un verre de vin l'attendait sur la table. La même servante qu'à son arrivée, plus boudeuse, lui apporta une assiette de ragoût de bœuf. Jack Rutherford, lui, avait disparu. Elle aurait dû en être heureuse – elle l'était –, mais ne put réprimer un soupçon de déception. Et ça la dérangea.

Sans s'attarder après son repas, elle sortit dans le couloir et se dirigea vers l'escalier. Elle allait se coucher tôt et lire un peu. De toute manière, la fatigue de la route et le bon vin lui faisaient tourner la tête.

Elle s'immobilisa au bas des marches, prise d'un vertige soudain, et s'appuya à la rambarde. La porte de la salle était entrouverte, et elle ne put s'empêcher d'y jeter un coup d'œil. À travers le brouillard de fumée et au milieu de la foule bruyante, elle aperçut Jack. Il était assis à une table, près du feu, et jouait aux cartes avec trois hommes. Une chope était posée sur la table, devant lui. Est-ce qu'elle contenait aussi de l'eau ? Ou bien Jack avait-il décidé de passer à une boisson plus forte ?

Soudain, un tonnerre d'acclamations résonna dans la salle. Jack venait de gagner la partic.

Plusieurs hommes s'approchèrent pour lui donner de grandes claques dans le dos, et il sourit, en attrapant sa chope d'étain. Mairi vit sa pomme d'Adam bouger au rythme de ses longues gorgées. Il se redressa ensuite et commanda une nouvelle tournée. Sa générosité fut accueillie par de nouveaux cris de joie. La pile de pièces posée devant lui était beaucoup plus haute que celles des autres joueurs… Il se servit dans ses gains pour payer l'aubergiste, lorsque celui-ci vint poser un plateau de verres de bière débordants au milieu de la table. C'était une assemblée brouillonne, joyeuse...

Mairi fut soudain traversée par une pointe de jalousie. Jack avait été rapidement accueilli par les autres clients, et pas uniquement grâce à son argent.

L'un des valets de l'auberge passa soudain devant elle en murmurant une rapide excuse, la porte de la salle grinça et Jack leva les yeux de ses cartes. Pendant quelques secondes, elle et lui se regardèrent, surpris, puis une étincelle de moquerie traversa le visage de Jack. Il leva sa chope et la salua avec un grand sourire cynique. Mairi se précipita alors dans l'escalier, furieuse d'avoir été surprise en train de l'espionner.

Elle ne le revit pas, ce soir-là, et s'endormit rapidement, bercée par le doux murmure des vagues, sur les berges du loch.

Lorsqu'elle se leva, le lendemain, Jack avait déjà repris la route. La servante l'informa que M. Rutherford était parti à cheval et que ses bagages devaient le suivre. Tant mieux ! S'il voyageait ainsi, il irait beaucoup plus vite qu'elle et elle ne serait pas obligée de supporter sa présence dans toutes les auberges où elle déciderait de passer la nuit.

Au moment du départ, alors qu'elle s'installait dans la voiture, Frazer la rejoignit, le visage long comme un jour sans pain.

— Que se passe-t-il donc ? demanda-t-elle, tandis que son majordome reposait son porte-monnaie dans le coffre, sous la banquette.

Frazer fit une nouvelle grimace.

— Le propriétaire a refusé que je le paie. Il prétend que la facture a déjà été réglée.

Il lui tendit alors un petit mot plié.

Mairi n'avait jamais vu l'écriture de Jack Rutherford, mais

elle n'eut aucune difficulté à identifier le gribouillage hâtif à l'encre noire.

Un gentleman paie toujours.

Elle laissa la feuille retomber sur la banquette, près d'elle. N'avait-elle pas cherché à provoquer Jack, la veille, quand elle l'avait trouvé dans son petit salon ? Elle l'avait accusé de vouloir se servir de son argent pour rendre son séjour plus confortable. Elle se souvint aussi qu'il était l'un des hommes les plus riches d'Écosse. Il n'avait certainement pas besoin de sa charité.

— Tout le monde va penser que vous êtes sa maîtresse, maintenant, reprit amèrement Frazer, et que je suis l'homme chargé de conduire des courtisanes auprès de M. Rutherford, quand il le demande. L'aubergiste m'a même félicité d'avoir trouvé un travail aussi profitable et m'a promis de rester discret sur le sujet...

— Oh ! Seigneur.

Mairi aurait dû être exaspérée par cette idée, mais elle ne put réprimer un petit sourire. De toute évidence, Frazer était plus vexé d'avoir été pris pour un entremetteur que de voir la réputation de sa maîtresse piétinée de la sorte.

Alors que la voiture s'engageait sur la route d'Achallader, Mairi dut admettre que la vengeance de Jack était futée. Elle l'avait repoussé mais, en dépit de ça, il avait réussi à donner à tout le monde l'impression qu'ils avaient une liaison...

Jack immobilisa son cheval au sommet du chemin qui redescendait sur le pont d'Orchy. La vue, de ce point, était spectaculaire : les épaulements vert et or des montagnes s'étalaient devant lui, et le soleil transformait l'eau en diamants liquides. Soudain, une pénible nostalgie l'envahit. Cela faisait des années qu'il n'avait pas voyagé comme ça. Pourquoi avait-il décidé de monter jusqu'ici, aujourd'hui, alors que la route de Methven courait au fond de la vallée, sous ses pieds ?

Rien de ce qu'il avait pu voir au Canada ou ailleurs n'avait surpassé la beauté sauvage de ce décor. Il avait tourné le dos à l'Écosse dix ans plus tôt, mais son pays avait fini par le rappeler. Quand Robert était rentré pour prendre possession de ses titres et de ses domaines, Jack avait pensé rester à l'étranger. Contrairement à son cousin, il n'avait pas vraiment de raison de revenir dans son pays natal. Néanmoins, il avait fini par vendre ses affaires en faisant un gros profit et s'était embarqué pour retraverser l'Atlantique.

Soudain, en dessous de lui, sur la route d'Achallader, il aperçut quelque chose qui ressemblait à un convoi royal : quatre voitures qui se suivaient de près. Lady Mairi MacLeod s'était remise en route. Il sourit : cette femme étalait tellement sa richesse et son rang, avec ses voitures, ses domestiques et son monceau de bagages… Comment avait-elle réagi, quand elle avait découvert qu'il avait réglé sa facture, à l'auberge ? Sans doute avait-elle été hors d'elle ! Elle ne semblait pas avoir un grand sens de l'humour, et c'était bien pour ça qu'il n'avait pas résisté à l'envie de la taquiner.

Est-ce qu'elle montait parfois à cheval, comme il le faisait ce matin, en se libérant de toutes les contraintes de société ? Libre et seule sous le ciel bleu ? Probablement pas. Elle s'entourait de tant de protocole, de protection. Sans doute avait-elle oublié ce que ça faisait d'être seule. Peut-être était-ce sage, dans son cas, en fin de compte. Elle était exceptionnellement riche, et on avait connu des affaires de riches veuves enlevées et contraintes au mariage, au fil de l'histoire.

Or, Mairi MacLeod ne semblait pas prête à se remarier. Pourquoi aurait-elle dû s'y résigner, d'ailleurs, alors qu'elle avait déjà tout le confort possible et la liberté de prendre autant d'amants qu'elle le voulait ? Il ne lui en voulait pas trop de l'avoir repoussé, la veille. Ils jouaient tous les deux au même jeu, et elle en connaissait les règles aussi bien que lui. Bientôt, elle finirait par succomber. Elle avait envie de lui, et cette attente ne ferait que rendre la conclusion plus savoureuse.

Cependant, l'amertume de Mairi, la veille, quand elle l'avait traité de débauché, l'avait presque blessé. Les débauchés étaient sans doute les meilleurs amants – à défaut d'être de bons maris –, et c'était peut-être pour cela qu'elle le méprisait tant. Jamais il n'avait eu l'occasion de rencontrer Archie MacLeod ; en revanche, il n'avait toujours entendu que des compliments à son sujet. Y avait-il autre chose ? Un secret que le public ignorait ? MacLeod avait-il entretenu un harem de maîtresses dans tout le pays, sous le masque de son exemplarité ?

Le convoi disparut au détour d'un virage, et la poussière retomba lentement sur la route. C'était encore tôt. L'air matinal était frais et humide sur la campagne. Peu à peu, un profond silence, uniquement troublé par le chant d'un rossignol, enveloppa Jack, et il contempla la lumière qui montait lentement. Ce lieu, si isolé, était presque inquiétant de vide. Il remit son cheval en route et descendit dans les herbes jusqu'à la vallée suivante.

Sur le chemin qui serpentait le long de la colline, il passa un hameau de petites fermes chaulées. Elles étaient vides. Les murs commençaient à s'écrouler, et quelques cheminées solitaires s'élevaient encore vers le ciel. Un peu plus loin, une petite église, grise et carrée, se découpait sur le ciel. Une vieille cloche pendait encore à sa poutre.

Jack s'arrêta quelques instants. Ses souvenirs revenaient le hanter, et il avait presque l'impression de sentir les fantômes du passé dans son dos. Ce lieu avait été l'un des foyers de son père, bien que le révérend Samuel Rutherford n'ait jamais été très dévoué à son sacerdoce. En tant que fils de baron, il pensait avoir le droit de collecter impunément sa dîme en argent ou en porcelaine. N'appréciant son statut que pour ce genre de privilèges, il ne s'était jamais réellement intéressé à la congrégation qu'il était censé guider. Jack ne put réprimer une grimace. Il avait souvent songé que son obsession pour le travail était une rébellion inconsciente face à la fainéantise crasse de son père...

Il attacha son cheval à l'une des clôtures qui fermaient le terrain de l'église et remonta lentement l'allée du cimetière. C'était là qu'on avait enterré ses parents. Son père avait construit un immense manoir, à un quart de mile de là, et Jack s'était fait un plaisir de laisser la bâtisse tomber en ruine au fil des ans. Quand il était rentré du Canada, il avait préféré s'acheter un autre domaine, sans envisager un instant de restaurer Black Mount.

L'herbe était encore constellée de rosée, mais le soleil, déjà chaud, la sécherait vite. Jack s'arrêta quelques minutes devant la tombe de ses parents. Son père avait eu droit à un mausolée aux décorations absurdes, déplacées dans la simplicité rustique de ce petit cimetière de campagne. À côté, se trouvait la pierre tombale beaucoup plus sobre de sa mère : « Épouse bien-aimée de Samuel Rutherford... » Ces quelques mots ne rendaient absolument pas justice à l'amour inconditionnel que ses parents s'étaient porté.

D'un seul coup, un frisson glacé le parcourut, malgré la chaleur du matin. La passion de ses parents avait été exclusive, violente et profondément destructrice. Durant son enfance, Jack ne l'avait jamais comprise. Puis, devenu adulte, il avait pu voir à quel point l'amour avait été une chose néfaste pour eux.

Dans un soupir, il s'agenouilla dans l'herbe. Au milieu des églantines et des mûriers aux fleurs blanches et roses, se trouvait une autre pierre dépouillée, portant uniquement le nom d'Averil Rutherford et les dates 1791-1803. Jack écarta les branches épineuses d'une main tremblante.

Soudain, le cri rauque d'une grouse noire le fit sursauter. Une ombre était tombée sur lui. Quand il leva les yeux, il découvrit un homme en soutane noire et col blanc – sans doute le successeur de son père.

— Est-ce que je peux vous aider ? demanda ce dernier.

Jack secoua la tête. Il eut soudain hâte de partir.

— Non merci, marmonna-t-il.

Remontant le sentier à grands pas, il sentit l'homme le suivre du regard, mais il ne se retourna pas. Il détacha son cheval, se mit en selle et partit au petit galop. Quoi qu'il fasse, ses souvenirs le suivraient partout.

Personne ne pouvait l'aider.

6

Mairi passa la seconde nuit de son voyage chez Lord et Lady Gowrie, au château de Lochgowrie, près de Kinlochleven. C'était agréable d'être reçue dans une maison privée, plutôt que dans une auberge, de bien manger en bonne compagnie, d'avoir de l'eau chaude et de profiter d'un lit aussi grand qu'un comté…

Alors qu'elle se baignait avant le repas pour détendre ses muscles endoloris, elle songea qu'elle était sans doute gâtée, comme l'avait souligné Jack. La richesse et les privilèges avaient tendance à changer les personnalités – même quand on connaissait le prix du luxe comme elle-même le connaissait.

Maria Gowrie était une de ses amies. Comme elle, elle faisait partie de la Société féminine de bas-bleus des Highlands. Toutes deux et Lord Gowrie dînèrent dans le calme. Maria aurait bien aimé convier leurs voisins, le duc et la duchesse de Dent, mais ils avaient refusé : eux aussi avaient un invité ce soir-là.

— C'est le cousin du marquis de Methven. Jack Rutherford. Je lui ai proposé de se joindre à nous, mais il est tellement demandé ! Il avait déjà reçu trois invitations…

Mairi ne put s'empêcher de lever les yeux au ciel. Même ici, elle n'arrivait pas à lui échapper ! S'il n'était pas physiquement présent, tout le monde comblait le vide en parlant de lui…

— J'ai invité les Dent à venir souper ici avec leur invité, mais Anne semblait déterminée à garder M. Rutherford pour elle toute seule, poursuivit Maria.

— Elle espère probablement faire de lui son nouvel amant, grommela son mari, avant de faire signe au valet de remplir son assiette une seconde fois. Il paraît que Dent n'est pas très énergique, en ce moment.

— Et moi, j'ai entendu dire que Jack Rutherford était le meilleur amant de toute l'Écosse.

— Un très bon pêcheur à la mouche, apparemment, et un excellent chasseur, contra Lord Gowrie.

— Pour ma part, je dirai seulement que j'entends beaucoup trop parler de lui ! s'écria Mairi avec une pointe d'irritation.

Était-elle la seule à se lasser de cet homme ? Tout le monde ne semblait parler que de lui, depuis quelque temps.

— Pourrions-nous changer de sujet ? reprit-elle avec plus de douceur. Est-ce que vous espérez de bonnes pêches au saumon, cet été ?

La conversation dériva lentement de la pêche aux différentes conférences scientifiques qui allaient être données à Édimbourg, plus tard dans l'année, puis à une myriade d'autres sujets.

Hélas, en se retirant dans sa chambre en compagnie d'un highland terrier pour la chaleur, Mairi constata avec agacement que le sommeil ne venait pas. Les ronflements du chien emplissaient la pièce, tandis qu'elle restait bien éveillée, hantée par Jack Rutherford. Non pas qu'elle ait eu *envie* de penser à lui. Au contraire, elle ne supportait plus le poids perpétuel de son souvenir.

Quand elle finit par s'endormir, ce fut pour rêver de Jack et de la nuit passionnée qu'ils avaient passée ensemble. Dans ses rêves, la solitude qui l'étouffait tant s'évanouissait. Elle était enfin aimée… C'était intense, bouleversant, merveilleux. Hélas, quand elle se réveilla et constata qu'elle était toujours seule, toute la douleur de son isolement revint la briser. Elle serra très fort le chien dans ses bras. Ce n'était pas comme enlacer un amant, loin de là, mais la chaleur de l'animal était tout de même réconfortante.

Le lendemain, au petit déjeuner, elle était encore fatiguée par sa courte nuit. Même l'éclat du soleil sur le Loch Leven et la douceur de l'air ne suffirent pas à la faire sourire. Ce jour-là, elle eut l'impression de ressentir douloureusement le moindre cahot ou sursaut de sa voiture. Elle donna l'ordre de traverser Fort William sans s'arrêter et ne fit halte pour la nuit qu'à l'auberge de Cluanie, longtemps après la montée des ombres bleues du crépuscule dans la vallée.

L'auberge était calme. On n'entendait que le murmure de quelques voix et le tintement des verres à travers la porte fermée de la salle. De toute manière, épuisée comme elle l'était, Mairi n'aspirait qu'à un souper rapide dans sa chambre, avant de se coucher.

— M. Rutherford s'est aussi arrêté ici, ce soir, claironna Jessie quand elle lui monta un broc d'eau chaude. Quelle coïncidence, hein ?

Mairi poussa un grognement frustré. Non, ce n'était pas une coïncidence : il n'y avait qu'une seule route pour se rendre à Methven et peu d'auberges s'y égrenaient. Néanmoins, elle en voulait à Jack d'avoir choisi de faire le même voyage qu'elle exactement au même moment.

— Tant qu'il n'essaie pas de s'inviter dans mon salon, ce soir, murmura-t-elle.

— Le propriétaire dit qu'il a prévu de dîner avec le Lord lieutenant et quelques soldats, répondit Jessie d'un air important, comme si s'être renseignée sur l'emploi du temps de Jack avait été l'œuvre de sa vie.

Tandis qu'elle tirait une robe de la malle pour la défroisser d'ici le lendemain, Mairi descendit au rez-de-chaussée s'assurer que Frazer et ses fils étaient confortablement installés pour la nuit. On leur avait donné des chambres au-dessus des écuries (les seules qui restaient).

Quand elle sortit dans la cour pavée, elle savoura un instant le silence et le doux parfum du foin mêlé à celui, plus tenace, du crottin. Seul l'un des box était ouvert et un bel étalon bai passa une tête curieuse par la porte quand elle approcha. Il lui donna un petit coup de museau dans l'épaule pour réclamer des caresses. C'était un animal puissant. Elle avait toujours été très bonne cavalière, mais n'aurait pas été certaine de contrôler ce cheval... Il était beau dans la lumière pâle de la lune montante qui faisait luire son pelage et scintiller ses yeux sombres et intelligents.

Soudain, un homme apparut à la porte de la salle, la faisant sursauter. Il entreprit de traverser la cour en sifflotant, sans la remarquer dans la pénombre. C'était Jack. En bras de chemise, les manches retroussées, il portait un seau à la main. Sans se douter de sa présence, il s'approcha de la pompe, posa son seau sur les dalles et se mouilla la tête à grandes eaux. Les gouttes qui retombaient de ses cheveux brillaient dans la nuit. L'eau coulait le long de sa gorge pour se perdre dans les plis de sa chemise mouillée. Ainsi, accroupi, il formait un tableau brut et fascinant.

Mairi sentit sa gorge s'assécher et son cœur battre plus fort. Pourquoi cet homme lui faisait-il tant d'effet ? Pourquoi provoquait-il une telle réaction physique en elle ? Elle s'en serait bien passée !

Sans doute dut-elle bouger sans s'en apercevoir, car il se retourna d'un bond, portant la main au poignard qu'il avait passé à sa ceinture.

— Curieux réflexe de la part d'un homme qui vit en ces âges de paix, fit-elle alors remarquer de sa voix la plus assurée.

Jack éclata de rire, affichant la blancheur de ses dents dans l'obscurité.

— Il vaut mieux rester prêt à tout, Lady Mairi, que nous soyons en paix ou non ! Je suis désolé si je vous ai fait peur.

— Pas du tout. Je porte aussi un couteau.

— Oui, je m'en souviens...

Il y avait quelque chose, dans sa voix, qui fit regretter à Mairi de lui avoir rappelé ce détail. Elle vit passer dans ses yeux le souvenir de cette fameuse nuit, et le moment où elle lui avait confié sa dague, pour qu'il coupe les laçages de sa robe. Elle frissonnait encore au souvenir du désespoir qui l'avait poussée à faire une telle chose, et ses joues s'enflammèrent soudain. Heureusement, il faisait trop sombre pour que Jack le remarque. Mieux valait qu'il ne la voie pas rougir comme une débutante.

— Qu'est-ce que vous faites ici, à Cluanie ? demanda-t-elle. Est-ce que vous me suivez ?

Il sourit de plus belle, d'un air moqueur.

— Il n'y a qu'une seule route pour atteindre Methven, répondit-il tranquillement. Que milady me pardonne d'oser l'emprunter, moi aussi...

Il s'approcha et s'appuya nonchalamment à la porte du box pour caresser le museau soyeux de son cheval. Il lui murmura quelques mots à l'oreille, dos à Mairi, comme s'il cherchait à l'ignorer ostensiblement.

— C'est un beau cheval. Est-ce que vous vous en occupez vous-même ?

Pourquoi tenait-elle à prolonger cette conversation, alors qu'il n'avait de toute évidence aucune envie de discuter avec elle ? Peut-être était-ce le seul moyen qu'elle avait trouvé pour chasser les ombres, bien plus obscures que la nuit des Highlands, qui menaçaient une nouvelle fois de l'envelopper... Cette dépression, cette mélancolie tenace la suivait pas à pas et attendait le moindre instant de solitude ou de vulnérabilité pour lui sauter à la gorge. Ce soir, par exemple, elle avait peur de ce qui risquait d'arriver, une fois qu'elle serait enfermée dans sa chambre, sans personne pour lui tenir compagnie.

— Contrairement à vous, je ne voyage pas avec une armée de domestiques, rétorqua sèchement Jack, avant de refermer la porte du box et de dérouler ses manches. Je préfère faire ainsi. J'ai toujours travaillé pour vivre, d'une manière ou d'une autre. Je pense que je serais perdu sans rien à faire.

— Sous-entendez-vous que je mène une vie de luxe et d'oisiveté ? lâcha-t-elle, blessée par son dédain.

Il n'imaginait pas à quel point elle pouvait travailler !

Il haussa les épaules.

— Oui, si on veut.

— Eh bien, ce n'est pas le cas, riposta-t-elle sans réprimer sa colère. Vous n'avez aucune idée de la manière dont j'occupe mon temps.

De quel droit se permettait-il de la juger, alors qu'il ne savait rien d'elle ?

Loin de paraître intimidé, il se redressa et la dévisagea gravement.

— Je sais que vous séduisez des hommes pendant les bals masqués...

— Non. C'est faux !

Chaque seconde voyait sa colère s'embraser davantage, et c'était bon. Au moins, ça lui permettait de se sentir en vie.

— Vous ne savez que ce que vous avez vu, mais vous ignorez tout de mes rapports avec le reste du monde. Vous me condamnez après un unique témoignage.

Cette fois, Jack sourit et baissa la tête, comme s'il admettait son erreur.

— Vous êtes *bel et bien* un bas-bleu. Allons-nous nous engager dans un débat philosophique au sujet des probabilités, ou du fait plausible, que je n'aie pas été votre premier amant ?

Elle soutint un instant son regard intense, puis soupira.

— Je ne pense pas. Je n'ai aucune envie de me justifier.

— Bien sûr, répliqua-t-il avec une pointe d'amertume. Vous préférez contrôler tout le monde autour de vous.

Sous le choc, Mairi se rendit compte qu'il y avait un fond de vérité dans cette accusation, seulement, personne n'avait encore abordé le sujet avec elle. Comment est-ce que Jack

Rutherford, qui la connaissait si peu, pouvait-il lire en elle avec tant de facilité ? C'était à la fois étrange et déconcertant...

— Je vis seule depuis longtemps, admit-elle, cédant finalement au besoin de s'expliquer. Ce genre d'expérience vous force à devenir indépendant, à la longue.

— Oui, vous êtes seule depuis quatre ans. Depuis la mort de votre mari.

Oh ! bien plus longtemps que ça, même !

Pendant une seconde cet aveu qu'elle avait failli faire sembla flotter dans le silence, lourd et sombre.

— Est-ce qu'il vous manque ? demanda soudain Jack.

— Bien sûr.

Elle devait rester prudente : leur conversation devenait dangereuse. Tout le monde la voyait comme une veuve trop joyeuse, cachant sa douleur sous un masque de gaieté. On la trouvait courageuse et stoïque. On pensait que ses quelques écarts de conduite n'étaient qu'une distraction pour adoucir la douleur du deuil. D'une certaine manière, c'était vrai. Sauf que ce n'était pas un *époux* qu'elle pleurait.

— Il était mon meilleur ami, ajouta-t-elle.

Jack parut surpris.

— Quel étrange choix de mots... Pas votre âme sœur ? Ou bien – il paraissait presque moqueur – votre amour ?

L'ironie de ses paroles avait le tranchant d'un poignard.

— Nous étions amis d'enfance et nous sommes devenus...

— Amants ?

— Mari et femme, corrigea-t-elle.

Même cela était un mensonge.

Elle sentit son regard insistant, dans la pénombre.

— Il n'y avait donc pas de passion entre vous ?

Il était vif... Trop vif ! Mairi se sentit vulnérable, déjà démasquée par cet homme.

— Je vois, reprit-il.

Il attendit, pensant certainement qu'elle allait le contredire, balbutier un déni de façade, mais les mots ne voulurent pas sortir. Elle n'avait plus la force de mentir. Elle se contenta de le dévisager dans la nuit qui se refermait sur eux. Il posa doucement une main sur son bras, et ce contact inattendu lui embrasa la chair. Elle sentit de nouveau le désir, le pouvoir d'attraction qui les entraînait l'un vers l'autre. C'était à la fois excitant et terrifiant... Un frisson la traversa, qu'elle n'essaya même pas de réprimer.

Non, il n'y avait pas eu de passion entre Archie et elle. Mais ici, avec Jack, elle sentait des langues de feu la réchauffer de la tête aux pieds.

S'écartant vivement de lui, elle entreprit de traverser la cour pour se réfugier dans l'auberge. Si elle parvenait à retrouver la lumière, le bruit et les gens, elle aurait la force de résister à la tentation dangereuse qu'il représentait... Hélas, il la rattrapa sans effort. Elle n'avait qu'à ralentir un peu le pas pour se retrouver dans ses bras. Et elle voulait l'embrasser, elle avait envie de *lui* – c'était un besoin dévorant que rien d'autre ne semblait pouvoir combler.

— Il paraît que vous avez passé la nuit dernière chez les Dent, dit-elle pour combler le silence.

Mais sa voix lui parut fluette, hésitante. Que faire d'autre, pour tenter d'ignorer les lèvres sensuelles de Jack ? Elle était soudain prise de vertiges, et la tête lui tournait. Jamais, avant lui, elle n'avait été physiquement attirée par un homme. Elle avait presque l'impression d'avoir trop bu, trop vite...

— Vous semblez très intriguée par mes faits et gestes, déclara-t-il. Surtout pour quelqu'un qui prétend ne pas vouloir me côtoyer.

Il avait l'air presque amusé, sûr de lui. Il n'avait pas une seule fois tenté de la prendre dans ses bras, pourtant Mairi avait la désagréable impression d'être sa proie. Elle trembla de plus belle et accéléra le pas.

— Moi, j'ai entendu dire que *vous* avez été reçue par les Gowrie.

Ainsi, il s'était renseigné. Un soupçon de plaisir la traversa à cette idée, même si elle n'aurait pas dû en être heureuse. Au contraire, se laisser si facilement séduire une seconde fois par Jack serait humiliant !

— Le repas a été agréable, répondit-elle d'un air détaché. Vous avez raté un excellent saumon. J'ai cru comprendre que vous étiez trop occupé pour vous joindre à nous... Tant de gens semblent se disputer le plaisir de votre compagnie !

Il la gratifia d'un sourire presque ironique.

— Oui, c'est un problème perpétuel pour moi.

— J'en suis certaine, répliqua-t-elle froidement.

Elle commençait à retrouver un peu de confiance en elle, à quelques mètres à peine de la porte.

— Est-ce que vous avez le même souci ? demanda-t-il. Quand on est aussi riche que vous, Lady Mairi, le monde entier doit vouloir devenir votre ami.

— Non, je n'en souffre pas. D'un autre côté, je ne pense pas être aussi cynique que vous, monsieur Rutherford. À moins que j'aie simplement des amis plus sincères. Après tout, n'attirons-nous pas les amis que nous méritons ?

Il éclata de rire.

— Touché ! Dites-moi, où trouvez-vous les vôtres ? Est-ce que vous les choisissez aussi au hasard, dans les bals masqués ?

Mairi réprima péniblement un hoquet de surprise.

— Rarement, parvint-elle à répondre en cachant son émoi. Ce genre de choses finit assez mal, en général.

— Oh ! vraiment ? Je trouve que notre aventure a plutôt bien fini, pourtant.

— Bien ou mal, tout ce qui compte, c'est qu'elle soit derrière nous.

— En êtes-vous certaine ? lui glissa-t-il à l'oreille. J'ai au contraire l'impression que votre intérêt pour moi ne fait que grandir...

Elle lui lança un sourire glacial.

— Malheureusement, l'*intérêt* que je vous porte ne sera toujours qu'une pâle copie de celui que vous avez pour vous-même. Avez-vous vraiment besoin d'autres admirateurs, monsieur Rutherford ?

Elle avait enfin atteint la porte et l'ouvrit pour entrer d'un pas vif. En un instant, elle fut enveloppée par la lumière, la chaleur et le bruit. Elle n'aurait pas dû se sentir aussi soulagée, c'était ridicule ! Néanmoins, une part d'elle avait l'impression qu'elle venait d'échapper à un grand danger. Sottises. Elle s'était probablement fait des idées – l'attirance, le désir, leur antagonisme troublant et excitant à la fois, cette impression qu'il ne lui avait pas pardonné son mensonge...

— S'il vous plaît, ne réglez pas ma facture ici, comme vous l'avez fait à Inverbeg. Et je préférerais ne pas avoir à subir votre présence jusqu'à Methven.

Elle le vit sourire, tandis qu'il refermait précautionneusement la porte.

— Vous essayez encore de prendre le contrôle, remarqua-t-il en la couvant d'un regard songeur. Sachez que je n'accepte d'ordres de personne, Lady Mairi.

Puis, sans prévenir, il s'approcha d'elle. Dans ce petit couloir, il n'y avait nulle part où fuir. Mairi fut enveloppée par le parfum de cette peau d'homme, de sueur, de grand air et de cuir. Cette fragrance lui monta à la tête comme une coupe du meilleur champagne. Elle sentit ses jambes faiblir.

Jack lui caressa doucement la joue.

— Tout ce que je veux, murmura-t-il, c'est vous avoir de nouveau dans mon lit.

Elle retint son souffle, tremblant de plus en plus. Cette tendresse soudaine la troublait, tout comme le désir qui la hantait. Dans sa confusion, elle resta un instant immobile, laissant Jack la serrer dans ses bras.

Il l'embrassa alors avec une autorité possessive et irrésistible, réduisant sa résistance à néant. Quand il s'écarta enfin, elle était si bouleversée qu'elle sentit d'amères larmes lui monter aux yeux. Il fallait à tout prix qu'elle se protège avant qu'il ne découvre ses faiblesses. Une vague de panique la saisit : elle se sentait si exposée... Non ! Il ne fallait en aucun cas qu'il devine ce qu'elle ressentait pour lui !

— Il me semblait que nous avions déjà réglé cette question, monsieur Rutherford, dit-elle sèchement. Bonne nuit.

Quand elle recula, elle vit les bras de Jack retomber, sans volonté, et son regard se vider de toute émotion. Elle tourna les talons et grimpa l'escalier en courant. Elle tremblait encore, en atteignant le sanctuaire de sa chambre. Comme elle aurait aimé que Jack Rutherford ne reparaisse plus jamais dans sa vie...

La taverne Sheep's Head, dans Candlemaker Row, à Édimbourg, était depuis des années un lieu des plus mal famés. Aussi, quand un grand homme au teint sombre, vêtu d'un gilet et d'un pantalon élimés, passa la porte à près de 11 heures, un soir de pluie, personne ne lui prêta attention. Un seul client prit la peine de lui crier de fermer la porte. Le nouveau venu apportait de la rue un mélange de parfums étranges, celui de la pluie et du tabac, mêlé à la puanteur des prisons. Mais ça non plus, ce n'était pas surprenant au Sheep's Head.

Le propriétaire le dévisagea de la tête aux pieds avant d'indiquer d'un signe de tête une porte fermée, à l'autre bout de la salle. Le nouvel arrivant acquiesça et se glissa dans la seconde pièce, sans un mot.

— Cardross.

Celui qui l'attendait ne se leva pas pour le saluer, pas plus qu'il ne lui tendit la main – preuve que l'ancien comte de Cardross était vraiment tombé bien bas. Sans aucun titre ni aucune terre, fugitif aux yeux de tous, il n'était plus que l'ombre du lord d'autrefois. D'ailleurs, il en avait conscience et cela ne faisait qu'alimenter sa colère. Seulement, il avait l'instinct d'un loup et savait que le moment n'était pas venu de perdre son calme. Le destin lui offrait une nouvelle chance, qu'il lui fallait à tout prix saisir.

— Est-ce que nous nous connaissons ? lança-t-il froidement en s'installant en face de l'homme.

Accoudé à la table usée, ce dernier prit le temps de le jauger. C'était un homme d'allure très ordinaire, grand et blond. Il ne semblait pas dangereux, au premier abord, et cela précisément éveilla la méfiance de Cardross. Mieux valait ne pas sous-estimer ce genre de personnage...

— Non, nous ne nous connaissons pas, répondit l'inconnu. Mais nous avons des... amis... en commun.

Cardross ne put réprimer une grimace.

— Est-ce que ce sont vos amis qui m'ont fait sortir de prison ? demanda-t-il.

— Peut-être...

Il attendit, mais son étrange compagnon semblait plutôt à son aise dans ce silence. Il n'ajouta rien et se contenta de le dévisager d'un air songeur.

Au bout de quelques minutes, il claqua des doigts et un domestique sortit de la pénombre pour apporter une chope de bière et une assiette de tourte de mouton froide. Cardross ne se fit pas prier pour boire et manger comme une bête affamée, sous le regard de son compagnon silencieux.

— Est-ce que vous voulez vous venger, Cardross ? demanda finalement celui-ci d'une voix presque innocente.

Les yeux fixés sur lui, il faisait tranquillement tourner son verre dans sa main.

Cardross sentit une étincelle de cruauté s'allumer en lui avant de s'éteindre aussi vite. Il n'avait pas perdu son appétit pour le crime, loin de là : sa rage brûlait autant qu'autrefois. Mais la vengeance, bien que tentante, ne lui apporterait rien... Elle ne pourrait pas lui rendre ses terres ou son titre. Le roi les lui avait confisqués quand on l'avait arrêté pour trahison. Tout ce qu'il était autrefois avait bel et bien disparu.

— Je ne veux pas me venger de la petite garce qui a volé

mes terres, répondit-il d'une voix rauque. Tenter de détruire Dulcibella Brodrie serait une perte de temps, tout comme m'attaquer à ce modiste mâle qu'elle appelle son mari.

L'autre le gratifia d'un sourire dangereux.

— Je vous aime bien, Cardross. Vous savez voir plus loin que le bout de votre nez.

Il poussa sa chope de bière vers lui et se cala au fond de son siège, tandis que Cardross la vidait dans son propre verre vide.

— Si vous ne cherchez pas à vous venger, reprit l'homme d'une voix douce, alors que voulez-vous ?

— De l'argent, cracha Cardross en s'essuyant la bouche d'un revers de manche sale. Assez d'argent pour me construire une nouvelle vie.

L'inconnu acquiesça gravement.

— Je peux vous y aider...

Cardross ne put réprimer un sourire amer. Cet homme n'était pas un bienfaiteur, et son aide ne serait pas gratuite.

— Qu'attendez-vous de moi, en échange ?

Son interlocuteur se redressa imperceptiblement sur sa chaise, mais ne répondit pas immédiatement. Il contempla le feu qui crépitait dans la cheminée d'un air absent. Quand il leva enfin les yeux, Cardross sursauta sur son siège en voyant la haine et l'amertume qui déformaient le visage de son vis-à-vis. Au fond de ce regard jusque-là si tranquille se lisaient une violence sauvage et une cruauté indéfinissable.

— Je veux votre cousine, Lady Mairi MacLeod, dit-il. Elle possède quelque chose qui me revient de droit. Quand j'aurai cette femme et sa fortune, vous toucherez votre part et pourrez bâtir cette nouvelle vie dont vous parliez.

Cardross le dévisagea, incrédule.

— Vous voulez *épouser* Mairi ?

— Je n'ai pas dit ça, répondit l'autre sans hésiter.

Ses yeux retrouvaient leur pâleur distante, et la férocité insoutenable qui les avait un instant illuminés avait disparu.

Cardross se sentait à la fois curieux et mal à l'aise. Il

n'avait aucune affection pour ses cousines. Lucy, la sœur de Mairi, et son époux Robert Methven, avaient fait partie de ses accusateurs... Pourtant, il y avait quelque chose, chez cet étranger aussi implacable que mielleux, qui lui glaçait le sang.

— Vous n'êtes pas le seul à vouloir Lady Mairi ou sa fortune, indiqua-t-il.

— Je sais. Michael Innes veut l'argent, murmura l'homme avec un haussement d'épaules. C'est un avocat, pas un combattant.

Cardross ne put réprimer un éclat de rire froid.

— Innes est tout de même capable de tromperies et de complot, au tribunal ! On m'a dit qu'il avait l'intention de dénicher de vieux scandales pour entacher la réputation de Mairi.

En un instant, l'autre perdit son air de nonchalance et le dévisagea avec intérêt.

— Vous avez réussi à apprendre cela ? Même en prison ?

Cardross vida consciencieusement sa chope et la reposa violemment sur la table avant de roter.

— Les prisonniers parlent, les gardiens aussi. Tout le monde dit que Michael Innes va prétendre que Mairi est une catin. Il est prêt à jurer n'importe quoi et son contraire, si ça peut lui permettre de mettre la main sur la fortune d'Archie MacLeod.

L'autre parut se détendre un peu – mais pas complètement.

— Et cette histoire de vieux scandales ? demanda-t-il d'un air innocent.

— Ce serait lié à Archie MacLeod.

Cardross aurait aimé avoir plus d'informations à marchander, mais il était inutile de faire semblant. Il haussa donc les épaules encore une fois.

— Il y aurait eu un grand scandale, il y a des années, que le vieux MacLeod a payé cher pour étouffer. Je ne sais rien de plus.

— Espérons que tout le monde soit aussi ignorant que

vous, répondit pensivement l'homme. Y compris Michael Innes. Dans le cas contraire, je pourrais être obligé de le tuer.

Un lourd silence tomba sur la pièce étouffante. De nouveau, Cardross se surprit à dévisager son étrange compagnon de tablée. Les yeux de ce dernier ne trahissaient pas la moindre émotion après ce qu'il venait de dire.

Il réprima un frisson désagréable. Après tout ce qu'il avait fait et traversé, peu de chose avait encore le pouvoir de l'effrayer, mais ce bourreau sans âme et sans scrupule le rendait presque malade. Cet homme avait déjà tué, c'était certain, et il n'hésiterait pas à recommencer si nécessaire.

Finalement, après s'être éclairci la voix pour dissimuler son malaise, il reprit :

— Vous voulez donc Mairi, et je suis censé vous l'amener ?

L'autre acquiesça.

— Elle se rend à Methven en ce moment même pour le baptême de son neveu. Vous aurez très certainement l'occasion de vous emparer d'elle sur la route. Partez dès ce soir.

Cardross sentit une pointe d'inquiétude monter en lui.

— Elle ne sera pas seule : elle a toujours des hommes pour la protéger.

Hélas, l'autre ne parut pas impressionné.

— Oui, le clan Frazer. Un vieillard et quelques jolis garçons. Ne vous en faites pas : je vous ai trouvé des hommes capables de leur tenir tête.

Il se pencha soudain sur la table et murmura, implacable :

— Je ne veux pas que Lady Mairi soit malmenée, Cardross. Est-ce que c'est bien compris ?

Pas malmenée ? Où était l'intérêt, alors ?

— Même pas un petit peu ? s'enquit-il avec un soupir exagéré.

— Non. Si vous me désobéissez, notre accord ne tient plus.

Cardross plongea les mains dans les poches et se cala au fond de sa chaise.

— Qu'est-ce qui me prouve que vous tiendrez votre part du marché, de toute manière ?

— Rien, fit l'autre avec indifférence. Acceptez ou refusez, ça vous regarde. Il y a de nombreuses patrouilles à votre recherche dans les rues, en ce moment même... Mais je peux vous faire quitter la ville et vous cacher là où nul ne pensera à vous chercher.

Cardross réfléchit un long moment. Il n'était pas vraiment en position de marchander et n'avait aucune garantie, mais, s'il refusait, que lui resterait-il ? Il serait condamné à hanter les tavernes louches et à louer des chambres crasseuses pour le reste de sa vie. Il fuirait sans cesse, guetterait le pas des policiers, sans argent et sans avenir. Puis, un jour, quelqu'un finirait par le dénoncer aux autorités pour le prix d'une miche de pain...

Il soupira et acquiesça.

— Si jamais j'ai besoin de vous contacter... ?

— Je saurai vous trouver.

Cette réponse énigmatique n'avait rien de rassurant.

Néanmoins, il acquiesça de nouveau. Il n'avait pas le choix.

— Et si j'échoue ?

Pourquoi avait-il demandé ça ? Un frisson de terreur le traversa. L'échec n'était pas une option, dans ce genre d'affaire.

Pour la première fois depuis le début de leur conversation, l'homme sourit.

— Évitez, répliqua-t-il.

7

Mairi entendit Jack partir tôt le lendemain. Tant mieux. Ainsi, il la devancerait sur la route. Comme il n'existait qu'un seul chemin, au milieu de ces montagnes sauvages, pour atteindre Methven, Mairi avait craint de devoir faire halte dans les mêmes auberges que lui jusqu'à son arrivée – et elle était bien trop sensible à son charme, bien trop vulnérable pour cela. Il fallait qu'elle garde ses distances. Heureusement pour elle, ils ne risquaient plus de se croiser, désormais : l'étalon de Jack était bien plus rapide que sa propre voiture. Sans compter qu'elle avait prévu de passer deux jours au château de Dornie, où la Société féminine de bas-bleus des Highlands se réunissait.

Elle faisait partie de ce club exclusivement féminin depuis les premiers temps de son mariage et, bien qu'elle ait raté la plupart des réunions des trois mois précédents, elle tenait à participer, cette fois. On allait donner des discours de botanique et de mécanique suivant la méthode de Newton. Il y aurait également des distractions bien moins intellectuelles, évidemment. Les membres de la Société se réunissaient chaque mois dans un endroit différent, et elles s'enorgueillissaient de la diversité de leurs activités. Toutes ces dames étaient de grandes lectrices et des auteures, ouvertes à toutes sortes de réflexions ou de recherches, et très fières de leurs réussites, dans ce monde dominé si souvent par les hommes.

Le temps restait beau. Un vaste ciel bleu s'étendait au-dessus des montagnes, uniquement parsemé de quelques rares nuages blancs et baigné de soleil. Depuis la fenêtre de sa voiture, Mairi regardait le paysage défiler le long de la route. Certes, ce mode de transport était plus confortable, mais, pour la première fois depuis son départ, elle eut l'impression que ce véhicule était une boîte... Une prison luxueuse dans laquelle elle se retrouvait enfermée. Quel effet cela lui aurait-il fait, de chevaucher avec Jack sur les épaulements de collines et de traverser des ruisseaux bouillonnants ? Soudain, elle eut envie de piétiner toutes les règles austères qui régissaient sa vie. Jack faisait s'épanouir une certaine fougue en elle – une sensation à la fois inconnue et très agréable.

Son cortège arriva à Dornie après le repas de midi, et elle trouva le château en émoi.

— Lady Mairi ! s'écria Lady Dornie dès qu'elle entra.

Son hôte, vêtue de soie rouge et de diamants, se précipita pour serrer ses mains dans les siennes et l'entraîner vers un groupe d'invitées qui discutaient au milieu des fougères et des statues de l'orangerie.

— Nous sommes tellement heureuses que vous ayez pu venir, aujourd'hui ! Vous avez été absente si longtemps que nous commencions à nous inquiéter pour votre santé.

Elle jeta un coup d'œil lourd de sens au ventre de Mairi. Le sous-entendu était clair...

— J'espère, ajouta-t-elle d'une voix empreinte de curiosité, que vous n'avez pas été malade ?

Une inquiétude soudaine traversa Mairi. Plusieurs femmes lui jetaient de petits regards en coin, et certaines, comme Lady Dornie, se permettaient même d'observer son ventre sans la moindre discrétion. Il n'y avait pas de doute possible...

Elles la pensaient enceinte.

Si c'était ça, la rumeur dont Jeremy lui avait parlé, c'était bien pire que ce qu'elle avait craint !

Lady Dornie attendait toujours ses justifications, avec un

petit sourire. Mairi se redressa avec peine et affronta tous les regards fixés sur elle.

— Je n'ai jamais été en meilleure santé, merci beaucoup ! déclara-t-elle d'une voix forte, avant d'accepter le verre de champagne qu'un des valets lui tendait. J'ai eu des problèmes avec la plomberie de ma maison de Charlotte Square et une odeur putride s'y était installée. C'est pour ça que j'ai préféré me retirer à Ardglen, le temps que les travaux soient terminés.

— Ah, la plomberie, répondit Lady Dornie. Bien sûr... Que de soucis !

Elle s'éloigna dans un froissement de soie pour accueillir une nouvelle invitée, laissant Mairi face au groupe. Il n'y avait que des femmes. Leur club était une société clandestine dont les réunions étaient tenues absolument secrètes. Les hommes n'avaient pas le droit d'y assister, sauf s'ils venaient donner un discours ou offrir une distraction quelconque.

— Mairi, ma chère ! s'écria Lady Kenton en se précipitant vers elle, tout sourire.

Parente éloignée, cette dernière était la marraine de Lucy. Mairi la salua donc poliment, lui rendant tant bien que mal son sourire radieux.

— Quel bonheur de vous voir ici ! poursuivit Lady Kenton. J'avais peur que vous ne vous rendiez directement à Methven pour le baptême d'Ewan.

— Je suis en route, en effet. Vous joindrez-vous à nous ?

— Hélas, je ne peux pas. Ma nièce se marie à Édimbourg, la semaine prochaine.

Elle prit les deux mains de Mairi dans les siennes et la contempla un moment.

— Je suis vraiment heureuse de vous revoir... Vous semblez en pleine forme, ma chère. Et très mince !

— Pas plus que d'habitude, coupa Mairi.

Décidément, tous ces sous-entendus commençaient sérieusement à l'agacer ! Les mêmes murmures traversaient toute l'orangerie, les éventails s'agitaient et les femmes lui souriaient à son passage, mais leurs yeux restaient froids. Dire qu'elle avait cru retrouver des amies, ici... Hélas, il y avait quelque chose de hautain et de méprisant dans ces regards. Elle s'était attendue à mieux de la part de la Société des Highlands.

— Vous étiez tout de même bien en chair, au bal des MacAlmonds, en avril, pousuivit Lady Kenton. Nous sommes plusieurs à l'avoir remarqué.

— Oui, je suis plus enveloppée à certaines périodes du mois, repartit sèchement Mairi. Cela arrive à beaucoup de femmes, comme vous le savez sans doute.

— Bien sûr... Bien sûr...

Lady Kenton ne la quittait pas des yeux, les sourcils imperceptiblement froncés. Finalement, elle lui prit le bras et l'entraîna un peu à l'écart, vers deux chaises installées dans une alcôve, sous un citronnier chargé de fruits. Le parfum délicat des agrumes emplissait l'air.

— Nous allons enfin pouvoir discuter en privé, murmura-t-elle.

Tandis qu'elle s'asseyait, ses bracelets tintèrent copieusement, envoyant des éclats d'émeraude dans toutes les directions. Elle se pencha finalement en avant et fixa Mairi de ses grands yeux bleus.

— Je ne peux pas vous dire à quel point j'ai été ravie lors du mariage de votre sœur ! En tant que sa marraine, je considère que cette union est ma plus grande réussite.

Mairi restait sur ses gardes. Elle connaissait assez bien la vieille femme pour savoir que ce changement de sujet apparent ne devait rien au hasard. Lady Kenton avait une idée en tête et elle y reviendrait bien vite.

— Je ne savais pas que vous aviez joué un si grand rôle dans le mariage de Lucy et Robert, madame, répondit-elle.

Si ses souvenirs étaient corrects, Lady Kenton avait plutôt insisté pour que Lucy épouse leur cousin, Wilfred Cardross.

Une telle union aurait été diabolique et condamnée au malheur, c'était certain...

Mais, depuis, Lady Kenton avait soigneusement réécrit l'histoire – du moins, dans sa tête. Elle accueillit donc la remarque de Mairi d'un geste de rejet.

— Oh ! dès que je les ai vus ensemble, j'ai compris qu'ils étaient faits l'un pour l'autre, répliqua-t-elle d'une voix émue. Et voyez comme ils sont heureux, à présent ! Déjà deux enfants, en moins de trois ans... Votre mère aurait été tellement fière !

Soudain, elle retrouva sa gravité et se pencha vers Mairi.

— Et vous, ma chère ? J'aimerais tant que vous trouviez le même bonheur. Je dois admettre que j'ai entendu des rumeurs très inquiétantes, ajouta-t-elle à mi-voix, en faisant tourner nerveusement son verre dans ses mains. On ne peut pas ignorer les potins, ma pauvre. Au mieux, on vous considère aujourd'hui comme une veuve bien vite consolée, au pire...

Elle s'interrompit le temps de tamponner son mouchoir sur ses lèvres.

— Eh bien, les gens disent que...

Ce sujet la mettait mal à l'aise, visiblement.

— Je vous en prie, soyez franche, madame, l'encouragea Mairi en réprimant un nouveau frisson d'anxiété.

La nuit qu'elle avait passée avec Jack ne concernait qu'elle. C'était insupportable de penser que sa vie privée était étalée au grand jour par toutes les commères du pays ! Elle voulait croire que sa réaction n'était due qu'à sa culpabilité, après cette terrible erreur. Mais le vide au fond de son cœur n'était pas dû qu'à sa peur des ragots. Elle avait l'impression confuse que tous ces murmures à son sujet salissaient quelque chose de beau et précieux pour elle.

C'est absurde ! C'était de la folie. Il n'y avait rien eu de spécial, dans cette nuit avec Jack. Elle ravala son émotion et fit de son mieux pour se concentrer sur ce que disait Lady Kenton.

— Tout a commencé par cette maudite fille, Dulcibella. J'aurais tellement aimé que votre frère ne s'enfuie pas avec elle ! Quelle créature désagréable… Toute en douceur et en sourires à la surface, aussi vicieuse qu'un serpent à l'intérieur !

Elle baissa les yeux sur son verre de champagne avant de poursuivre :

— Elle a toujours été jalouse de vous, ma chère, et il y a quelques mois elle a fait remarquer à Lady Dornie que vous étiez plutôt enveloppée.

— Oui, je m'en souviens, répondit Mairi. C'était un bal costumé. Ces robes à la romaine gonflent beaucoup au moindre courant d'air.

— En effet, concéda Lady Kenton. Et il y a eu la grande pelisse que vous avez portée chez les Graham. Sa couleur était divine, mais la coupe… On avait presque l'impression que vous cachiez une troupe d'orphelins, là-dessous.

— Je commence à comprendre où vous voulez en venir…

Mairi serra les dents pour lutter contre l'angoisse qui montait peu à peu en elle.

— J'ai aussi porté un grand manchon pendant les chutes de neige de mars. Je l'aimais beaucoup et c'était la dernière mode… Mais il était immense.

— Suffisamment grand pour cacher un petit ventre, en tout cas, soupira Lady Kenton, qui paraissait de plus en plus nerveuse. Et puis, est arrivé le bal masqué de Lady Durness.

Un frisson atroce secoua Mairi.

— Vous êtes partie avec un gentleman.

Se penchant et baissant encore plus la voix, son interlocutrice ajouta :

— On vous a *vue*.

Et c'était bien cela le pire péché. La discrétion était le point le plus important. Mairi savait très bien qu'elle pouvait être aussi libertine qu'elle le voulait, tant qu'elle ne se faisait pas surprendre. Hélas, avec Jack, elle n'avait pas été assez prudente.

Enfer et damnation !

— Je ne suis pas certaine que cet homme puisse être qualifié de gentleman, fit-elle remarquer, la gorge nouée.

Lady Kenton poussa un petit cri.

— Vous voulez dire que tout ce qu'on murmure est vrai ? Tout ? L'aventure ? La grossesse ? *L'enfant* ?

Mairi la dévisagea un instant sans comprendre.

— Bien sûr que non…

— Vous avez été absente pendant trois mois. On vous a vue dans une *situation compromettante* avec un homme. Vous avez grossi et, maintenant, vous êtes mince de nouveau. D'abord ronde, puis mince !

Elle ne la quittait pas des yeux.

— Vous pouvez aisément imaginer ce qu'on a raconté, ma chère… Tout le monde pense que votre aventure dure depuis un certain temps, que l'homme en question est votre amant et que vous avez porté son enfant…

Mairi but nerveusement une gorgée de champagne. C'était infiniment pire que ce qu'elle avait imaginé ! Il lui fallait prendre le temps de réfléchir et s'éloigner de tous ces regards en coin, de tous ces commérages… Hélas, c'était impossible pour le moment. Elle était au milieu de l'orangerie de Lady Dornie, entourée par les membres de la Société féminine de bas-bleus des Highlands – et ces femmes étaient prêtes à tout pour lui arracher la moindre information nouvelle. C'était bien le problème avec ces écrivains : dès qu'elles percevaient une zone d'ombre dans la vie de leurs connaissances, elles s'empressaient d'inventer une histoire pour combler le vide.

— Les gens ont décidément beaucoup trop d'imagination et de temps à perdre en bavardages, lâcha finalement Mairi. Construire une telle fable sur si peu de preuves !

Elle remarqua alors que Lady Kenton fuyait son regard.

— Vous ne prêtez tout de même pas foi à ces sottises, madame ?

Comme cette dernière ne répondait pas, Mairi s'emporta un peu plus :

— Qu'est-ce qu'on raconte d'autre ? Que j'ai abandonné le bébé ?

Sa voix résonnait, stridente et colérique, mais au fond d'elle se creusait un gouffre de désolation. Elle aurait donné n'importe quoi pour avoir un enfant… La dernière chose qu'elle aurait faite, en cas de grossesse, aurait bien été de confier son bébé à un orphelinat !

Lady Kenton, visiblement alarmée par son cri, jeta un petit coup d'œil autour d'elle et lui fit signe de baisser la voix.

— Tout cela n'a aucun sens, reprit Mairi dans un souffle. Vous le savez ! J'ai peut-être passé une nuit avec un amant, mais c'est tout.

— Bien sûr, répondit Lady Kenton d'une voix soudain plus détendue. Bien sûr, chère Mairi ! Et votre réputation n'en sera pas entachée. Après tout, vous n'êtes plus une débutante. Vous êtes veuve et, plus important encore, vous êtes fille de duc. Votre statut suffit à vous protéger des attaques des mauvaises langues. Vous êtes riche, aussi, ce qui veut dire que la pire insulte qu'on puisse vous faire serait d'être une femme légère.

— Une femme légère ? Quel délicat euphémisme… Et pour une histoire si minime qu'elle ne mérite même pas qu'on y prête attention.

Jack n'aurait sans doute pas aimé qu'elle parle de leur brève aventure avec autant de dédain. Il se considérait comme le meilleur amant de toute l'Écosse – et il l'était probablement…

— Vous savez comment circulent les rumeurs, ma chère, poursuivit Lady Kenton un peu tristement. C'est presque comme si elles avaient une volonté propre. La vérité n'a plus d'importance, et même l'écart le plus infime…

Elle laissa sa phrase en suspens, l'air entendu.

Un écart. Plus le temps passait, plus Mairi avait l'impression que sa nuit avec Jack n'avait pas été qu'une simple erreur. Elle avait décidé d'avoir cette aventure au mauvais moment et, comme elle avait été vue en train de quitter le bal accompagnée, les choses avaient empiré. Jack avait été pour elle un faux pas monumental, en réalité, et elle en payait à présent le prix.

— Il y a même eu des commentaires dans les gazettes à scandale, reprit Lady Kenton, les lèvres pincées. Dont certains très méchants. On a fait référence à votre vie sociale *énergique*, et tout le monde sait bien que cela signifie « collectionner les amants ». Et puis, cette atroce Dulcibella a jeté de l'huile sur le feu en déclarant que vous vous étiez retirée loin de la société pour cultiver vos *intérêts personnels* en toute discrétion.

En l'apprenant, Mairi se jura de remettre sa belle-sœur à sa place, lorsqu'elle la verrait. Cela aurait au moins l'avantage de créer un peu d'animation, à Methven.

— Je ne savais pas, dit-elle simplement. Je n'ai pas lu les journaux, depuis que j'ai quitté Édimbourg.

Exaspérée, elle se mit à tapoter la table du bout des doigts presque sans s'en apercevoir. Les rumeurs concernant sa vie sentimentale étaient allées bon train depuis l'annonce de la mort d'Archie. Elle avait préféré cacher sa solitude et sa tristesse sous une série d'excès épicuriens, de fêtes, de bals et de séduction. Pas étonnant que sa réputation en ait souffert… De toute manière, elle ne s'était jamais vraiment intéressée à ce que les gens pouvaient bien dire d'elle ; son malheur l'avait trop étouffée pour qu'elle se soucie de choses aussi triviales.

Ce qui était cruellement ironique, en revanche, c'était qu'elle n'avait jamais emmené d'amant chez elle jusqu'à sa nuit avec Jack. C'était sa solitude et son besoin d'oublier son désespoir, même pendant quelques heures, qui l'avaient poussée à agir. À présent, les gens parlaient dans son dos davantage et les rumeurs qui venaient la salir la blessaient plus que jamais. L'espace d'un instant, elle sentit la tristesse monter, l'engloutir dans sa pénombre, comme la veille de son départ d'Ardglen. Qu'elle se sentait seule !

— Bien entendu, les femmes ont des besoins, reprit tranquillement Lady Kenton en sirotant son deuxième verre de champagne, les joues un peu rouges. Je le comprends. Et avoir un homme sensuel dans son lit…

Elle but une nouvelle gorgée, les yeux pétillants, tant à cause de l'alcool que de sa curiosité salace.

— Dites-moi, ma chère, murmura-t-elle avec un petit sourire de conspiratrice. Qui était-ce ?

— Mes lèvres sont scellées, répondit Mairi.

Si les racontars n'avaient pas encore percé ce mystère à jour, ce ne serait certainement pas elle qui livrerait l'information au public ! Pas par loyauté envers Jack, mais par pure exaspération.

Lady Kenton ne se laissa pas décourager.

— Est-ce qu'il était… bon ? s'enquit-elle en se penchant davantage sur son siège.

— Exceptionnel, répondit Mairi avec sincérité. Sensuel, vigoureux et très doué.

La vieille femme se redressa vivement, d'un air excité.

— Oh ! Seigneur ! glousssa-t-elle.

Puis, d'un seul coup, elle parut se rappeler qu'elle était censée tenir le rôle de sage conseillère et prit une profonde inspiration pour calmer son émoi.

— Quoi qu'il en soit, cela reste un problème. À mon avis, vous devriez vous remarier, cela mettrait fin aux rumeurs vous concernant. J'ai déjà songé à un prétendant convenable pour vous : Lord Donaldson. Je suis certaine qu'il saurait se montrer complaisant, si jamais vous aviez… d'autres envies.

— Quelle générosité de sa part, soupira Mairi. Chère madame, sachez que je n'ai *pas* d'autres envies ! J'ai presque vécu comme une nonne depuis la mort d'Archie. Cet incident, au bal, était…

Elle s'interrompit un instant. Comment décrire ce qu'elle avait vécu avec Jack ?

— … Une erreur, lâcha-t-elle finalement. Et, à cause de cela, je suis apparemment devenue la femme la plus célèbre d'Écosse !

— En effet, vous n'avez pas de chance d'avoir été *surprise* la première fois. Quel dommage ! Vous auriez tant pu vous faire plaisir...

Elle lui tapota doucement le bras et poursuivit :

— Néanmoins, n'oubliez pas mon conseil. Si jamais vous désirez un jour que je vous présente Lord Donaldson, je serai ravie d'organiser une rencontre. Il a encore tous ses cheveux et presque toutes ses dents, vous savez.

— Avec de tels atouts, c'est un miracle qu'aucune femme ne se soit emparée de lui plus tôt ! répliqua amèrement Mairi. Je sais que vous ne pensez qu'à mon bien, madame, mais je suis certaine que je saurai survivre à ce scandale, puisqu'il n'y a, en fait, *pas* de scandale.

— Bien évidemment. Mais que faites-vous de Michael Innes ? Je suis certaine qu'il va tout entreprendre pour tourner la situation à son avantage. Vous savez naturellement qu'il pense que la fortune de ce cher Archie aurait dû lui revenir, et qu'il vous en veut pour cela. C'est un avocat, ne l'oubliez pas.

Cette fois, elle paraissait sincèrement inquiète.

— Il a beaucoup de contacts dans les hautes sphères de la justice. Vous ne devriez pas lui laisser la moindre chance de gagner.

Une ombre froide tomba sur le cœur de Mairi. Elle se souvint de la lettre qu'elle avait reçue à Ardglen. Sur le moment, elle n'y avait pas trop prêté attention, la prenant pour une autre des menaces en l'air d'Innes... Mais ses mots avaient tout de même éveillé une inquiétude sourde, au fond d'elle. Peut-être était-ce cette rumeur de grossesse qu'il comptait utiliser contre elle – et, entre ses mains, de tels ragots pouvaient devenir des armes mortelles. Elle serait vue comme une femme immorale et corrompue, une femme qui avait trahi le souvenir de son mari... Bref, une personne parfaitement indigne de l'héritage colossal qu'on lui avait confié. Et, si Innes commençait réellement à chercher les scandales, nul ne pouvait dire jusqu'où il irait. Le passé d'Archie pourrait être rendu public, son nom serait traîné dans la boue, ses parents seraient déshonorés. D'autres vies risquaient aussi de se voir broyées par le raz-de-marée qui suivrait. Lady Kenton avait raison sur un autre point : Innes était avocat et il connaissait beaucoup de monde dans les cercles de la loi. De plus, il avait assez peu de scrupules pour se servir de tous ses contacts, afin d'arriver à ses fins.

— Je crois que vous devriez réfléchir très sérieusement à mes suggestions, reprit Lady Kenton en la contemplant gravement. L'annonce de fiançailles vous protégerait. Ça empêcherait qui que ce soit de ternir votre réputation davantage, et...

— Je sais me protéger seule ! l'interrompit Mairi, exaspérée. Je l'ai toujours fait !

Elle serra les dents. Lady Kenton ignorait à quel point c'était vrai. Elle ne connaissait pas les secrets de son mariage avec Archie MacLeod, et elle était bien trop vieux jeu pour entendre la vérité.

— Je vous demande pardon, madame, reprit Mairi en voyant sa déception. Je ne voulais pas me montrer si dure... Je suis contrariée, c'est tout.

Elle serra sa main entre les siennes, dans l'espoir de la réconforter.

— Soyez certaine que je vais réfléchir à vos bons conseils. Et je vous remercie. Je vous suis très reconnaissante.

Ces quelques mots suffirent à ranimer le sourire radieux de la vieille dame.

— Vous êtes une bonne fille, Mairi, et tous ceux qui critiquent votre obstination ne se doutent pas un instant de toutes vos qualités.

— Merci.

Mairi l'embrassa amicalement sur la joue, puis se redressa.

— À présent, veuillez m'excuser : je dois me préparer pour la première conférence.

— Ce sera de la botanique, puis, cet après-midi, nous

parlerons d'art chinois, lui indiqua Lady Kenton. Quant à la soirée, elle sera dédiée aux bains de boue. C'est médicinal, vous savez : très bon pour la peau.

— Bien sûr.

Mairi avait beaucoup entendu parler des traitements médicinaux de Lady Kenton par sa sœur, Lucy. Une certaine confusion concernant un massage, pendant une réunion de la Société, quelques années plus tôt, avait laissé Lucy dans une situation plus que compromettante avec Robert Methven. Peut-être que le bain de boue à venir allait être aussi dangereux…

Mairi prit grand plaisir à suivre la conférence de botanique, puis décida de passer un moment à la bibliothèque, pelotonnée devant la fenêtre, pour lire de vieux numéros de *Quarterly Review*.

Dès que la cloche du dîner sonna, elle alla rejoindre les autres invitées dans le salon. De nouveau, elle perçut immédiatement l'excitation à peine contenue et entendit le murmure qui la suivait partout. L'attention qu'on lui portait était si évidente, si pesante, qu'elle fut un instant tentée de fuir et de trouver une auberge pour la nuit. Hélas, s'en aller sans prévenir ne ferait qu'empirer la situation.

Un autre scandale finirait tôt ou tard par arriver et tout le monde l'oublierait, tant on serait pressé de détruire la réputation de quelqu'un d'autre. Michael Innes, lui, ne serait cependant pas aussi facile à distraire. Il était rancunier et jaloux, prêt à s'emparer de toutes les opportunités qu'il rencontrerait pour mettre la main sur les terres et la fortune qu'elle avait héritées.

Durant toute la nuit, elle se tourna et se retourna dans son lit, tentant, pendant ses insomnies, de trouver un moyen de protéger de la destruction tout ce à quoi elle tenait.

8

— C'est vraiment très gentil à vous d'être venu, monsieur Rutherford, lança Lord MacLeod, en serrant la main de Jack.

Sa poigne était encore ferme, mais ses doigts restaient froids, et sa peau ressemblait à un vieux parchemin friable. Il avait fait l'effort de se lever pour l'accueillir, quand on l'avait annoncé, mais il semblait à présent sur le point de s'écrouler. Allait-il seulement atteindre son fauteuil, près du feu, avant de perdre l'équilibre ?

Lentement, le vieil homme regagna son siège, grimaçant comme si le moindre effort le faisait atrocement souffrir. Il y avait cependant une certaine fierté, dans ses gestes, qui décourageait toute aide. Et Jack respectait ça.

Un valet leur apporta des rafraîchissements. On proposa du vin, mais Jack préféra prendre un café. Il voulait garder l'esprit clair, surtout tant qu'il ne saurait pas pourquoi le laird des MacLeod lui avait demandé de lui rendre visite. Après tout, ils se connaissaient à peine. Sans doute le vieillard voulait-il quelque chose – et Jack avait la désagréable impression que cette chose n'allait pas lui plaire. En général, il rendait très rarement service aux gens, à moins de pouvoir en tirer une récompense substantielle. C'était une règle qui lui avait plutôt profité, jusqu'à présent. Certes, c'était peut-être égoïste et méprisable, mais il s'en moquait.

— Ma femme s'excuse de ne pas vous accueillir. Hélas,

sa santé ne le lui permet pas, reprit Lord MacLeod, une fois qu'il se fut rassis dans son fauteuil.

Le valet lui servit un verre de vin et le déposa sur le guéridon, près de lui.

— Transmettez tous mes vœux de guérison à votre épouse, répondit poliment Jack. Je suis navré d'apprendre qu'elle ne va pas bien.

Il ne pouvait s'empêcher de gigoter sur son siège, trop mal à l'aise pour tenir en place. Il faisait affreusement chaud dans ce salon ; un feu ronflait dans la cheminée en dépit du soleil qui se déversait par les fenêtres et scintillait sur les eaux du Loch Carron auréolées de montagnes abruptes. Dans une telle lumière, même les cimes déchiquetées que l'on voyait au loin semblaient moins menaçantes. Cependant, l'austérité du vieux château, elle, ne devait pas aider ses occupants à retrouver le sourire. Une profonde et sourde tristesse régnait en ce lieu, pesante, contagieuse. Jack n'avait jamais été superstitieux, loin de là, pourtant il se sentait happé par cette atmosphère glaçante.

Il avait rencontré l'héritier de Lord MacLeod, Ruraidh MacLeod, pendant son séjour au Canada. Tous deux avaient été en affaire pendant un temps et s'étaient protégés mutuellement dans ce territoire sauvage et indomptable. À l'époque, MacLeod n'était que l'un des nombreux Écossais partis chercher fortune de l'autre côté de l'Atlantique – tout comme lui-même. Il ne s'était pas un instant douté que son compagnon de voyage était destiné à hériter d'une baronnie, encore moins qu'il fût le beau-frère de Lady Mairi MacLeod... Au contraire, Ruraidh n'avait jamais parlé de sa famille ou de son foyer. Jack avait alors supposé que, comme tant d'autres aventuriers, MacLeod était venu au Nouveau Monde pour commencer une nouvelle vie. Là-bas, une seule règle tacite prévalait : ne pas poser de questions.

Il s'était rendu pour la première fois au château de Strome lorsque MacLeod était mort d'une fièvre, et qu'il avait accepté de rapporter ses effets à sa famille. Il avait alors rencontré Lord et Lady MacLeod, qui faisaient tout pour garder la tête haute face à la perte insoutenable, non pas d'un fils, mais de deux. Depuis, Jack était revenu une ou deux fois les voir. Ils désiraient pouvoir parler de Ruraidh à quelqu'un qui l'avait connu et en apprendre plus sur la vie qu'il avait menée au Canada. C'était bien peu de chose, pour apaiser leur douleur. En dépit de la force dont ils faisaient vaillamment preuve, Jack avait souvent senti le poids de leur immense solitude. Il admirait leur fierté et leur lutte sans merci contre le désespoir.

Ce matin-là, cependant, Jack avait l'impression que Lord MacLeod attendait de lui autre chose qu'une simple conversation mélancolique au sujet de son fils. Il y avait une étincelle plus vive et plus machiavélique dans son regard, tandis qu'il l'observait en silence. Ils passèrent quelques minutes à échanger des banalités au sujet de l'état des routes et du temps qu'il faisait. Jack remplit de nouveau le verre du laird et accepta une seconde tasse de café.

Lord MacLeod se cala alors un peu plus sur son siège, s'écartant du rayon de soleil qui passait par la fenêtre. Le visage dans l'ombre, il se mit à jouer pensivement avec son verre, comme s'il tentait de prendre une importante décision.

Finalement, il se redressa et dévisagea Jack.

— J'ai besoin de votre aide, monsieur Rutherford, lança-t-il sans préambule.

Jack eut instinctivement envie de s'écarter, de fuir, comme lorsque Robert lui avait demandé de devenir le parrain de son fils. Tous ces liens que les hommes cultivaient de bonne grâce n'étaient pas pour lui ! Il faillit d'ailleurs le dire nettement, puis se retint, en notant l'inquiétude et l'angoisse qui assombrissaient le visage du vieil homme. Lord MacLeod se tournait sans doute vers lui en dernier recours, parce qu'il n'avait personne d'autre.

— Je vous écoute, répondit-il donc, les dents serrées.

Sa répugnance dut se lire sur son visage, car il surprit une nouvelle étincelle d'amusement furtif passer dans les yeux de son hôte. Le seigneur de Strome était peut-être vieux, mais il n'avait rien perdu de sa finesse.

— Cela concerne ma belle-fille, reprit-il. Lady Mairi, la veuve de mon plus jeune fils.

Jack sentit sa bouche s'assécher. Il ravala sa salive péniblement et fit de son mieux pour rester impassible. Lord MacLeod et lui n'avaient encore jamais parlé de Mairi... son nom n'avait même pas été mentionné.

D'un seul coup, il se sentit à la fois coupable et terrifié ; comme quand il était petit et que son père l'appelait dans son bureau, les rares fois où il remarquait sa présence, pour le punir d'avoir péché. En ce qui concernait Mairi, son péché était évident : la luxure...

— Je crois que vous la connaissez, n'est-ce pas ? poursuivit Lord MacLeod.

— Oui.

Ce n'était certainement pas le mot qu'il aurait choisi pour décrire sa relation avec Mairi, mais il était hors de question qu'il confesse ses erreurs au vieux laird !

— Oui, répéta-t-il donc. Nous nous sommes déjà rencontrés.

Lord MacLeod acquiesça gravement.

— Je m'en doutais bien, étant donné qu'elle est liée à votre cousin, Lord Methven, depuis qu'il a épousé sa sœur.

Il s'interrompit un instant, comme s'il s'attendait à une remarque de la part de Jack, mais celui-ci jugea plus prudent de ne rien dire. Le vieil homme le gratifia d'un petit sourire.

— Ma femme et moi tenons énormément à Lady Mairi : nous lui devons beaucoup, continua-t-il alors qu'une ombre tombait sur son visage, comme s'il s'était soudain replongé dans ses souvenirs. Elle n'aurait pas pu être plus proche de nous si elle avait été notre propre fille...

Jack fit de son mieux pour dissimuler sa surprise. Jamais il n'aurait cru Mairi aussi affectueuse. Quoi qu'il en soit, rien de tout cela ne le concernait directement. Certes, il avait envie de mieux la connaître d'un point de vue purement physique, mais il n'avait aucune envie d'être impliqué dans les affaires familiales des MacLeod.

— Je suis navré d'apprendre que vous avez des problèmes, milord, reprit-il donc avec autant de tact que possible, mais je ne pense pas être l'homme qu'il vous faut.

Il commençait à sentir un filet de sueur couler le long de sa nuque, et sa cravate lui parut soudain trop serrée.

Je ne suis pas celui que vous croyez.

MacLeod se renfonça dans son fauteuil avec une imperceptible grimace de douleur. Chacun de ses traits semblait façonné par les maux de la vieillesse, mais il ne laissa pas échapper le moindre soupir ou le moindre signe évident de faiblesse. Il continuait à dévisager Jack sans ciller, jusqu'à ce que celui-ci sente la honte monter en lui. Il avait l'impression que son refus était indigne et lâche. Cette étrange sensation le surprit. Jusqu'à présent, très peu d'hommes avaient eu le pouvoir de l'intimider... Mais Lord MacLeod, lui, avait réussi avec une facilité déconcertante.

— Je suis vraiment navré par votre réponse, monsieur Rutherford, soupira-t-il finalement.

Sa voix était sèche, cassante comme les froissements d'un vieux papier. Mais ses yeux luisaient comme des braises.

— Je pense néanmoins que vous êtes un homme d'honneur, et c'est pourquoi je vais me permettre de vous expliquer la situation. J'en appelle à votre honneur et, si je me tourne vers vous aujourd'hui, c'est parce que je n'ai plus de fils. En fait, je n'ai plus de parents proches à l'exception de mon épouse et de ma belle-fille. Si les circonstances avaient joué en ma faveur, je n'aurais jamais envisagé de vous importuner de la sorte... Hélas, la situation ne me laisse pas le choix.

— Vous avez pourtant un héritier, milord, lui rappela Jack, de plus en plus désespéré.

Ne mentionnez pas mon honneur, je n'en ai pas !

MacLeod sourit, mais son regard resta de marbre.

— C'est justement mon héritier, M. Michael Innes, qui me pose problème, monsieur Rutherford. C'est un lointain cousin, un homme fourbe et indigne de confiance. Mon titre et mes terres lui reviendront de droit, mais ça ne lui suffit pas. Il veut davantage et a commencé à proférer des menaces.

De nouveau, un silence pesant tomba sur le salon. Lord MacLeod ne quittait pas Jack des yeux mais, sous sa réserve aristocratique, celui-ci pouvait voir le combat d'un homme pour défendre ce qui restait de sa famille, quitte à y épuiser ses dernières forces.

— Je suis très honoré de la confiance que vous me témoignez, milord, mais je crains de ne pouvoir...

— Ces menaces visent directement Lady Mairi, le coupa vivement son interlocuteur. J'ai entendu dire que mon héritier a l'intention de lui arracher la fortune et les terres de feu mon fils. Il n'hésitera pas à salir son nom par tous les moyens possibles pour y parvenir. Il lui intentera un procès et ne reculera devant rien pour détruire sa réputation.

Jack fut choqué de sentir un soudain élan protecteur lui monter à la gorge. Si ce Michael Innes avait été présent, en cet instant, il l'aurait certainement écartelé à mains nues ! Comment était-ce possible ? En quoi la réputation et l'avenir de Mairi le concernaient ? Vu son comportement, elle finirait forcément par s'attirer des ennuis un jour ou l'autre – et il n'avait pas l'intention de jouer les garde-fous.

— Je ne pense pas que Lady Mairi se laisse facilement intimider par qui que ce soit, dit-il. Elle devrait envoyer votre héritier au diable...

Il songea de nouveau à l'armée de gros bras qui entourait en permanence la jeune femme. À présent, il comprenait mieux pourquoi elle tenait tant à se protéger. Il ne s'agissait pas, comme il l'avait cru d'abord, d'une fantaisie de femme riche, ou d'un odieux signe de narcissisme.

Mairi avait *peur*.

Une fois de plus, cet incompréhensible instinct protecteur

se fit sentir. Pourtant, il ne voulait pas s'engager aux côtés d'elle ; ça ne ferait que rendre leur relation déjà compliquée plus invivable encore. Agacé, il étouffa ses inquiétudes. Il en faisait beaucoup trop : sa réaction s'expliquait plus simplement... Lady Mairi était belle, et il la désirait. Ça n'avait rien de compliqué, bien au contraire.

Lord MacLeod l'observait toujours avec un petit sourire aux lèvres.

— J'ai l'impression que vous connaissez très bien ma belle-fille, monsieur Rutherford. En effet, son premier instinct serait sans doute d'envoyer mon héritier au diable ; elle n'aurait pas peur de s'opposer à lui. Mais cette histoire n'est pas qu'une simple menace concernant sa réputation...

Il empoigna brusquement sa canne, serrant le pommeau à s'en faire blanchir les articulations.

— Si Michael Innes essaie de déterrer de vieux scandales, il pourrait découvrir certains secrets qui nous détruiraient tous.

Il se tut d'un coup, le regard plongé dans les braises rouges du feu.

— Des secrets de quelle nature ? demanda Jack.

Il n'arrivait pas à penser à quoi que ce soit d'assez choquant pour provoquer une telle peur chez le vieux laird. Lord MacLeod n'était pas homme à manquer de courage, mais son visage pâle trahissait à présent un mélange de colère et de terreur.

Il le dévisagea un instant et soupira.

— Je ne peux pas vous le révéler. Si jamais vous acceptiez la faveur que je vais vous demander, ce serait à Mairi et non à moi de vous faire une telle confidence. Le choix vous appartient, monsieur Rutherford.

Pour la seconde fois, son regard se perdit au loin, avec l'expression rêveuse d'un homme qui se laisse entraîner par d'anciens souvenirs. Quand il reprit son verre, sa main s'était mise à trembler. Finalement, il se tourna de nouveau vers Jack. Ses traits lui parurent d'un seul coup fatigués, tirés, usés.

— Je ne peux agir moi-même, dit-il en montrant tristement

son corps diminué par l'âge. Je suis vieux et malade. Mais vous… Vous pourriez aider ma belle-fille. Vous pourriez la protéger et… convaincre M. Innes qu'il n'est pas dans son intérêt de mettre ses menaces à exécution.

La réponse était non. Purement et simplement non ! Jack n'avait même pas besoin de perdre son temps à y réfléchir. Il n'avait pas fait profession d'aider les vieillards ou les belles femmes en danger. Tout cela ne le concernait pas.

En quelques secondes, l'élan protecteur qu'il avait ressenti envers Mairi s'était évaporé, et la solide carapace dont il s'entourait reprit sa place – rassurante, froide et dénuée d'émotions.

— C'est à mon cousin et non à moi que vous devriez vous adresser, milord. En tant que parent de Lady Mairi, Lord Methven serait certainement ravi de vous offrir son aide.

Il songea immédiatement que Robert l'aurait maudit de l'impliquer ainsi dans les problèmes de quelqu'un d'autre ; néanmoins, il avait toujours pris ses devoirs familiaux très au sérieux. Contrairement à lui-même, qui s'en moquait. Et les fuyait. Il eut soudain terriblement envie d'un verre de brandy et de se libérer des sombres secrets du château de Strome. Surtout, il avait besoin de fuir le poids des responsabilités que Lord MacLeod tentait de faire peser sur ses épaules.

Le vieil homme accueillit sa suggestion par un hochement de tête pensif.

— J'ai pensé à parler à Lord Methven, bien sûr, mais je me suis dit qu'il aurait sans doute du mal à garder le secret sur cette affaire. Vous, par contre, poursuivit-il avec un sourire, vous êtes un solitaire, n'est-ce pas, monsieur Rutherford ? Vous avez l'habitude de la discrétion ?

Il s'interrompit quelques secondes, juste assez longtemps pour que Jack puisse se sentir mal à l'aise. Le vieux laird avait raison, évidemment. Il n'avait jamais recherché la compagnie des autres – et c'était justement pour ça qu'il n'avait aucune envie de se laisser entraîner dans une histoire qui ne le concernait pas.

— Milord...

— Vous n'aurez pas de mal à nous aider, reprit son hôte comme s'il n'avait rien dit. De plus...

Il le couva d'un regard pesant.

— L'aide dont j'ai besoin ne peut pas m'être fournie par Lord Methven. J'aimerais que vous deveniez le fiancé de Lady Mairi.

Jack manqua de s'étouffer avec le fond de son café. Il crut d'abord avoir mal entendu, mais le vieillard souriait toujours tranquillement, comme s'il venait de lui faire une offre alléchante qu'il ne pourrait refuser.

Il tenta néanmoins de rester calme, reposa doucement sa tasse et s'éclaircit la voix. Sa cravate lui semblait de plus en plus serrée. Résistant au désir de la dénouer, il fit de son mieux pour dissimuler son trouble.

— Milord..., dit-il pour la seconde fois.

— Si vous vous liiez à Lady Mairi, vous seriez à même de lui offrir votre protection et de vous occuper de la menace que représente mon héritier, lui expliqua Lord MacLeod, sans se soucier de l'exclamation étranglée qu'il avait laissé fuser. Découvrez ce qu'il sait et persuadez-le d'abandonner ses menaces de procès. Une fois que tout danger sera écarté, vous serez bien sûr libre de mettre fin à vos fiançailles, si vous le désirez.

Jack prit une profonde inspiration.

— Monsieur, je suis honoré que vous me considériez comme un prétendant convenable pour Lady Mairi, mais je vous le répète : je ne suis pas l'homme qu'il vous faut. Si votre belle-fille annonçait ses fiançailles avec moi, cela n'aiderait en rien sa réputation... Au contraire, elle serait probablement ruinée à tout jamais.

Le regard de Lord MacLeod se voila un instant.

— J'ai bien conscience que vous n'avez pas le désir de vous

marier, monsieur Rutherford, mais ce n'est pas ce que je vous propose. J'ai besoin d'un homme assez fort pour protéger Lady Mairi, et assez implacable pour affronter Michael Innes. Vous réunissez ces deux qualités.

Jack savait reconnaître la flatterie quand il l'entendait, mais il fut également obligé d'admettre que MacLeod avait raison sur ce point : il n'aurait certainement pas peur de faire face à un avocat sans scrupule, prêt à traîner la réputation de la jeune femme dans la boue. Il ne pouvait cependant pas se permettre d'accepter. Ce n'était pas dans sa nature. D'ailleurs, il ne comprenait pas pourquoi il avait tant de mal à formuler un simple refus.

— Est-ce que Lady Mairi est informée de vos plans, Milord ? demanda-t-il. Je doute qu'elle soit heureuse d'apprendre vos projets la concernant.

MacLeod sourit de nouveau.

— Mairi ne sera pas contente que je m'invite dans sa vie privée, en effet, mais en tant que chef de clan j'ai encore le droit de lui ordonner de se marier.

Elle allait être furieuse de se savoir manipulée de la sorte... Connaissant son goût pour l'indépendance et son obsession du contrôle, Jack aurait été prêt à parier qu'elle allait être offusquée que son laird se permette d'interférer dans son quotidien.

Ça valait presque le coup d'accepter, juste pour voir sa tête, en apprenant la nouvelle !

De nouveau, le silence s'installa dans la pièce, uniquement troublé par les petits crépitements du feu. Dehors, le soleil brillait toujours autant. Jack regarda un moment les petites rides que la brise dessinait à la surface du Loch Carron.

Au loin, une élégante voiture noire apparut de la route d'Achnasheen et s'engagea dans la longue allée qui conduisait à la maison. Jack la reconnut immédiatement.

— J'ai l'impression que votre belle-fille a décidé de vous rendre visite, sur le chemin de Methven, milord.

— Lady Mairi s'arrête toujours chez nous, quand elle passe près de Strome. J'avoue que j'espérais pouvoir lui faire part de votre réponse.

Il posa délicatement son verre vide sur la table et attendit en silence, sans présenter à Jack de nouveaux arguments pour le convaincre.

Celui-ci suivit du regard l'avancée de la voiture qui remontait le chemin de graviers, devant le château. Il s'accorda quelques instants pour songer aux mérites de la stratégie qu'on venait de lui présenter. Il était surpris de l'admettre, mais il y avait quelque chose de tentant, dans cette mission... Sa vie était devenue bien monotone, ces derniers temps.

En rentrant en Écosse, après son séjour au Canada, il s'était lancé le défi de racheter Glen Calder et de remettre le domaine en état. À présent que sa propriété se gérait toute seule, une agitation qu'il connaissait bien s'emparait peu à peu de lui. Jamais il n'arriverait à s'installer quelque part. Il avait *besoin* de bouger. Ses affaires pouvaient certes l'occuper pendant un temps – il avait investi dans l'acier, l'ingénierie et la construction de bateaux, ainsi que dans les imports de luxe dans la riche nouvelle ville d'Édimbourg –, mais il gardait tout de même cette impression de vide. C'était comme s'il lui manquait quelque chose.

S'il acceptait d'aider MacLeod, sa mission aurait au moins l'avantage de chasser l'ennui, pendant quelques jours. Après le baptême, il irait rendre visite à Michael Innes. Il ne lui faudrait sans doute pas longtemps pour découvrir ses plans et le convaincre, le plus gentiment possible, de les abandonner.

Et puis, il y avait aussi Lady Mairi. Il la désirait toujours autant et parviendrait sans doute facilement à la convaincre de poursuivre leur aventure. Sa passion incendiaire, pendant leur première nuit, ne le prouvait-elle pas ? S'il acceptait la proposition de son hôte, il se retrouverait plus proche de Mairi, car leurs fiançailles seraient rendues publiques. Pourquoi, alors, ne pas se servir de la façade respectable que cela leur offrirait pour redevenir son amant en privé ? Cette simple pensée suffit à raviver son excitation. Bien sûr, ce ne serait pas très honorable de se servir de la situation pour la convaincre d'être sa maîtresse... Mais, jusqu'à présent, il n'avait jamais hésité à recourir à de tels stratagèmes.

Les roues de la voiture firent crisser le gravier, sous la fenêtre, et l'on entendit une portière claquer. Il était temps de se décider.

La porte de la bibliothèque s'ouvrit à la volée, et Mairi apparut.

Pendant un instant, avant qu'elle remarque sa présence, Jack vit en elle une femme très différente que celle qui l'avait toujours traité avec un immense dédain. Elle n'attendit pas que le valet annonce son arrivée et se précipita vers Lord MacLeod en souriant, les bras ouverts. Elle portait une belle robe de voyage jaune qui, alliée à la teinte flamboyante de ses cheveux, la transformait en rayon de lumière, au milieu des ombres de la pièce. Elle paraissait si heureuse, si épanouie, en cet instant, que Jack sentit quelque chose se briser en lui, et un gouffre s'ouvrit d'un seul coup dans son cœur.

Lord MacLeod sourit, lui aussi, en se levant péniblement de son fauteuil pour accueillir sa belle-fille et l'embrasser sur les joues.

Ce fut alors que Mairi vit Jack et se figea. Le soleil brillait toujours, dehors, mais il ne sentait plus sa chaleur. C'était comme si la température de la pièce était soudain devenue glaciale. Elle le dévisagea d'un air soupçonneux pendant quelques secondes. Sans doute se demandait-elle ce qu'il faisait là et si son beau-père avait la moindre idée de la vraie nature de leur relation.

Finalement, elle redressa la tête avec cette petite moue que Jack connaissait si bien, sans paraître intimidée ou effrayée pas sa présence. Au contraire, elle le regarda droit dans les yeux.

Il lui sourit. Ça ne le dérangeait pas qu'elle s'interroge sur les raisons de sa présence au château.

— Mairi, ma chère, lança Lord MacLeod de sa voix la plus chaleureuse, j'imagine que vous connaissez M. Rutherford ? Il vient courtoisement d'accepter d'agir en mon nom dans l'affaire de Michael Innes...

Le regard éberlué de Mairi fut particulièrement comique. Passé un premier instant de surprise, cependant, elle ne fit aucun effort pour cacher sa désapprobation.

— Êtes-vous sûr de vous, milord ? J'avoue que je n'imaginais pas M. Rutherford capable d'un acte aussi chevaleresque.

À cet instant, Jack prit sa décision.

— Je serai ravi de vous aider, répondit-il vivement, avec un salut courtois.

De nouveau, le regard de Mairi se chargea de soupçons et de doutes.

— Vraiment, monsieur ? demanda-t-elle, comme si elle le défiait de dire la vérité.

Jack sourit de plus belle.

— Bien entendu. Et, pour me permettre d'agir avec plus d'autorité face au gentleman qui vous menace, votre beau-père et moi avons décidé que vous et moi devrions nous fiancer.

Elle resta un instant bouche bée, puis se redressa avec un air de mépris.

— Je vous demande pardon ? Nous *fiancer* ?

— Oui, et c'est officiel à partir de maintenant, déclara tranquillement Jack en lui prenant la main.

Il déposa un petit baiser sur ses doigts, un second, très respectueux sur sa joue, et sourit quand elle s'écarta brutalement – presque comme s'il l'avait mordue.

— Doucement, murmura-t-il à son oreille. Vous ne voudriez pas vexer votre beau-père... Il est très fier de sa stratégie.

D'aussi près, il pouvait voir les paillettes d'or qui dansaient dans ses yeux bleu orage, et le pincement furieux de ses lèvres rouges et pulpeuses, si proches des siennes. Une bouffée de chaleur monta en lui.

— L'un de nous doit avoir perdu la raison, répondit-elle, et je ne pense pas que ce soit moi.

Ses yeux dédaigneux ne le quittaient pas.

— Dites-moi, monsieur Rutherford, avant que j'étouffe ce plan ridicule dans l'œuf, qu'est-ce qui a bien pu vous convaincre d'accepter ? Qu'avez-vous à y gagner ?

Jack sourit de plus belle et l'attira un peu plus à lui, afin que ses lèvres lui effleurent presque la tempe.

— Vous, souffla-t-il.

9

Une demi-heure plus tard, Jack était assis dans le salon de Strome, devant une cafetière fraîchement remplie et un journal vieux de trois jours. Lady Mairi était toujours enfermée dans la bibliothèque avec son beau-père, sans doute en train de chercher des arguments pour le convaincre d'abandonner son plan. Jack était prêt à attendre ; ça ne le dérangeait pas. Il s'amusait bien plus qu'il l'aurait cru. Et il était certain que Mairi ne sortirait pas gagnante de son entrevue. Le laird était peut-être vieux, mais il avait une volonté de fer.

Soudain, il entendit une porte claquer et un bruit de pas précipités qui approchait. Quelques secondes plus tard, une Mairi aux joues rouges de colère et au regard assassin faisait irruption dans la pièce. Jack la trouva magnifique, son élégance habituelle oblitérée par l'émotion. Jusqu'à présent, elle avait toujours porté un masque, mais là, dans sa rage, les barrières tombaient, et Jack sentit un frisson le parcourir.

Il posa tranquillement son journal sur la table.

— Votre entretien ne s'est pas bien passé ? demanda-t-il avec amabilité.

Mairi le gratifia d'un regard plus dédaigneux que jamais.

— Mon beau-père a entendu parler de certaines rumeurs à mon sujet prétendant que j'ai cédé à une certaine immoralité, ces derniers temps, lâcha-t-elle. Il pense donc que je pourrais avoir besoin de la protection de votre nom dès aujourd'hui.

— Une certaine immoralité ? répéta-t-il avec un petit sourire. Ça a l'air intéressant… Dites-m'en plus.

— Inutile d'entrer dans les détails ! Vous étiez là !

Elle se passa une main nerveuse dans les cheveux, laissant tomber quelques épingles diamantées sur le parquet ciré. Elles scintillèrent dans le soleil, comme de minuscules étoiles.

— Tout est votre faute…

— Ce n'est pas très juste de votre part, répondit amèrement Jack. N'oubliez pas que *vous* m'avez séduit, et non l'inverse.

Elle lui lança un nouveau regard furieux, mais n'eut pas l'audace de le contredire.

— Seigneur ! La seule fois où…

Elle s'interrompit brusquement et rougit de plus belle.

— Vous ne vous êtes jamais fait surprendre avant ? demanda Jack, surpris.

Une fois de plus, les yeux couleur d'orage vinrent se poser sur lui.

— Je ne me suis jamais laissée aller à ce genre d'excès avant, monsieur Rutherford.

Sa voix, cinglante, oscillait entre exaspération et désespoir. Jack fut d'ailleurs assez heureux de l'entendre. Il était presque certain qu'elle disait la vérité : elle était bien trop prudente et flegmatique pour prendre de tels risques. Mais, si c'était bien le cas, qu'est-ce qui avait pu la pousser à se mettre en danger avec lui ?

— Seigneur, répéta-t-elle dans un murmure.

Elle se frotta le front du bout des doigts, et d'autres épingles tombèrent dans un petit tintement. Les boucles de ses cheveux, soigneusement maintenues par son bandeau jaune, coulèrent en cascade sur ses épaules, lui donnant un air délicieusement négligé.

— Je n'arrive pas à croire que les gens aient pu construire un scandale aussi monstrueux sur si peu de chose !

— Ce n'est pas une description très flatteuse de la nuit que nous avons passée ensemble, lui fit-il remarquer.

Elle le gratifia d'un petit sourire amer.

— Je suis sûre que votre confiance en vous peut supporter ce coup. Elle reste intacte, contrairement à ma réputation !

L'air ailleurs, elle se mit à tapoter la table du bout des doigts.

— En temps normal, je me moquerais d'une telle rumeur, reprit-elle, presque pour elle-même. Les ragots s'éteignent toujours, et je suis veuve, j'ai certaines libertés. Mais à présent que Michael Innes traque le moindre scandale… Ça ne pouvait pas arriver à un pire moment !

— J'ai cru comprendre, oui. Lord MacLeod m'a dit qu'Innes était prêt à vous salir devant le tribunal pour s'emparer de votre fortune.

Elle lui lança un regard soupçonneux.

— C'est tout ce qu'il vous a dit ?

— Non, répondit Jack gravement. Il m'a aussi confié qu'Innes risquait d'exposer de vieux secrets qui demeurent encore dangereux maintenant, s'il creusait trop profondément. Des secrets liés à feu votre époux.

À bien y réfléchir, il n'était pas certain de tenir à protéger la réputation de *saint* Archibald MacLeod… Il n'était pas très familier de la jalousie, mais c'était bien ce qu'il ressentait – tout ça parce qu'il désirait Mairi MacLeod. Oui, il voulait la coucher dans son lit et lui faire oublier l'existence de son mari. D'ailleurs, il avait l'intention de mettre son plan à exécution le plus vite possible.

En face de lui, Mairi ferma un instant les yeux. Quand elle les rouvrit, Jack fut abasourdi par le désespoir qu'il y vit. De toute évidence, le vieux laird n'avait pas exagéré : ce secret devait être important… Ce qui donnait d'autant plus de pouvoir à Jack. Si Mairi tenait vraiment à protéger le passé, elle serait prête à tout pour y parvenir ; il n'aurait plus alors qu'à profiter de la situation. Après tout, c'était une simple négociation, un jeu de séduction. Si elle avait besoin qu'il la protège, il n'hésiterait pas à lui faire payer son aide au prix fort.

— Je n'arrive pas à comprendre pourquoi mon beau-père a choisi de demander de l'aide à l'homme le plus indigne de sa confiance, monsieur Rutherford, reprit-elle, et j'attends toujours une explication.

Elle était appuyée des deux mains sur la table, à présent, et ne le quittait pas des yeux. C'était une position excitante, qui pressait ses seins contre la mousseline de sa robe, tout en mettant en valeur l'arrondi de ses hanches et la forme de ses cuisses... Elle n'avait manifestement aucune idée du spectacle qu'elle lui offrait. Ses pensées s'emballèrent immédiatement, et Mairi dut se répéter avant qu'il comprenne qu'elle lui adressait la parole.

— Je vous demande pardon ?

Elle fronça les sourcils. Sans doute le prenait-elle pour un idiot...

— J'attends que vous m'expliquiez votre lien avec Strome et la famille MacLeod. Est-ce que vous m'écoutez ?

— Oh oui, affirma-t-il en l'examinant davantage. Mais je ne suis pas certain de pouvoir me concentrer...

Elle se redressa avec un reniflement de dédain et croisa les bras, les joues en feu.

— Monsieur Rutherford ! Répondez à ma question.

— J'ai fait la connaissance de Ruraidh au Canada, dit-il en retrouvant le fil de ses pensées. Il m'arrive de rendre visite à ses parents.

Mairi parut abasourdie.

— Vraiment ? Je ne vous aurais jamais cru aussi attentionné.

— Vous n'avez pas peur de me vexer, Lady Mairi ! grommela-t-il.

— Non, en effet.

Elle le dévisageait toujours avec une pointe de soupçon, comme si elle craignait qu'il lui cache une part de la vérité.

— J'imagine que c'est pour cela que Lord MacLeod a pensé à vous. Vous admettrez tout de même que...

— Je vous ai déjà expliqué pourquoi, la coupa-t-il. Et j'ai

l'intention de récolter ma récompense avant la fin de cette affaire.

Elle lui lança un nouveau regard assassin.

— Oui, vous en avez parlé. Comme je ne suis plus une jeune fille naïve, je me doute bien que vous voulez que je devienne votre maîtresse pour vous récompenser de votre aide, répliqua-t-elle sans cacher son mépris. Laissez-moi vous dire que vous avez une étrange idée des prérogatives d'un fiancé. Dans tous les codes de bonne conduite que j'ai pu lire, il est écrit qu'un gentleman, au cours d'un même bal, peut se permettre d'apporter un verre de limonade à sa fiancée et de danser trois fois avec elle au maximum. Rien de plus.

— Je pense que vous trouverez mon interprétation de ce rôle plus intéressante.

Il avait déjà envie d'elle. Elle était si séduisante... Et leur désir chargeait l'air de tension.

Mairi se laissa tomber dans le fauteuil en face de lui et pressa ses paumes contre ses joues rouges.

— Ne puis-je donc pas faire appel à votre honneur ? murmura-t-elle.

Elle le fixait de ses yeux bleus et purs. Elle avait l'air sincère. Jack poussa un profond soupir. Il commençait à en avoir assez de ces gens qui cherchaient en lui une qualité inexistante. Pourquoi s'imaginaient-ils qu'il savait faire preuve d'intégrité ? Parce qu'il était fils de gentleman ? Ce n'était pas comme s'il n'avait pas son propre code éthique : il en avait un. Seulement, quand il avait la chance de pouvoir séduire une femme qui lui plaisait et qui le désirait aussi, il était hors de question d'hésiter.

— Non, j'en ai peur, répondit-il donc fermement. Toutes les relations que j'entretiens, je les cultive pour mon intérêt personnel.

Mairi secoua lentement la tête, d'un air incrédule, fronçant les sourcils.

— Je ne vous crois pas. Robert et vous êtes proches, forcément : cela fait dix ans que vous travaillez pour lui.

— Parce que j'en ai toujours tiré un certain avantage.

Cette fois, elle parut horrifiée, comme si elle avait chéri jusque-là une image de lui, une illusion concernant ses liens avec sa famille.

— Je croyais que vous deviez être le parrain d'Ewan...

Il l'interrompit vivement d'un geste.

— J'ai refusé, lâcha-t-il avec amertume. Je ne veux pas endosser de responsabilité, si je n'en retire pas quelque chose.

Le regard de Mairi s'assombrit, sans qu'elle ait l'air, toutefois, de croire à son avidité affichée.

— Qu'en est-il de votre grand-mère ? demanda-t-elle.

Un souvenir oublié refit soudain surface, aussi douloureux que honteux. Il revit la porte de la prison s'ouvrir et laisser apparaître la silhouette de sa grand-mère, dans une robe de soie et de dentelle, si incongrue au milieu de la crasse et de la misère, des cris d'ivrognes et des hurlements de fous. Il ressentit de nouveau son humiliation, lorsqu'il avait dû se tenir devant elle dans ses vêtements qui puaient l'alcool, le sang et la saleté. Elle l'avait emporté loin de tout cela et l'avait obligé à faire quelque chose de sa vie. Mais elle n'avait pas eu le pouvoir de réparer les autres dégâts qu'il avait laissés sur son passage. Il était trop tard pour ça : il avait déjà délaissé tant de personnes ! Sur le seuil de la prison, tout à son dégoût et ses remords, il avait compris. Jamais plus il ne pourrait céder à l'affection, jamais plus il n'*aimerait*, car il finirait toujours par perdre. Il échouerait encore. Et il ne pouvait pas se le permettre.

Ce fut donc avec plus de froideur que jamais qu'il empêcha Mairi d'aller plus loin.

— Croyez-moi, je ne cache pas la moindre sensibilité en moi, déclara-t-il. Je suis peut-être un gentleman par la naissance, mais ma nature me pousse à faire passer mes intérêts en premier, quoi qu'il arrive. Votre présence dans mon lit est le prix à payer pour mon aide. C'est à prendre ou à laisser.

Elle bondit subitement.

— Je serais surprise que vous ayez discuté de cela avec mon beau-père quand vous avez accepté sa proposition ! Il vous prend pour un homme d'honneur.

Elle indiqua la porte de la bibliothèque d'un petit signe de tête.

— Je devrais retourner là-bas et lui dire quel genre d'homme vous êtes vraiment.

Jack lui attrapa le poignet avant qu'elle ait pu faire un pas.

— Peut-être, mais vous ne le ferez pas. Parce que vous avez besoin de mon aide. Parce que vous êtes désespérée et que vous devez conserver votre réputation… *immaculée*. Au moins en public, pour protéger les secrets de feu votre époux.

Leurs regards se croisèrent un instant. Il perçut de la fureur et du mépris au fond des yeux de Mairi, mais aussi une forme de désolation. Elle était piégée et elle détestait ça. Pour une femme comme elle, habituée à être obéie, une telle impuissance devait être particulièrement frustrante… Elle ne supportait sans doute pas l'idée d'être à sa merci, mais, si elle refusait, elle mettait en danger tout ce à quoi elle tenait.

— Vous êtes un homme insupportable ! cracha-t-elle.

— Je suis bien d'accord, répondit tranquillement Jack. Pourtant, si vous voulez mon aide, vous allez devoir trouver un moyen de me supporter.

Les yeux bleus de Mairi s'animèrent d'une flamme sombre qui lui échauffa le corps.

— En temps normal, vous seriez le dernier homme au monde à qui j'accepterais d'être fiancée, dit-elle, mais il n'y a hélas personne d'autre.

— Merci.

— S'il y avait la moindre alternative…

— Je prends ça pour un oui, donc.

Elle baissa la tête en signe d'assentiment, les lèvres pincées.

— Dès que je le pourrai, je vous quitterai, le prévint-elle. Je vous chasserai consciencieusement et avec une immense satisfaction.

— Mais pas avant que nous ayons fait l'amour... Consciencieusement et avec une immense satisfaction.

Les grands yeux de Mairi s'animaient, emplis d'une foule d'émotions que Jack ne savait ni reconnaître ni comprendre. Du bout des doigts, il effleura l'une des boucles auburn qui s'étaient échappées de son bandeau. Elle était si soyeuse, enroulée autour de son doigt comme un ruban délicat ! Il lui caressa doucement la joue. Sa peau aussi était douce...

Soudain, il se souvint de la délicatesse de ses courbes, de la souplesse de son corps, quand ils avaient couché ensemble dans la petite maison de Candlemaker Row. Il lui fallut toute sa volonté pour résister à son désir de la prendre dans ses bras ici, au milieu du salon.

Les dents serrées pour se maîtriser, il glissa simplement une main dans son cou et l'attira à lui, jusqu'à ce que leurs lèvres s'effleurent presque.

C'était comme allumer un feu. Quand sa cuisse froissa les plis de sa robe, elle laissa échapper un petit gémissement. Ses yeux devinrent presque noirs, trahissant sa nature passionnée, et ses lèvres s'entrouvrirent.

Elle ressentait donc la même chose que lui... Il le savait depuis l'instant où il l'avait embrassée à Ardglen : il avait senti à quel point leur attirance était à la fois mutuelle et incontrôlable. Sa respiration saccadée, dans le salon silencieux, ne fit que confirmer qu'elle risquait de perdre le contrôle de son désir aussi facilement que lui – et cela fut presque suffisant pour le pousser à ses limites.

— Offre-toi à moi, murmura-t-il. La dernière fois, tu as pris ce que tu voulais... Cette fois, c'est mon tour.

Tous les souvenirs de leur nuit de passion lui revenaient, et il avait l'impression que le moindre contact avec Mairi le brûlait, le marquait au fer rouge.

Ce fut alors qu'il se rendit vaguement compte qu'elle ne l'attirait pas à elle. Au contraire, elle le repoussait. S'écartant d'un pas dès qu'il la lâcha, elle le dévisagea avec mépris. Ils étaient pourtant encore si proches l'un de l'autre...

— Vous êtes un maître chanteur, lâcha-t-elle dans un souffle, effleurant presque ses lèvres des siennes. Vous cherchez à profiter de ma vulnérabilité. Au fond, vous ne valez pas mieux que Michael Innes.

Jack sourit.

— Oh ! tu te rendras vite compte que je suis bien meilleur que M. Innes, ou qui que ce soit d'autre...

Pour le lui prouver, il se pencha sur elle et l'embrassa passionnément. Sa langue effleura la commissure de ses lèvres, puis l'explora un peu plus. Elle s'abandonna immédiatement, comme si elle ne pouvait pas lui résister. Elle avait un goût de fraise, de soleil et d'été. Immédiatement, une vague de désir incontrôlable lui monta dans les reins.

— Alors ? demanda-t-il quand il la relâcha.

— Je ne peux pas...

— Oh si, tu peux. Je n'en doute pas.

Il laissa doucement courir son pouce sur sa lèvre et la sentit frissonner.

— Je ne tolère pas le chantage, reprit-elle d'une voix mal assurée.

— Au contraire : tu viens d'y céder.

Elle secoua lentement la tête. Par qui était-elle déçue ? Lui ? Ou bien elle-même ? Si c'était lui qu'elle méprisait ainsi, cela n'avait aucune importance ; mais si c'était elle... Si c'était elle, il comprit soudain qu'il ne pourrait pas le supporter. Cependant, il ne comprenait absolument pas ce qui le poussait à réagir ainsi.

— Dis-toi que tu n'as pas le choix, lui conseilla-t-il. Ainsi, tu pourras continuer à te croire vertueuse...

Son regard était empli d'une amère désillusion.

— On a toujours le choix, monsieur Rutherford. Si je deviens votre maîtresse, je refuse de me mentir en prétendant que je ne l'ai pas décidé seule.

La distance formelle qu'elle s'évertuait à mettre entre eux le fit presque rire.

— Si tu dois devenir ma maîtresse, tu ferais mieux de m'appeler Jack et de me tutoyer, non ? De toute manière, puisque nous sommes officiellement fiancés, mieux vaudrait avoir l'air intimes en public... Mairi.

Elle parut choquée de s'entendre appeler ainsi. C'était étrange : comment avait-elle pu s'offrir à lui sans la moindre inhibition, et être gênée qu'il utilise son prénom ? Cette réaction inattendue l'amusa.

— Vous prenez trop de libertés, dit-elle froidement.

— Oh ! je ne fais que commencer, crois-moi !

Il l'embrassa de nouveau. Elle résista tout d'abord, indécise, trahissant tout un tumulte d'émotions qu'il pressentait sans les comprendre. Mais, quand elle entrouvrit les lèvres pour lui, il oublia tout et s'abandonna à son désir enflammé. Finalement, il la relâcha et contempla ses yeux choqués, bouleversés. Elle pressa un instant les doigts contre ses lèvres.

— Je ne comprends pas ce que je ressens, murmura-t-elle.

Elle avait l'air troublée, presque perdue ; mais aussi très jeune et peu expérimentée. Tout cela réveilla chez Jack un doute désagréable. Est-ce qu'il s'était trompé à son sujet ? Est-ce que toutes ses manières de femme sophistiquée n'étaient qu'une façade, en fin de compte ?

— Que ressens-tu ?

Il ne s'attendait pas vraiment à ce qu'elle lui réponde. Elle gardait trop ses émotions sous clé pour s'ouvrir à lui. Pourtant, d'un seul coup, elle le contemplait d'un air émerveillé qui le surprit. S'il n'avait pas été aussi cynique, il aurait presque pu avoir le sentiment d'être devenu un dieu à ses yeux...

— J'ai l'impression d'avoir chaud, et la tête qui tourne comme si j'avais trop bu, avoua-t-elle à mi-voix.

Il ne put s'empêcher de sourire. Ainsi, son époux si respecté n'avait pas été parfait sur tous les plans... En ce qui concernait le sexe, il avait même été complètement inefficace !

— On croirait entendre une débutante à qui on vient de donner son premier baiser.

En un éclair, la douce chaleur qui avait envahi le regard de Mairi s'effaça, et Jack regretta ses paroles.

— Je n'ai rien d'une débutante ! répliqua-t-elle froidement.

— C'est vrai.

Il lui prit la main et l'attira à lui pour la regarder en face.

— Quand je t'ai parlé de notre nuit à Édimbourg, murmura-t-il d'une voix rude qui le surprit lui-même, tu m'as dit que tu ne savais pas qui j'étais. Est-ce que c'est vrai ?

Elle baissa les yeux, et il la sentit frissonner.

— Oui, lâcha-t-elle.

Il ne put ignorer la déception que cet aveu provoqua en lui. Il était tellement sûr qu'elle mentait... De toute évidence, elle avait bel et bien décidé de séduire n'importe quel homme, ce soir-là. La vulnérabilité qu'il avait cru sentir en elle, en cet instant, n'avait été que le fruit de son imagination. Il l'avait vue parce qu'il avait eu envie de la voir, c'était tout.

Pourquoi était-il si dépité ? Il n'avait pourtant qu'une envie la concernant : la coucher dans son lit. Le reste ne le regardait pas.

— Je voulais tout oublier, cette nuit-là, reprit-elle sans lever les yeux, d'une voix étranglée et mal assurée. C'était ce que je cherchais : le vide.

Jack se souvint alors de ses larmes, au milieu de la nuit. Sans doute était-elle rongée par la solitude, depuis la mort d'Archie MacLeod. Elle avait été mariée à cet homme. C'était une relation tellement plus profonde et intense qu'une simple liaison...

Il tenta de trouver une once de compassion en lui, mais ne ressentait qu'une pénible et amère jalousie. Il lui en voulait d'être aussi loyale à son époux et d'avoir cherché à noyer son chagrin dans les bras du premier venu. Elle aurait pu passer cette fameuse nuit avec un autre homme. Elle lui aurait fait l'amour de la même manière, avec la même passion, la même fièvre...

— Eh bien, lança-t-il amèrement, la prochaine fois, tu sauras que c'est moi !

Il l'embrassa de nouveau, dans un mouvement de colère qu'il n'essaya même pas d'apaiser, ne s'écartant d'elle que lorsqu'elle chercha à reprendre son souffle.

Il recula d'un pas, juste assez pour voir son visage.

— Tu dois comprendre une chose, reprit-il sans douceur. Si tu acceptes de devenir ma maîtresse, alors je te veux tout entière. Tu devras m'accorder tout ce que je te demande.

Elle se mit à trembler – mais pas de peur. Finalement, elle acquiesça, les lèvres pincées.

— Dis-le.

— J'accepte, chuchota-t-elle.

Une vague de triomphe le traversa.

Il lâcha Mairi et annonça avec fermeté :

— Je voyagerai avec toi, comme un réel fiancé. L'un de tes hommes pourra monter mon cheval.

Il la vit se mordre furtivement la lèvre. Elle n'aimait pas qu'il prenne le contrôle de manière aussi tangible. Il pouvait presque sentir sa colère flotter par vagues jusqu'à lui. Mais la fureur rendait la conquête tellement douce... Elle s'était servie de lui. À présent, c'était son tour.

Mairi n'avait jamais été aussi sensible à la présence d'un homme de toute sa vie. Il s'installa confortablement sur le siège, en face d'elle, à son aise et certain de son autorité. Ses larges épaules étaient appuyées contre les coussins et ses longues jambes étendues devant lui, négligemment croisées. Sa beauté était telle qu'elle en devenait presque indécente... Dans un lieu clos comme celui-ci, l'effet que son charme avait sur Mairi la rendait plus mal à l'aise que jamais. Une dangereuse chaleur s'étendait lentement dans son corps, et son cœur battait fort dans sa poitrine. Jack ne la regardait pas, mais elle avait tout de même l'impression de sentir le poids de son attention. C'était comme s'il pensait à toutes les choses qu'ils allaient faire ensemble – des choses perverses, libertines, sensuelles, qui l'excitaient et la terrifiaient en même temps. Pourquoi était-elle à ce point attirée par lui ? Elle ne supportait pas cette faiblesse en elle, mais ne savait pas non plus comment y résister. Inutile de prétendre qu'il lui avait forcé la main. Il lui avait fait une proposition indécente et elle l'avait acceptée. Pas uniquement pour bénéficier de la protection de son nom, mais parce que chaque jour, depuis cette nuit à Édimbourg, une part d'elle en avait voulu davantage. C'était comme si elle avait mené jusque-là une vie monochrome et que Jack lui avait offert en même temps les couleurs, les goûts et les textures.

Leurs regards se croisèrent, et elle sentit une pointe de désir monter. Elle la chassa tant bien que mal. Hélas, une question se mit soudain à la hanter : quand Jack allait-il décider d'exiger qu'elle remplisse sa part du marché ? Allait-il vouloir le faire dans cette voiture en marche ?

Elle leva instinctivement les yeux et se rendit compte qu'il la dévisageait. Il éclata même de rire. Sans doute avait-il deviné ses pensées.

— J'ai plus de finesse que cela, je te rassure, murmura-t-il d'une voix amusée, ronronnante. Même si faire l'amour dans un véhicule peut être une expérience très... stimulante. Est-ce que tu as déjà essayé ?

— Non.

Elle se détourna, sentant ses joues s'empourprer. C'était étrange : quand elle l'avait choisi, pendant le bal, à Édimbourg, elle était sûre d'elle, conquérante. À présent, c'était l'inverse. Elle demeurait choquée par son comportement, dans la maison de Candlemaker Row ; elle ne l'expliquait pas tout à fait. Elle s'était sentie si seule, abandonnée, qu'elle avait agi d'une manière inattendue et ne se reconnaissait pas dans ses propres souvenirs. Mais il était hors de question qu'elle essaie de lui faire comprendre ça.

Une telle confession le pousserait inévitablement à l'interroger au sujet d'Archie, de leur relation. Et elle n'avait aucune envie d'en parler à quiconque – encore moins à lui. Les douloureux secrets dont elle avait hérité à la disparition d'Archie pesaient déjà assez lourd sur ses épaules. Elle ne pouvait pas confier la vérité à Jack. Elle ne pouvait la confier à personne.

Les yeux fixés sur le décor qui défilait, elle voyait à peine le paysage à travers le voile de ses larmes. Elle n'avait pas l'habitude de se sentir aussi confuse. Dès son plus jeune âge, elle avait pris sa vie en main ; elle avait pris de la même manière le contrôle de son mariage, puis de son héritage et des terres d'Archie, après sa disparition. Tout avait toujours été clair, organisé, et elle en était responsable.

À présent, elle avait chaud, elle était troublée. Et elle ne voulait surtout pas que Jack s'en doute. Elle acceptait peut-être de lui offrir son corps en échange de sa protection, mais il était hors de question qu'elle lui ouvre son esprit.

Chassant son embarras, elle préféra penser à Michael Innes et à la menace qu'il représentait pour elle. L'idée d'être traînée un jour devant un tribunal par cet homme l'emplissait d'une profonde terreur. Ce serait déjà assez humiliant de voir sa propre vie étalée aux yeux de tous et jugée – humiliant, douloureux et honteux pour sa famille –, mais ce n'était rien comparé aux dégâts qu'Innes pourrait causer, s'il découvrait les secrets enfouis dans le passé d'Archie. La santé de Lady MacLeod était encore plus fragile que celle de son époux, et une telle disgrâce risquait de la tuer. Leur fille Eleanor, seule enfant qu'il leur restait, serait éclaboussée aussi par ce scandale. Comment pourrait-elle trouver un époux après cela ? Innes s'emparerait de la fortune, des terres et détruirait toute l'œuvre qu'Archie avait tenté d'accomplir. Il comptait sur elle pour protéger ses domaines et ses gens, après lui. Elle ne pouvait pas échouer, trahir la confiance qu'il avait placée en elle.

Elle jeta un petit regard en coin à Jack. Il avait l'air sombre, comme si ses pensées l'avaient entraîné bien loin. Il avait également l'air autoritaire, implacable. Elle savait, d'après le peu que Lucy lui avait dit des affaires de Robert et Jack à l'étranger, que cet homme pouvait se montrer à la fois déterminé et impitoyable quand il le voulait. Ce qu'elle aurait aisément deviné seule. Sous son vernis d'élégance et de charme, Jack Rutherford était dur comme la pierre. Qu'est-ce qui avait bien pu le rendre comme ça ? Elle réalisa soudain qu'elle ne savait rien de son passé. Il était le cousin de Robert et le petit-fils de la douairière Lady Methven, mais à part ça… Les gens parlaient de ses affaires, de sa fortune et de ses terres ; ils ne mentionnaient jamais son histoire.

Que dirait la douairière, quand elle apprendrait leurs fiançailles ? Et Robert ? Et Lucy ? Elle répugnait à mentir à sa famille, mais elle ne pouvait pas rendre la vérité publique.

Soudain, elle repensa aux quelques gestes possessifs et tranquilles de Jack, à la manière intime dont il l'appelait par son prénom. Elle allait devoir tolérer ce comportement sans se plaindre et se laisser traiter comme si elle était *réellement* sa promise… C'était beaucoup plus que ce qu'elle était prête à faire. Elle songea alors aux autres choses qu'elle allait devoir donner à cet homme : son corps, sans pudeur ni inhibition. À cette idée, son estomac se noua. Elle fut traversée par un mélange d'appréhension et d'impatience lascive. Ses joues s'embrasaient.

— Nous arriverons bientôt à l'auberge de Kinlochewe, annonça Jack, la tirant brutalement de ses réflexions. J'ai pensé que nous pourrions y passer la nuit.

C'était la dernière étape avant Methven. Mairi aurait presque voulu qu'ils poursuivent pour arriver plus vite, mais ça les aurait obligés à subir les chaos de la route pendant encore au moins deux bonnes heures – et à affronter la scène gênante qui les attendrait dès leur arrivée. Une migraine virulente lui brisait déjà le crâne. Elle plaqua sa main fraîche sur son front et le massa pensivement.

Jack la regardait toujours.

— Quelque chose ne va pas ?

— J'ai mal à la tête et je suis très fatiguée, répondit-elle froidement. J'apprécierais une certaine intimité, ce soir... À moins que vous insistiez pour faire de moi votre maîtresse immédiatement.

Un petit sourire mutin dansa un instant sur les lèvres de Jack.

— Je n'ai pas spécialement envie de faire l'amour à une femme quand elle a une migraine. Et puis, l'attente est une bonne chose, pour attiser le désir...

Mairi se détourna de nouveau, sentant ses joues déjà brûlantes s'échauffer davantage. Au même moment, la voiture s'engageait dans la cour dallée de l'auberge.

Jack l'aida à descendre, la serrant un instant contre lui quand elle mit pied à terre. Une main plaquée au creux de son dos, il l'empêcha de s'écarter et l'embrassa. Il prit son temps et, quand il la lâcha enfin, elle ne sut quoi faire. Honteuse, elle prit conscience qu'il s'était arrangé pour que tout le monde les voie. Il venait d'asseoir son autorité sur elle devant témoins...

10

Jack n'arrivait pas à fermer l'œil. En général, le sommeil lui venait facilement, mais cette nuit il ne parvenait pas à se détendre. Il se tournait et se retournait dans son lit, froissant les draps. Il rejeta les couvertures, puis les tira de nouveau à lui quand la fraîcheur de l'aube s'installa dans la chambre. Inutile de se demander pourquoi il se sentait si mal à l'aise : la cause de son trouble reposait à quelques pas de lui, de l'autre côté de la cloison fine.

Avant cette soirée, il n'aurait jamais cru avoir une conscience. Il avait souvent agi d'une manière dont la plupart des hommes auraient eu honte, dans sa vie, et n'avait jamais reculé devant rien pour obtenir ce qu'il voulait. Il avait d'abord pensé que la situation n'aurait rien de différent, qu'il avait le droit de marchander la protection qu'il avait accepté de fournir à Mairi. Après tout, elle s'était servie de lui. À son tour ! Il n'éprouvait cependant pas la moindre sensation de triomphe. Au contraire, un vide étrange se creusait peu à peu en lui.

Ce n'était pas censé se passer comme ça.

Il examina le plafond de sa chambre, sur lequel dansaient des ombres, au milieu de la peinture blanche écaillée et des toiles d'araignée qui se balançaient lentement entre les poutres. Le désir de Mairi était aussi intense que le sien. Il l'avait senti en l'embrassant. Elle l'avait même admis. D'un autre côté, il avait conscience que le chantage n'était pas le meilleur moyen pour obtenir ce qu'il voulait. Ce n'était pas digne de lui. De plus, il tenait à ce que Mairi s'offre à lui de son plein gré.

Que lui arrivait-il ? Est-ce qu'il s'amollissait avec le temps ? Il ne se reconnaissait plus !

Lâchant un juron bien senti, il repoussa la couverture une nouvelle fois et s'approcha de la table. Là, il vida le broc d'eau fraîche dans la bassine et s'aspergea copieusement la tête. Encore tout dégoulinant, il s'avança jusqu'à la fenêtre ouverte. Tirant le rideau, il s'abîma dans la contemplation des montagnes. Une brume fantomatique flottait sur la campagne tel un voile de gaze. Le soleil se levait, annonciateur d'une belle journée.

Soudain, un battement de sabots sur la route attira son attention. Un cavalier solitaire arrivait de l'ouest au grand galop. On ne voyageait à cette vitesse si tôt le matin – ou si tard dans la nuit – que pour transmettre un message urgent… Le cœur battant, il enfila rapidement sa veste et ses bottes.

Le cavalier entra dans la cour et s'arrêta sous les fenêtres. Jack reconnut immédiatement la livrée des Methven. Il gagna le couloir en prenant soin de ne pas réveiller les occupants des autres chambres mais, alors qu'il s'engageait dans l'escalier, il perçut un mouvement furtif dans la pénombre. Instinctivement, sa main se porta à son épée. Au même instant, un faible éclat illumina le visage qui lui faisait face. C'était Mairi. Ses cheveux détachés la couronnaient d'un halo auburn, et ses pieds nus dépassaient de l'ourlet dentelé de sa chemise de nuit. Elle avait simplement passé un châle autour de ses épaules et, dans cette lumière blafarde, sa silhouette paraissait si fragile, si vulnérable que Jack sentit son cœur se serrer. Étouffant un nouveau juron, il rangea sa lame dans son fourreau.

— J'ai vu arriver le messager de Methven, murmura-t-elle. Je descends avec vous.

— Dans cette tenue ? Un seul regard sur toi et le pauvre homme oubliera tout de son message !

Lui-même avait du mal à se détourner d'elle. Une mèche de cheveux s'était glissée dans le décolleté brodé de sa chemise de nuit, entre ses seins. Il devinait leur rondeur délicate sous la toile fine du vêtement et la chair plus sombre des tétons qui tendaient le tissu. Ses yeux descendirent plus bas, dans le cocon sombre entre ses cuisses. En un éclair, toute sa tendresse disparut, remplacée par le feu du désir. Il sentit son sexe se dresser dans son pantalon. Leurs regards se croisèrent, aussi sombres et brûlants l'un que l'autre, et ses instincts primitifs se reflétèrent sur les traits de Mairi. Comme la dernière fois, mais avec plus d'intensité encore...

Oubliant le messager et la lettre qu'il apportait, il s'avança d'un pas. Mairi se raidit nerveusement et resserra le châle autour d'elle d'un geste presque craintif. Ce réflexe défensif étreignit de nouveau le cœur de Jack. Il n'eut plus envie de déchirer sa chemise de nuit pour la plaquer contre le mur, mais de la prendre dans ses bras, au contraire, et de la protéger... Ce changement si brutal le saisit par surprise, et il jura dans sa barbe.

— Je t'apporterai le message dès que j'aurai parlé à cet homme, dit-il froidement.

L'espace d'un instant, il s'attendit à ce qu'elle insiste pour l'accompagner, mais elle finit par acquiescer, les lèvres pincées, et repartit en direction de sa chambre.

— Merci, lâcha-t-elle.

Puis elle ajouta sèchement :

— Ne tardez pas.

Jack ne put réprimer un sourire et descendit dans la salle. Il y trouva le propriétaire encore bouffi de sommeil. Celui-ci s'était levé quand le messager avait frappé à la porte, et il était occupé à tirer les verrous.

Dix minutes plus tard, l'envoyé de Methven prenait son

petit déjeuner avant de se remettre en route, et Jack remontait l'escalier, la lettre à la main. Il frappa à la porte de Mairi.

— Viens avec moi, dit-il dès qu'il fut entré.

Il l'entraîna chez lui, dans la pièce d'à côté, où la femme de chambre ne pourrait pas les déranger.

Pendant son entretien avec le messager, Mairi s'était enveloppée dans une cape de velours rouge, ne laissant pas un seul bout de peau visible. Étonnamment, Jack la trouva encore plus séduisante et mystérieuse dans cette tenue improvisée. Le velours coulait comme de l'eau le long de ses courbes et faisait écho aux boucles rousses qui tombaient librement sur ses épaules. Elle était magnifique ! Il ne pouvait se détourner du spectacle sensuel de cette étoffe lustrée sur un corps qu'il connaissait déjà un peu et pouvait sans peine imaginer.

Bon sang ! Il n'arrivait plus à se concentrer ! Cette femme avait le don de lui faire perdre tout contrôle par sa simple présence… Jamais encore il n'avait à ce point été à la merci de ses émotions – et il n'aimait pas du tout ça. Hélas, il ne pouvait rien y faire pour le moment.

Sans un mot, il laissa donc Mairi le précéder dans sa chambre et ferma la porte derrière eux.

Elle se tourna vers lui, attendant avec impatience qu'il lui transmette les nouvelles. Comme il ne se pressait pas, son regard se fit plus inquiet.

— Quelque chose ne va pas ? demanda-t-elle. Lucy… Les enfants… Tout le monde va bien ?

Elle paraissait tellement angoissée que Jack s'en voulut de lui avoir fait peur.

— Oui, tout le monde se porte bien à Methven, s'empressa-t-il de répondre.

Ses traits se détendirent immédiatement, et elle lissa sa cape d'une main tremblante, avec un soupir de soulagement.

— Dieu merci…

— Mais Rob nous a envoyé une mise en garde, reprit Jack. Ton cousin, Wilfred Cardross, s'est échappé de la prison d'Édimbourg. Rob préférait nous prévenir, au cas où il ait l'idée de se venger en nous attaquant.

Mairi fronça les sourcils, assise au bord du lit.

— Vous pensez vraiment que Wilfred pourrait nous attaquer ? Si près de Methven ?

— Ça ne me surprendrait pas, affirma-t-il gravement. Après tout, il en veut à nos deux familles.

Robert et lui avaient tendu le piège qui avait permis la capture de Wilfred Cardross, trois ans plus tôt. Le frère de Mairi, Lachlan, avait hérité des terres de Cardross grâce à son mariage avec Dulcibella. Le fugitif avait de très bonnes raisons de vouloir se venger...

— Renvoie tes hommes et voyage à cheval avec moi, ce matin. Cardross s'attendra à te trouver dans la voiture, qui représente une cible plus facile à attaquer. Tu seras plus en sécurité ainsi.

Il vit un instant la tentation illuminer ses yeux, comme un éclair furtif, puis son regard redevint terne et un peu triste. Quelques jours plus tôt, il s'était demandé si le contrôle que Mairi exerçait sur tout n'avait pas fini par éradiquer toute spontanéité en elle... Il voyait à présent qu'une braise sauvage rougeoyait encore sous toutes ces couches de bienséance. Il voulut soudain attiser cette braise pour la transformer en un feu triomphant.

— Fais-le, murmura-t-il d'une voix émue. Tu en as envie...

Elle avait baissé la tête et refusait de le regarder en face. Néanmoins, Jack sentait son indécision, comme un fil qui tirait, qui la déchirait. Pendant quelques secondes, il crut qu'elle allait accepter et son cœur s'emballa, mais elle secoua la tête en se détournant de lui.

— Ce serait stupide et dangereux. Je serai bien plus en sécurité dans la voiture.

Il s'approcha avec douceur.

— Qu'est-ce qui te fait tant peur ? Je t'ai promis de te protéger.

Il entendit son souffle s'accélérer. Il était si près d'elle, à présent, qu'il pouvait voir sa poitrine se soulever et retomber au rythme saccadé de sa respiration. Une fois de plus, elle refusa obstinément de lever les yeux sur lui.

— Regarde-moi, Mairi.

Elle finit par obtempérer. Son beau regard bleu était plus intense, empli d'ombres lointaines.

— Qu'est-ce qui te fait peur ? répéta-t-il.

— D'être seule avec toi, lâcha-t-elle dans un souffle. De ce que je ressens, quand tu es là.

D'un coup, ils oublièrent la fin de leur voyage et la menace qui planait sur eux. Jack sentit le désir monter en lui, irrépressible. Jamais encore il n'avait éprouvé cela avec une femme.

Il lui attrapa le menton et lui redressa la tête pour la contempler. Il parvint encore à réprimer sa passion quelques instants, pour lui laisser le temps de s'éloigner, si elle le voulait. Elle se rapprocha, au contraire. Inconsciemment. Instinctivement. Le velours rouge de sa cape caressa sensuellement le corps de Jack.

Cédant alors à son instinct, il se pencha sur elle et l'embrassa. Il avait prévu de rester doux, au début, mais ne put se retenir et s'abandonna à sa fièvre. Mairi s'offrit pleinement à lui, sans hésiter. Hélas, cet élan partagé risquait de les pousser trop loin, trop vite. Jack se sentait déjà sombrer dans l'abîme, entraîné par une excitation désespérée qu'il ne se connaissait pas.

Luttant pour reprendre son souffle, il s'écarta un instant.

— Je peux... ?

Sa voix était cassée, rauque. Il avait envie d'elle, maintenant. Mais il avait besoin qu'elle lui donne son accord. Il ne voulait pas lui forcer la main ou sentir le moindre doute, la moindre réticence en elle. La veille, il s'était cru capable de passer outre ses sentiments. Quel idiot il avait été !

Cette fois, la réponse de Mairi ne fut pas aussi immédiate. Pendant une seconde ou deux, un lourd silence les enveloppa

– à tel point que Jack regretta presque d'avoir posé la question et de s'être exposé au rejet.

— Oui, murmura-t-elle finalement. S'il te plaît.

Ce fut le « s'il te plaît » qui brisa la dernière barrière.

Jack la souleva de terre et la posa au milieu du lit. Mairi ne s'était pas préparée à une réaction si soudaine… Les ressorts du matelas protestèrent sous son poids, et l'édredon faillit l'engloutir. Elle s'allongea sur le dos, les bras et les jambes écartés comme une étoile de mer. Sa cape s'était ouverte et, dans le mouvement, sa chemise de nuit s'était retroussée sur ses cuisses.

Elle vit en un instant tout l'amusement disparaître du regard de Jack, remplacé par un feu qui la bouleversa. Il s'attarda sur ses cheveux défaits, étalés autour de ses épaules, sur le décolleté plongeant orné de dentelle de sa chemise de nuit, sur ses tétons. Puis il descendit plus bas. Déjà, le cœur de Mairi battait si fort qu'elle avait peur de s'évanouir. Une vague de chaleur monta en elle, et elle fut soudain intimidée par le poids de ce regard intense. Elle tenta de croiser les bras, mais Jack, vif comme l'éclair, lui prit les poignets et les plaqua sur le matelas, au-dessus de sa tête. D'une main, il maintint ses bras en place, tandis que son genou se glissait entre ses jambes pour les écarter davantage.

Pendant un long moment, Mairi se contenta de le regarder sans ciller. Il était si proche d'elle qu'elle distinguait la barbe naissante sur sa joue et l'or épais de ses cils. Elle voyait ses yeux s'assombrir, s'emplir de désir. Cela éveillait une nuée de papillons délicieux aux creux de ses reins.

Il était trop tard pour les regrets. De toute manière, aurait-elle vraiment regretté quoi que ce soit ? Abandonnant toute discipline et toute contrainte, elle s'enivrait de cette excitation sensuelle, comme d'autres s'enivrent de vin.

Elle voulait goûter de nouveau au feu de ce plaisir, avant de retourner à sa vie morne et solitaire.

Jack se pencha un peu plus sur elle. Ses lèvres effleurèrent les siennes avec douceur, sans toute la passion qui les avait emportés quelques instants plus tôt. Il prit son temps, multipliant les petits baisers joueurs, qui promettaient tant et offraient si peu de soulagement. Très vite, Mairi se retrouva pantelante, impatiente. Elle aurait voulu le prendre dans ses bras, mais il maintenait toujours ses poignets d'une main de fer au-dessus de sa tête, tout en l'entraînant lentement vers le plaisir le plus délicieux.

Ce fut alors que quelque chose se réveilla dans le cœur de Mairi, une part d'elle qu'elle pensait avoir enterrée à tout jamais. Elle ne comprenait pas ce qu'elle ressentait pour Jack, pas plus qu'elle ne pouvait contrôler ses émotions. Tous ces sentiments la traversaient, l'enveloppaient comme une tornade qui ne laissait derrière elle que le désir.

Elle perdait sa timidité. Sa pudeur était étouffée par le besoin de combler le vide insoutenable creusé en elle. Elle n'était plus mortifiée de se retrouver étendue là, à la merci de Jack, couverte de sa fine chemise de nuit presque transparente. Au diable sa tenue ! Si seulement il pouvait la relâcher pour qu'elle le touche. Si seulement il pouvait remonter un tout petit peu son genou entre ses cuisses, pour qu'elle puisse honteusement se frotter à lui et soulager la tension charnelle qui lui faisait battre si vite le cœur. Il devait sentir son désespoir, le traître, parce qu'il recula délibérément quand elle se hissa vers lui. Il continuait à l'embrasser, passionnément, à tel point qu'elle ne sut plus vraiment que faire ni ce qu'elle voulait. Sa peau était trop chaude, trop sensible... Elle sentait tout avec plus d'acuité, même les lèvres de Jack sur les siennes – et elle voulait qu'il explore tout son corps.

Il s'écarta un peu, et elle fut prise de vertige. La lumière pâle de l'aube lui parut soudain trop vive à travers ses paupières. Tous ses membres tremblaient, assoiffés de plaisir.

— Ouvre les yeux, lui ordonna Jack d'une voix dure, avant de l'embrasser plus tendrement. Cette fois, je veux que tu saches que c'est moi.

Elle obtempéra. Le regard de son amant était presque noir. Il y avait une sorte de colère au fond de ses yeux, comme s'il ne lui avait pas pardonné leur première nuit, comme s'il lui en voulait toujours d'avoir voulu oublier sa solitude dans les bras du premier venu. Pensait-il réellement qu'elle lui appartenait ? Malgré tout, il y avait une forme de tendresse en lui.

Il finit par lui relâcher les poignets et caressa avec douceur ses épaules, faisant glisser les manches de sa chemise de nuit le long de ses bras. Il se pencha ensuite pour embrasser le creux de sa clavicule et la peau brûlante de son cou, juste à la base de la gorge. Elle se tortilla un peu sous lui, troublée par la caresse sensuelle de la soie de sa chemise de nuit sur ses tétons – une caresse presque aussi délicieuse que celle d'un amant...

— S'il te plaît, murmura-t-elle encore une fois.

Les mains de Jack s'immobilisèrent sur ses épaules, chaudes et rassurantes. Puis, il attrapa le devant de la chemise et la déchira jusqu'au nombril, si vite et si brutalement que Mairi poussa un cri de surprise. La fraîcheur matinale lui mordit la chair, transformant ses tétons en perles tendues. Jack écarta la soie et goba l'un de ses seins du bout des lèvres, du bout des dents et de la langue. Sa barbe naissante irritait la peau de Mairi, et elle perdit toute notion de la réalité.

— Ouvre les yeux, répéta Jack dans un murmure.

Il mordilla la chair de son sein un peu plus fort, et elle sursauta sous la petite douleur inattendue. Comme elle ne répondait pas, il la mordit de nouveau, au téton, cette fois. Un éclair la traversa, et ses paupières battirent nerveusement.

— J'ai dit : ouvre les yeux.

Nouvelle morsure. Un peu plus fort. Elle sentit la jouissance monter en elle et obéit finalement. Le regard qu'elle rencontra vibrait de désir étouffé. Il avait posé la joue sur sa poitrine et ses cheveux fauves lui caressaient la peau, or sombre sur chair pâle. Il soutint son regard et referma une main sur son sein, dans un doux geste de possession. Ses doigts se mirent à jouer langoureusement avec son téton comme si elle était sa poupée, son objet. À cette idée, un étrange plaisir monta en elle. La tension qui s'installait dans son corps devenait insoutenable, comme un filin qui la tirait de tous côtés.

— Ne ferme pas les yeux.

Il lécha alors son téton comme une friandise, caressant, avec une lenteur étudiée. Mairi étouffa un petit cri et se cambra davantage. Dans un sourire, il la lécha encore.

Froissant dans ses mains les lambeaux de soie, il finit de déchirer la chemise de nuit, puis pressa les lèvres contre l'arrondi de son ventre et le creux au-dessus de sa toison. Ses doigts glissèrent entre ses cuisses et la pénétrèrent. Incapable de se retenir, Mairi s'abandonna à lui. Il ne fallut que deux caresses du pouce sur son point le plus sensible pour qu'elle se sente éclater en mille morceaux. Ce fut si bon et si violent qu'elle aurait sans doute crié, si Jack ne l'avait pas de nouveau embrassée.

Elle le sentit alors bouger sur elle pour ouvrir son pantalon d'une main. Il tremblait. Elle s'en rendit à peine compte à travers les frissons qui la traversaient encore et le plaisir qui tardait à s'éteindre.

— Regarde-moi, Mairi.

Cette fois, sa voix était moins assurée, moins maîtrisée. À entendre le désir qui le troublait ainsi, Mairi fut envahie par une soudaine sensation de pouvoir qui la fit sourire. Elle garda les yeux clos.

Les mains de Jack couraient sur sa peau, de ses épaules à sa poitrine, son ventre, comme s'il tenait à la posséder de toutes les manières possibles. Très vite, la vague sensation de satiété qui était montée en elle s'évanouit, et son désir s'éveilla derechef. Elle sentait le bout du sexe de Jack pressé contre elle et résista de son mieux à l'envie de se cambrer pour aller à sa rencontre – ou de le supplier. C'était impossible. Au lieu de ça, elle se contenta de le serrer contre elle et d'écarter un peu plus les jambes pour l'accueillir. Elle s'agrippa à ses fesses et l'attira en elle.

Quand leurs corps s'unirent enfin, Jack lâcha un petit gémissement.

— C'est si bon... Si chaud...

Son souffle effleura les cheveux de Mairi, humides et collés à son cou. À leur tour, ses lèvres caressèrent le creux de son épaule.

— J'ai tellement rêvé de ça, de toi !

Elle s'attendait à ce qu'il lui fasse l'amour vite, sans attendre, pour bien lui prouver qu'elle était sienne, cette fois. Elle ne lui en aurait pas voulu. Déjà, l'excitation s'embrasait en elle et son corps réclamait la jouissance promise. Mais Jack ne se jeta pas sur elle. Il prit au contraire son temps, réveillant les braises presque éteintes de son plaisir et les ravivant petit à petit. Il attisa le feu en elle, le nourrit, jusqu'à ce qu'elle sente tous ses membres se crisper de nouveau. Elle ouvrit les yeux et le contempla, le regarda lui faire l'amour. Elle le vit baisser la tête pour embrasser et pincer ses tétons du bout des lèvres. Elle le vit caresser jalousement ses hanches et la soulever du matelas entre ses profonds coups de reins. Elle le regardait toujours, quand son corps finit par être traversé par la douce et délicieuse extase qu'il attendait si impatiemment. Puis, elle rejeta la tête en arrière et se cambra de plus belle, emportant Jack dans son mouvement.

Les minutes passèrent. Peu à peu, Mairi reprit conscience de son environnement et de la lumière de plus en plus forte qui filtrait entre les volets. Elle perçut les premiers chants d'oiseau, dehors, et l'agitation matinale qui s'emparait de l'auberge. Son cœur battait toujours aussi vite. Elle était bouleversée par ce qui venait de se passer, par ce plaisir inédit que Jack venait de lui faire découvrir. Un plaisir différent de la fois précédente... Elle ne comprenait pas vraiment pourquoi, pour le moment. Soudain, elle réalisa que, la dernière fois, elle avait simplement cherché l'oubli.

Autre chose l'animait ce matin ; une chose qui l'effrayait. Aujourd'hui, elle avait voulu Jack. Elle n'avait pensé qu'à lui. Son désir pour lui avait été si puissant qu'elle n'avait pas su contrôler ses propres pulsions.

Un flot d'émotions l'envahit d'un seul coup, accompagné de sentiments qu'elle n'avait encore jamais éprouvés.

— Jack...

C'était la première fois qu'elle prononçait son prénom. Ce faisant, elle entendit la surprise et le trouble dans sa voix. Jack dut l'entendre aussi, car il s'éloigna soudain d'elle. Un courant d'air froid lui mordit alors la chair. Elle se rendit soudain compte qu'elle était nue, allongée sur ce lit, les jambes encore écartées après leurs délicieux ébats. Offerte à cet homme qui se rassit, tout habillé.

— Tu devrais retourner dans ta chambre avant que ta bonne ne vienne te chercher ici, lâcha-t-il d'une voix froide et distante. Il vaudrait mieux éviter de causer un nouveau scandale.

Sur ce, il se redressa et referma son pantalon. Il ne la regarda même pas.

Mairi frémit de honte. Tout son corps subissait soudain le poids de cette révélation.

Elle avait l'impression de n'être qu'une catin. Sauf qu'une catin n'aurait rien attendu d'autre qu'une bourse bien remplie, alors qu'elle avait au moins espéré un semblant de respect. Elle comprit immédiatement son erreur. Elle s'était laissé séduire... Elle avait oublié que Jack la faisait chanter, qu'il avait exigé qu'elle devienne sa maîtresse comme prix de sa protection. Leur liaison n'était qu'une humiliation de plus de la part d'un homme qui n'avait aucune estime pour elle.

À cet instant, elle se détesta. Elle détesta ce qu'elle venait de faire et ce qu'elle éprouvait. Elle voulut aussi détester Jack mais n'y parvint pas. Sans doute était-ce ce qui la mettait le plus en colère... Il avait toujours été très clair à propos de ses envies – et l'intimité n'en faisait pas partie. Il ne voulait tisser de liens affectifs avec personne. Elle l'avait su dès le premier jour et l'avait compris. Seulement, dans la chaleur du désir, elle s'était oubliée. Jack ne lui avait pas menti, cependant ; il ne lui avait pas fait de fausses promesses. Il lui avait fait l'amour parce qu'il avait envie d'elle et, maintenant que son appétit était satisfait, il voulait qu'elle parte.

Pendant quelques secondes, son humiliation la figea sur place, puis elle bondit du lit, grimaçant quand ses pieds se posèrent sur le parquet froid, et s'enveloppa le plus vite possible dans sa cape. Elle noua les lacets d'une main tremblante et, ayant retrouvé un semblant de décence, eut enfin la force d'affronter le regard de Jack. De son côté, il avait profité de ces quelques instants pour rajuster ses vêtements. Assis dans son fauteuil, il attendait à présent qu'elle parte, sans cacher son impatience.

— Nos fiançailles sont terminées, annonça-t-elle.

— Je te demande pardon ?

Il parut sincèrement surpris, et elle fit de son mieux pour ne pas se laisser déconcentrer par sa beauté un peu négligée et si masculine en même temps. L'apparence de cet homme n'entrait absolument pas en ligne de compte !

Elle ravala son émotion, resserrant sa cape autour de son corps. Il était si difficile de se raccrocher à sa dignité, alors qu'elle était nue dessous et que tout son corps vibrait encore des assauts sensuels de Jack.

— Nos fiançailles sont terminées, répéta-t-elle froidement. C'était une erreur, tout comme ce que nous venons de faire. Je n'ai pas besoin d'aide. Je ne veux rien d'autre venant de toi et je refuse d'être ta maîtresse.

Elle s'interrompit, le souffle court. Il venait de bondir et la dévisageait d'un air dangereux. S'avançant d'un pas, il la saisit fermement par les épaules. En dépit de la colère qu'elle lisait dans ses yeux, ses mains restaient chaudes et douces, éveillant une nouvelle fois la flamme du désir au fond de son traître de corps. Étouffant un frisson, elle se raccrocha plus désespérément encore à sa cape.

— Je te préviens : si tu continues à coucher avec moi pour faire ensuite semblant de ne pas en avoir eu envie, je vais finir par me lasser, murmura-t-il.

Il caressa doucement le velours de son vêtement, et Mairi sentit ses paumes à travers le tissu. Elle réprima un nouveau frisson. Jack glissa une main entre les plis de la cape pour atteindre son sein, l'effleurer, passer son pouce sur le téton sensible et déjà tendu. Puis il se pencha davantage et leurs lèvres se rencontrèrent presque.

— Tu as envie de moi, n'est-ce pas, ma chérie ?

Ce n'était pas vraiment une question. Il connaissait déjà la réponse.

Mairi ravala le flot d'excitation qui montait en elle et faisait battre son cœur plus vite.

— Ce n'est pas une question de désir.

Il lui pinça doucement le téton, lui arrachant un petit gémissement. Elle sentit ses jambes se dérober sous elle, mais tint bon. Si elle le laissait faire, elle risquait de se retrouver sur le lit, en train de refaire l'amour à cet homme.

Bien décidée à résister, elle redressa la tête et tenta de se concentrer.

— Je refuse d'être traitée comme une courtisane dont on se sert et que l'on chasse sans ménagement dès qu'on a fini, déclara-t-elle.

Elle sentit Jack se crisper, et sa main retomba.

— À présent, tu sais ce que j'ai éprouvé, quand je me suis réveillé après ton départ, ce matin-là, répondit-il.

Son regard trahissait une pointe de colère.

— Très bien. Dans ce cas, maintenant que tu as pu te venger, tu pourras enfin tourner la page.

Elle referma de nouveau sa cape, sans prêter attention à la chaleur qui dansait au creux de ses reins, ou à la tristesse qui s'installait au fond de son cœur. Les choses n'auraient pas dû se passer comme ça.

— Je ne veux pas de ta protection, reprit-elle, et je ne veux pas non plus subir ta compagnie. Quand nous serons à Methven, je te serai reconnaissante de m'éviter autant que possible.

Sur ce, elle tourna les talons, ouvrit avec difficulté la porte et sortit. Elle ne voulait plus qu'une chose : retrouver l'intimité de sa chambre, des vêtements propres et un bain chaud. Hélas, elle pourrait se laver autant de fois qu'elle le voudrait, elle n'arriverait sans doute pas à effacer de son corps le souvenir des caresses de Jack... Il avait raison. Elle avait encore envie de lui. Elle désirait encore cette jouissance qu'il savait lui donner, mais elle ne pourrait plus jamais s'offrir à lui sans piétiner sa dignité.

Elle referma la porte de communication derrière elle.

Jack ne tenta pas de la rappeler.

Bon sang ! Bon sang ! Bon sang ! Jack n'avait encore jamais été d'humeur aussi exécrable. Campé devant la fenêtre, il regardait les domestiques de Mairi charger ses malles dans la seconde voiture. Leur maîtresse était là aussi, debout près des véhicules. Figée comme une statue, les traits tirés. Frazer, lui, avait l'air hors de lui. Autour d'eux, les valets couraient dans tous les sens comme si leurs vêtements avaient pris feu. De toute évidence, Mairi s'était défoulée sur ses gens pour ravaler sa rage – et cela ne lui ressemblait pas. En même temps, elle était particulièrement furieuse en quittant la chambre...

Il ne pouvait s'en prendre qu'à lui-même. Il avait chassé Lady Mairi MacLeod de son lit. Il n'était qu'un idiot – et un mufle, par-dessus le marché. Mairi n'était certainement pas femme à accepter ce genre d'humiliation. Sa seule excuse – si c'en était vraiment une – était le choc émotionnel, après ce qui s'était passé entre eux, qui l'avait poussé à vouloir prendre ses distances par n'importe quel moyen.

Il ravala juron. Un de plus. Jamais il n'avait eu l'intention de la traiter comme une catin, encore moins pour se venger. Quand il avait commencé à lui faire l'amour, le peu d'amertume qu'il pouvait encore ressentir s'était évanoui. Il avait oublié qu'elle s'était servie de lui. Il avait oublié qu'il voulait prendre le contrôle, assouvir ses propres désirs. Leur passion l'avait poussé bien au-delà de tout ce qu'il avait pu éprouver dans sa vie. Il avait été bouleversé, déconcerté par la réaction de son propre corps et par l'importance terrifiante qu'avaient soudain prise ses émotions. Il avait aussi songé à se retirer, juste avant de jouir, mais il était tellement ensorcelé qu'il ne l'avait pas fait ; et c'était particulièrement irresponsable de sa part.

Les dents serrées, il se passa nerveusement la main dans les cheveux. Les ébats passionnés n'étaient pas une nouveauté pour lui, il avait même quelques souvenirs plus que mémorables. Mais, cette fois, ça avait été différent. Cette fois, ça avait été exceptionnel. Il s'était senti tellement lié à Mairi, hanté par un besoin qui dépassait le plaisir physique. C'était comme si elle avait réussi à toucher son âme. Et, comme il avait toujours cru être dénué d'âme ou de tout idéal moral, cette sensation était des plus dérangeantes...

Il s'écarta finalement de la fenêtre et tourna le dos au cortège de voitures qui partait. Il donnait beaucoup trop d'importance à ce qui s'était passé. Il était grand temps de passer à autre chose, d'autant plus que sa liaison avec Lady Mairi MacLeod était bel et bien terminée. Pourquoi, dans ce cas, continuer à se torturer, en regrettant ce qu'il ne pourrait plus avoir ? Il lui fallait trouver un moyen d'oublier la douceur satinée de sa peau et la chaleur ferme de son corps quand il s'ouvrait à lui. Il lui fallait oublier les petits gémissements qu'elle avait poussés, quand le plaisir était monté en elle, et le bleu profond de ses yeux, au moment où elle avait cédé à la jouissance.

Une fois de plus, son sexe se gonfla, enfermé dans son pantalon. Si ses efforts pour oublier prenaient cette tournure-là, il allait peut-être devoir faire l'inverse ! Mairi venait de couper tout lien avec lui, et il avait sans doute de la chance qu'elle n'ait pas coupé autre chose, étant donné sa dextérité avec une dague.

Il aurait dû être heureux du tour qu'avaient pris les choses. Il n'allait pas être obligé de jouer les fiancés et n'avait plus à se soucier de la pesante mission que lui avait confiée Lord MacLeod. Pas de liens, pas de responsabilités, pas d'implication. C'était exactement ce qu'il avait toujours voulu.

Il s'attendait à sentir monter un raz-de-marée de soulagement en lui.

Rien n'arriva.

11

La route de Torridon avait mauvaise réputation. C'était un long chemin escarpé et accidenté qui bordait le flanc rocheux de Beinn Eighe – une montagne inquiétante, aux allures de forteresse. Seuls quelques arbres isolés brisaient la monotonie de la pierre nue. Par endroits, des cascades bondissaient par-dessus les éboulis et s'écoulaient dans des petits lochs aussi bleus que le ciel au-dessus. C'était un paysage majestueux, mais si désolé que Mairi préférait de loin les collines douces et verdoyantes du Sud.

Elle soupira et se détourna de la fenêtre de sa voiture. Elle aurait voulu dormir, mais n'y parvenait pas : son esprit était trop agité pour cela. Chaque fois qu'elle fermait les yeux, elle voyait Jack et son corps puissant, tanné, étendu au-dessus d'elle dans une étreinte passionnée. Elle sentait encore la caresse de sa peau sur la sienne, entendait sa respiration, profitait de sa chaleur. C'était comme si toutes ses caresses s'étaient imprimées sous sa peau et palpitaient au rythme de son cœur. Elle ne pouvait s'en défaire.

Tout comme elle ne pouvait ignorer ce qui s'était passé, prétendre que ce n'était qu'une erreur de plus. Jack lui avait laissé le choix depuis le début. Quand il lui avait proposé ce marché infernal, elle l'avait accepté, sans réserve, juste parce qu'elle avait eu besoin de goûter une nouvelle fois à la passion. Elle s'était laissé prendre, séduire. Et elle avait été rejetée brutalement, avec une froideur calculée.

Tant de choses auraient dû l'empêcher d'avoir une liaison avec Jack Rutherford, et celle-ci était la plus importante. Elle avait toujours eu une trop haute opinion d'elle-même pour s'offrir à un homme capable de la chasser de son lit, avant même que les draps aient refroidi.

Et puis, c'était bien trop dangereux ! Elle avait la chance d'avoir un cycle mensuel très régulier. Ainsi, elle pouvait être certaine de pas craindre de grossesse en ce moment, d'après ce qu'on lui avait appris. Il n'empêche... Elle n'y avait même pas pensé, en s'abandonnant dans les bras de Jack – et c'était plus qu'imprudent !

Elle frissonna, en dépit de la bouillotte placée à ses pieds et de la couverture dont elle s'était enveloppée. Le froid était en elle, pas au-dehors... Elle rêvait d'avoir un enfant depuis de si longues années ! Voir Lucy agrandir sa famille était une torture, pour elle. Elle voulait un bébé, certes, mais pas comme ça.

Une autre crainte la hantait également, plus persistante que le reste. Comment allait-elle faire face à Michael Innes et à ses menaces ? À présent qu'elle avait refusé l'aide de Jack, elle était de nouveau vulnérable... Il lui fallait trouver un moyen d'agir seule, somme elle l'avait toujours fait. Le prix de la protection de Jack était son amour-propre, et c'était beaucoup trop cher payé.

Elle dut finir par somnoler, car elle s'éveilla en sursaut quand la voiture ralentit, après être passée sur un nid-de-poule plus profond que les autres. Le véhicule tangua une fois encore, si brutalement qu'elle fut éjectée de la banquette. Un coup de feu claqua à l'extérieur, puis un autre, plus proche. Elle voulut s'emparer du pistolet qu'elle gardait dans la cabine, mais un écart subit de la voiture lui fit perdre l'équilibre. D'autres coups de feu résonnèrent, accompagnés de cris.

Finalement, la voiture s'arrêta net, et Mairi s'écroula sur le plancher, empêtrée dans sa jupe et sa couverture.

Terrifiée, elle se rendit soudain compte qu'elle avait été tellement contrariée par Jack qu'elle avait oublié de prévenir Frazer et ses fils d'une possible attaque menée par Wilfred Cardross. En fait, elle ne s'était pas *réellement* crue en danger : son cousin n'avait rien à lui reprocher directement. Et puis, n'était-il pas lui-même en danger, si près de Methven ?

La portière s'ouvrit à la volée, et une haute silhouette vint couper la lumière. C'était bien Cardross, mais Mairi ne l'avait jamais vu dans un tel état. L'homme qui se tenait devant elle n'avait plus rien du jeune aristocrate élégant qui avait hanté les salles de bal d'Édimbourg. Ses cheveux étaient ébouriffés, sa veste sale et élimée. Il tenait un pistolet à la main et la dévisageait avec un sourire menaçant. Derrière lui, Mairi entrevit le combat sanglant qui opposait ses domestiques et les bandits hirsutes à la solde de Wilfred.

— Surprise de me voir, cousine ? lâcha-t-il avec un rire mauvais.

Comme elle tentait de se redresser, il lui fit signe du canon de son pistolet de rester comme elle était, à quatre pattes. Il était évident qu'il cherchait à l'humilier, et ça fit bouillonner sa colère de plus belle. Le sourire malsain qu'il affichait la rendait malade. À la première opportunité, elle le tuerait !

— Oui, je suis surprise, répondit-elle froidement. Tu ne devrais pas être en prison ?

Wilfred gloussa – ce qui était plus terrifiant que le reste, venant de lui.

— Avec un bon appât, on peut facilement tendre tous les pièges qu'on veut...

— Métaphore adaptée, quand il s'agit de capturer de la vermine ! répliqua Mairi sans se laisser impressionner. Que veux-tu, Wilfred ?

— Toi. Un de mes amis est très intéressé par ta personne.

— La plupart des gens demandent un entretien, quand

ils veulent me voir. Ils n'essaient pas de m'enlever ! Je n'aime pas les méthodes de ton ami et je n'ai pas l'intention de le rencontrer.

Elle tenta de se relever de nouveau, vivement, et tendit la main vers le compartiment du pistolet, à l'intérieur de la portière, mais Wilfred fut plus rapide qu'elle. Il serra le poing et la frappa brutalement sur la tempe, l'envoyant s'écrouler sur la banquette. Sonnée, prise de nausées et de vertige, elle resta immobile quelques instants.

— Voyons un peu ce que mon ami va s'offrir, l'entendit-elle murmurer.

Dans un état second, elle sentit ses doigts se glisser sous sa veste pour la déchirer soudainement et tirer le décolleté de sa robe vers le bas dans l'espoir d'exposer sa poitrine.

— Tu es répugnant ! cria-t-elle, en tentant maladroitement de se couvrir.

Hélas, le canon du pistolet lui effleura la joue, et elle se figea, le cœur battant.

— Calme-toi, cousine, et laisse-moi profiter un peu de tes charmes… Il paraît que tu t'es étalée dans tous les lits d'Écosse comme une vulgaire catin, alors, ça ne devrait pas te déranger, si ?

D'un geste de son arme, il lui fit signe d'ouvrir davantage sa veste déchirée, mais Mairi détourna fermement la tête, sans obéir. Au bout de quelques secondes, Wilfred éclata de rire. Il se penchait pour la déshabiller lui-même, quand un cri rageur s'éleva au-dehors et le fit sursauter.

— Cardross !

Mairi aperçut soudain Jack au milieu de la route, l'épée à la main. L'espace d'un instant, leurs regards se croisèrent. Les yeux de Jack étaient hantés par une férocité sauvage. En un éclair, Wilfred fit volte-face, et Mairi saisit sa chance sans hésiter : elle le frappa brutalement dans le tibia, lui arrachant un juron sauvage. Quand il tendit de nouveau la main vers elle, elle comprit qu'il cherchait à la prendre comme bouclier, comme otage, et le mordit. Dans un hurlement de douleur, il lâcha son pistolet qui rebondit sur la terre battue.

Jack l'attrapa alors par le col et le repoussa sur la route, où il s'étala de tout son long et jura de plus belle. Mairi rabattit tant bien que mal les lambeaux de sa veste et rampa jusqu'à la portière.

Dehors régnait le chaos. Les mercenaires dépenaillés de Wilfred se battaient comme des démons, mais les hommes de Mairi étaient trop bien entraînés : leurs ennemis n'avaient pas la moindre chance. Trois d'entre eux venaient de se jeter sur Jack dans l'espoir de donner à Wilfred la chance de s'attaquer de nouveau à sa cousine – en vain. Jack était tout simplement trop habile pour eux.

Il s'était débarrassé de sa veste, et sa chemise humide de sueur collait à ses puissantes épaules. Il était rapide, extrêmement concentré. Un bretteur-né… Jamais encore Mairi n'avait vu un homme aussi doué pour le combat. Il envoya l'épée de son premier opposant se perdre dans les bruyères et atteignit le second au bras, lui arrachant un mugissement désespéré. En le voyant parer, se tasser, bondir, Mairi sentit son vertige revenir. Cette fois, cela n'avait rien à voir avec le coup que lui avait asséné son cousin.

Après s'être débarrassé du troisième bandit, Jack se tourna face à Wilfred. Sans demander son reste, celui-ci monta sur son poney pitoyable et s'enfuit au galop. Se voyant abandonnés par leur chef, ses hommes lâchèrent un cri de fureur et se replièrent aussitôt, pour trouver refuge sous les arbres malingres qui recouvraient les flancs de la montagne.

Mairi se hissa sur ses pieds, serrant dans sa main le pistolet abandonné par Wilfred. Il était déjà à cinquante pas d'elle, presque couché sur sa selle pour se protéger, mais elle était encore capable de l'abattre, même à cette distance… Elle se retourna pour le mettre en joue. Au même instant, Jack la plaqua au sol et resta couché sur elle sans bouger – l'empêchant de reprendre sa respiration. Moins d'une seconde plus tard, elle entendit le sifflement d'une balle accompagné d'un petit courant d'air, tout près de son oreille.

— Reste à terre !

Elle n'avait pas le choix. Jack pesait de tout son poids sur elle, la coinçant contre le plancher de la voiture. Dehors, de nouveaux cris s'élevèrent, ainsi que quelques coups de feu étouffés. Puis ce fut le silence.

Combien de temps resta-t-elle là, étendue avec Jack ? Sans doute pas plus de quelques secondes. Des secondes pendant lesquelles elle n'eut conscience que du vacarme de son cœur battant, du souffle de Jack à son oreille et du poids de son corps sur elle.

Finalement, elle rouvrit les yeux. L'élégante chemise de son sauveur avait une manche déchirée, sans doute suite à un coup d'épée. Il transpirait à grosses gouttes, et l'odeur masculine, primale de sa sueur envahissait la voiture, éveillant une flamme au creux de ses reins. Sa gorge tannée, puissante, effleurait presque ses lèvres. Quand il pencha la tête, ses cheveux caressèrent sa joue. Elle percevait presque le frisson animal du combat courir encore dans les veines de cet homme... C'était là, palpable, dans la pression de ses mains sur elle, la puissance de ses bras qui la serraient comme un étau d'acier.

Il l'avait sauvée. Elle se mit soudain à trembler de tous ses membres et sentit les larmes lui monter aux yeux. D'un seul coup, elle devenait bien trop vulnérable, et il était hors de question que Jack s'en rende compte !

— Tu m'as empêchée de viser, s'exclama-t-elle en tentant de le repousser, mais sans réussir à l'ébranler d'un pouce. J'aurais pu abattre Wilfred !

— Et tu aurais été tuée aussi.

Il roula sur le côté, la libérant enfin, et ajouta :

— Je viens de te sauver la vie. Un peu de gratitude ne ferait pas de mal...

— Merci, marmonna Mairi. Mais je te l'ai déjà dit : je ne veux pas de ta protection.

Il parut profondément agacé pendant quelques secondes.

— Tu l'auras quand même, quoi que tu en penses, répliqua-t-il entre ses dents. Autant t'y habituer.

Il lui tendit la main pour l'aider à grimper sur son siège. Sans qu'elle comprenne pourquoi, cette sollicitude l'exaspéra encore plus. La prenait-il vraiment pour une vieille fille en détresse, incapable de se relever toute seule ? Quand son regard descendit sur sa veste déchirée, elle le vit froncer les sourcils.

— J'ai vu ce que cette ordure t'a fait, lâcha-t-il brutalement.

Sa colère était surprenante, à côté de la douceur avec laquelle il referma les pans de sa veste et la reboutonna tant bien que mal.

— Tout va bien, commença Mairi, vite interrompue par son regard noir.

— Non, répliqua-t-il d'une voix menaçante et à peine contrôlée. Ça ne va *pas* bien.

Après un court instant de silence, il ajouta :

— Je le tuerai pour ça.

Il lui prit le menton et tourna son visage vers la lumière. De nouveau, Mairi aurait pu fondre en larmes en se voyant l'objet d'une telle attention. Jack glissa les doigts dans ses cheveux, précautionneusement, et elle ne put réprimer une grimace de douleur. Quand il retira sa main, elle était poisseuse de sang. Mairi sentit la nausée monter en elle. La blessure qu'elle avait ignorée jusque-là lui faisait mal à présent.

Quand Jack reprit la parole, quelque chose de nouveau résonna dans sa voix, une ombre suave qui la terrifia.

— C'est Cardross qui t'a fait ça ?

Son regard était plus effrayant que jamais. Mairi sentit son cœur s'emballer. Il y avait soudain tant de rage dans les yeux de Jack, dans sa main qui pressait avec soin un mouchoir contre sa tempe...

— Il a essayé de m'enlever, avoua-t-elle, troublée par tant de colère contenue. Et il n'a pas apprécié que je lui résiste.

Elle tremblait, et ses dents claquaient, avec le contrecoup de l'agression. Elle entendit vaguement Jack jurer. Il attrapa sa cape abandonnée sur la banquette et l'en enveloppa. Elle se laissa faire, rabattant le vêtement de laine sur elle. L'espace d'un instant, elle faillit lui dire que c'était du réconfort de ses bras dont elle avait besoin pour recouvrer son calme. Elle aspirait tant à retrouver sa chaleur, l'odeur de sa peau ! Un nouveau frisson la parcourut. L'attaque qu'elle venait de subir la rendait trop vulnérable... Elle refusait d'être dépendante de Jack Rutherford. Elle lui en voulait encore trop de la manière indigne dont il l'avait traitée à l'auberge. Le fait qu'il lui ait sauvé la vie ne signifiait pas qu'elle avait oublié le reste – bien qu'il soit étrange d'avoir en même temps envie de le gifler et de l'embrasser.

Il examinait l'intérieur de la voiture, à la recherche de quelque chose.

— Est-ce que tu as une flasque de brandy, là-dedans ?

— Bien sûr, répondit-elle. Dans le coffre, sous le siège, si tu en as besoin.

— Pas pour moi, précisa-t-il. Pour toi.

— Oh ! j'ai horreur du brandy, protesta-t-elle.

Elle devait donner l'impression d'être gâtée, difficile, et se détesta pour cela.

Le regard sévère de Jack lui ordonna de faire ce qu'on lui demandait sans discuter. Il récupéra la flasque et la lui tendit fermement. Mairi la prit d'une main étonnamment mal assurée.

Au bout de quelques secondes, Jack lâcha :

— Bois, ou je serai obligé de le verser de force dans ta gorge...

— Décidément, ta réputation de gentleman est très exagérée !

Néanmoins, elle porta la flasque à ses lèvres et but une longue gorgée. L'alcool lui brûla la gorge et manqua de l'étouffer. C'était pour ça qu'elle n'aimait pas le brandy... Presque immédiatement, cependant, une langueur chaude et apaisante coula dans ses veines. Elle se sentit plus calme, et beaucoup plus maîtresse d'elle-même.

Au même moment, Frazer passa la tête par la portière.

— Madame ?

— Elle va bien, répondit Jack. Elle est secouée, mais n'est pas gravement blessée.

Quand le majordome vit le mouchoir taché de sang dans la main de sa maîtresse, il grimaça d'un air mauvais.

— Qu'il aille au diable, ce...

— J'aurais pu l'abattre, le coupa Mairi, si M. Rutherford n'avait pas choisi cet instant précis pour me sauver la vie.

Le vieil Écossais se dérida et éclata de rire.

— Vous êtes un bon combattant, monsieur, dit-il à Jack. Nous sommes soulagés de vous avoir à nos côtés. Les garçons seraient ravis de recevoir quelques leçons, quand vous aurez un peu de temps libre.

— Ils s'en sont très bien sortis tout seuls, affirma Jack avec un sourire. Mais je serai tout de même heureux de les entraîner.

— Est-ce qu'il y a eu des blessés ? demanda Mairi.

— Face à cette vermine ?

Frazer se redressa, comme s'il aurait été personnellement insulté qu'un de ses fils soit touché pendant le combat.

— Non, madame. Pas une égratignure.

— Et Jessie ?

Sa femme de chambre avait voyagé dans la seconde voiture, avec les bagages. À présent, Mairi se sentait coupable de l'avoir bannie de son véhicule, simplement parce qu'elle n'était pas d'humeur à écouter son incessant babillage...

— Jessie en a frappé un à l'entrejambe, raconta Frazer avec une fierté manifeste. On l'aura entendu hurler jusque dans la vallée d'à côté.

Puis, après un petit signe de tête en direction de Jack, il reprit :

— Si vous voulez bien m'excuser, monsieur, madame. Je vais voir comment organiser la fin de notre voyage jusqu'à Methven.

— Envoyez deux garçons en avance pour expliquer ce qui vient d'arriver à mon cousin, suggéra Jack. Il dépêchera des hommes pour nous servir d'escorte.

Mairi les dévisagea tour à tour, agacée d'être ainsi ignorée.

— C'est moi qui donne les ordres, ici, leur rappela-t-elle. Un coup à la tête ne m'empêche pas de prendre des décisions toute seule !

Jack lui jeta un coup d'œil amusé, et Frazer étouffa un petit rire.

— Oui, madame, répondit-il en retrouvant son sérieux habituel.

— Faites ce qu'a proposé M. Rutherford.

— Bien, madame.

Sur un dernier salut, il tourna les talons.

Jack, lui, la dévisageait avec un sourire non dissimulé.

— Je te remercie, dit-il.

— De rien. Il aurait été stupide de chercher à te donner tort : Frazer et les garçons ont déjà l'air en adoration devant toi.

— Tu ne t'en sors pas mal non plus, tu sais.

Il s'installa confortablement sur la banquette. Après l'éclat de colère dont Mairi avait été témoin, il retrouvait finalement sa nonchalance habituelle – du moins, en apparence... Quoi qu'il en soit, elle plaignait presque Wilfred Cardross : Jack le retrouverait un jour ou l'autre, et elle n'aimerait pas être à sa place quand ce moment viendrait.

Soudain, l'attention de Jack parut plus concentrée, presque gênante.

— Est-ce que tu l'aurais vraiment tué ? demanda-t-il. Ton propre cousin ?

— Sans la moindre hésitation ! De toute manière, il n'est

pas mon cousin. Nous ne sommes que des parents éloignés et nous n'avons utilisé ce titre entre nous que par politesse. Une politesse que Wilfred n'a jamais méritée, visiblement…

Elle s'interrompit un instant, puis soupira.

— Le roi aurait dû le pendre quand il en avait l'opportunité. J'aurais été ravie d'ouvrir la trappe moi-même. Cet homme est la lie de l'humanité.

— Robert dit que ta sœur est aussi farouche et courageuse que toi, murmura Jack. Je dois admettre que je ne l'ai jamais vraiment cru, jusqu'à présent…

— Nous descendons de Malcolm MacMorlan, le Renard rouge de Forres, déclara Mairi, non sans orgueil. À quoi t'attendais-tu ? À des sels et des éventails ? Nous laissons ce genre de choses aux femmes comme Dulcibella !

Jack éclata de rire.

— Sais-tu que nos deux clans étaient ennemis, autrefois ? Nous n'aurions jamais dû nous retrouver du même côté, aujourd'hui.

Un frisson ému traversa Mairi, et elle dut étouffer ses sentiments. De nouveau, une certaine chaleur intime les enveloppait. Elle sentait son désir pour cet homme renaître… et elle n'avait absolument pas l'intention d'y céder. Il fallait à tout prix qu'elle le réprime et le fasse disparaître. Hors de question de faire une fois de plus les mêmes erreurs !

Jack la regardait toujours, et ses yeux s'embrasaient. La brûlaient presque.

— Ça pourrait expliquer cette animosité persistante entre nous, dit-elle avec une indifférence feinte.

Le regard de Jack se fit plus sombre. Il se pencha dangereusement vers elle, jusqu'à ce que leurs lèvres s'effleurent.

— Est-ce vraiment ce que tu ressens pour moi, Mairi MacLeod ?

— Entre autres choses, oui…

Elle restait raide sur sa banquette, refusant de répondre à l'invitation de ce baiser, s'efforçant de résister à son propre désir. En dépit de ses efforts, son cœur s'emballait quand même, et elle eut l'impression qu'une rivière de miel coulait dans ses veines.

— N'annule pas nos fiançailles, Mairi, murmura-t-il avec douceur. Je ne pourrai pas te protéger, si tu n'es pas mienne.

Il lui effleura la joue du bout des doigts, puis bondit de la voiture sans attendre sa réponse et s'éloigna à grands pas.

— Quelle arrogance ! souffla-t-elle, dès qu'elle se trouva seule.

Néanmoins, elle porta instinctivement les doigts à ses lèvres pour les toucher, comme si l'empreinte de ce baiser furtif y était toujours.

Il leur fallut trois bonnes heures pour atteindre Methven. La fin du voyage se déroula sans incident, mais Mairi vit tout de même avec soulagement se dessiner la silhouette grise des bâtiments à l'horizon.

Cette fois, Jessie lui avait tenu compagnie, dans la voiture.

— Seigneur, soupira-t-elle. Ce comte de Cardross est un véritable criminel. Il essaie d'abord d'enlever votre sœur, puis vous... On dirait qu'il n'est pas regardant sur la sœur à agresser !

— Cela suffira, Jessie ! Je ne crois pas que Wilfred me voulait pour lui-même, de toute manière. Il a mentionné un ami intéressé.

— Oh ! je vois. Ce ne serait pas le premier homme à avoir des vues sur vous, madame, mais M. Rutherford saura tous les remettre à leur place, maintenant que vous êtes fiancés.

Elle lui jeta un petit coup d'œil en coin avant d'ajouter :

— C'est un homme valeureux qu'il fait bon avoir à ses côtés, quand les choses se gâtent. Et puis, vous êtes restée seule bien trop longtemps, depuis la disparition de M. Archie... voire avant, si vous voulez mon avis ! M. Rutherford n'est pas comme M. Archie, lui.

— C'est certain.

On ne pouvait en effet trouver aucun point commun entre les deux hommes. Si des bandits de grand chemin avaient attaqué la voiture d'Archie, il leur aurait certainement offert son coffre-fort et sa femme sans la moindre hésitation.

Jessie sourit, presque pour elle-même.

— M. Rutherford est peut-être un peu autoritaire, mais...

— Plus qu'un peu, précisa Mairi, sans cacher son agacement.

— Mais vous aimez ça, non ? reprit la jeune fille, timidement.

— J'ai trop mal à la tête pour parler.

C'était à moitié vrai. À sa grande surprise, elle constatait que c'était plutôt agréable de laisser quelqu'un d'autre prendre les choses en main, par moments. Mais jamais elle n'admettrait ça devant Jack, bien sûr !

Profitant du silence, elle tourna ses regards vers la fenêtre. Des hommes de Methven chevauchaient à présent à côté de la voiture. Dès qu'il avait reçu le message de Jack, Robert avait envoyé quelques serviteurs armés pour leur servir d'escorte. Ainsi, leur arrivée prit-elle des allures de convoi médiéval... Mairi était impressionnée par l'autorité dont Jack avait su faire preuve, et plus encore par le fait qu'il ait consulté Frazer avant chacune de ses décisions. Elle l'avait même entendu appeler les fils de son majordome par leurs prénoms. Il avait manifestement pris la peine d'apprendre à les connaître, même en si peu de temps. Cela lui rappelait la camaraderie qu'elle avait remarquée entre Jack et les clients de l'auberge d'Inverbeg. Il avait un don pour se lier facilement aux gens et, en même temps, il était très renfermé... D'une certaine manière, son ouverture aux autres était aussi factice que la sienne. Aucun d'eux ne dévoilait ce qui se passait réellement en eux.

Ils passèrent enfin le portail de Methven, avec ses immenses piliers surmontés de griffons, et s'arrêtèrent sur l'allée de graviers, devant le château. Jack ouvrit la portière et, sans laisser à Mairi le temps de protester, la souleva dans ses bras pour la porter jusqu'à la porte d'entrée. Là, Lucy, Robert et la marquise douairière les attendaient pour les accueillir.

Mairi était mortifiée. Laisser Jack prendre les décisions était une chose... Mais l'autoriser à la porter comme si elle n'était qu'une fillette, c'en était une autre !

— Repose-moi, siffla-t-elle entre ses dents. Je suis tout à fait capable de marcher seule.

Elle se tortilla pour se libérer, et Jack se contenta de la serrer plus fort contre lui. Il n'essayait même pas de cacher sa profonde satisfaction.

— Pour une fois, lui glissa-t-il à l'oreille pour que personne d'autre ne puisse l'entendre, cesse de lutter contre moi et laisse-moi veiller sur toi.

Ses yeux noisette l'examinaient attentivement. Mairi sentit son estomac se nouer. Il y avait une certaine possessivité, dans la poigne de Jack, ainsi que dans son regard hanté, primitif. Elle se souvint de son baiser en public, dans la cour de l'auberge. Il n'avait pas hésité à afficher le fait qu'elle était sienne.

Soudain, un affreux soupçon l'assaillit. Lord MacLeod avait-il déjà parlé de leurs fiançailles à qui que ce soit ? Pourvu qu'il n'en ait pas eu l'opportunité et, surtout, que la nouvelle n'ait pas encore atteint Methven ! Si elle devait se résigner à une telle chose, elle préférait le faire à sa manière, même si elle n'avait pas vraiment eu le temps de réfléchir à tout ça, sur la route.

— Mairi !

Alors que Jack grimpait les marches, Lucy se précipita à leur rencontre.

— Si vous pouviez la porter jusqu'à la chambre bleue, suggéra-t-elle à Jack.

— Je vais très bien ! protesta Mairi, qui en avait assez de ce petit spectacle. Monsieur Rutherford, j'aimerais pouvoir poser le pied par terre, à présent !

Quelle humiliation, d'arriver comme ça, les joues en feu et

engoncée dans une robe froissée... D'un regard, elle vit que Lord Methven, qui les dévisageait tour à tour, Jack et elle, arrivait à peine à contrôler son amusement.

— Comme milady voudra, répondit Jack d'une voix traînante.

L'espace d'un instant, Mairi eut affreusement peur qu'il se contente de la lâcher, sans cérémonie. Il la déposa au contraire en douceur sur ses pieds, comme si elle était en verre filé, et l'aida à garder l'équilibre en la soutenant délicatement par le coude.

— Quelle élégance, Jack ! lança Lady Methven en venant les saluer.

C'était une petite femme pétillante d'énergie. Mairi ne l'avait vue qu'une ou deux fois à Édimbourg, et ça avait suffi à lui faire craindre comme la peste son regard acéré et sa franchise brutale. Lucy avait beau lui assurer que la vieille dame était très gentille, sous ce masque austère, Mairi était convaincue qu'elle n'aurait jamais l'occasion de s'en rendre compte elle-même – encore moins de s'attirer ses faveurs, lorsqu'elle aurait repoussé son petit-fils.

Elle se fendit néanmoins d'une révérence respectueuse. À sa grande surprise, Lady Methven la prit par les épaules et déposa deux gros baisers sur ses joues.

— Je suis tellement heureuse de vous revoir, ma chère, dit-elle en la gratifiant d'un sourire chaleureux. J'ai été transportée de joie, en apprenant votre futur mariage avec mon petit-fils !

Une pierre tomba sur le cœur de Mairi. Lord MacLeod n'avait pas perdu un seul instant pour communiquer la « bonne nouvelle » à tout le monde... Et la douairière paraissait tellement heureuse ! Mairi eut soudain l'impression d'être une ignoble hypocrite.

— Merci, madame, répondit-elle, la gorge nouée. Je ne pensais pas que vous auriez appris la nouvelle aussi vite...

— Oh ! Jack nous l'a confiée dans son message d'hier soir,

alors que vous étiez à Kinlochewe, expliqua tranquillement Lady Methven. J'imagine qu'il ne pouvait pas attendre un jour de plus avant de nous annoncer ses fiançailles !

— Absolument, murmura Jack avec un petit sourire. Je ne voyais aucune raison pour retarder l'inévitable.

— Bien entendu, répliqua amèrement Mairi.

Son *fiancé* dut lire la colère dans ses yeux, car il lui renvoya un petit regard appuyé, faussement innocent. Elle dut rassembler toute sa volonté pour ne pas lui planter son talon dans la botte. De toute manière, elle n'avait pas la force de lui faire mal et risquait au contraire de se blesser... Néanmoins, Jack avait fait preuve d'une audace certaine en annonçant à sa famille cette nouvelle si respectable, au moment même où il la séduisait pour l'entraîner dans son lit.

— Je dois dire que tu as quelque peu bousculé mes plans, Jack, reprit la douairière en couvant son petit-fils d'un regard malicieux. J'avais invité un certain nombre de jeunes femmes à Methven, dans l'espoir que l'une d'entre elles attire ton attention... Comme elles se sont retrouvées dans une position délicate en apprenant ton futur mariage, elles se sont excusées et se sont retirées ce matin.

— Oh ! je suis sûre que cette nouvelle va briser bien des cœurs dans toute l'Écosse, railla Mairi.

À présent, elle comprenait mieux pourquoi Jack tenait tant à annoncer ses fiançailles à sa grand-mère. C'était le seul moyen pour lui de contrer ses efforts d'entremetteuse.

— Je suis sincèrement désolé, grand-mère, prétendit-il avec un sourire si satisfait que Mairi eut envie de le gifler.

— J'en doute fort, rétorqua sèchement Lady Methven, avant d'examiner consciencieusement Mairi. Tout comme je doute que tu aies le moindre regret. Tu as une fiancée accomplie, plus courageuse et plus belle que toutes les femmes que j'aurais pu te présenter. À présent, montre-toi digne d'elle.

Mairi sentit ses joues s'empourprer. Elle se sentait à la fois intimidée et coupable... Comment aurait-il pu en être autrement, quand Lady Methven se réjouissait tant de leurs fiançailles ? La sincérité évidente de son bonheur rendait leur mensonge plus indigne et plus honteux à chaque minute qui passait.

À son tour, Robert s'avança et serra chaleureusement la main de Jack. Ses yeux pétillaient, tandis qu'ils passaient du visage embarrassé de Mairi à celui, morose, de Jack.

— Je dois bien l'admettre, Jack : je te connais depuis toujours, et tu parviens encore me surprendre...

Il embrassa à son tour Mairi sur les deux joues.

— Toutes mes félicitations, Lady Mairi. Je suis très heureux pour vous deux.

— Moi aussi, bien sûr ! renchérit Lucy.

Elle lui jeta un regard lourd de sens.

— Mais... Jack et toi ? reprit-elle, après un instant de silence. J'avoue que je suis curieuse de savoir ce qui t'a fait changer d'avis, alors qu'il te déplaisait tant, il y a encore si peu de temps. Lors de notre mariage, je me souviens que tu l'as traité de mufle arrogant et que tu as juré de le haïr pour...

Robert s'éclaircit brusquement la voix, très fort, pour interrompre les réminiscences de sa femme.

Quant à Mairi, elle rougit de plus belle. Pourtant, Jack savait mieux que personne ce qu'elle avait ressenti pour lui, d'autant plus qu'il avait partagé son dédain. Les remarques indélicates de Lucy n'auraient donc pas dû la gêner. Et pourtant...

— J'ai enfin pris conscience de toutes les précieuses qualités de M. Rutherford, tout simplement, répondit-elle.

À ces mots, elle vit un amusement vite maîtrisé traverser le regard de Jack.

— Je vois, murmura Lucy, toujours aussi incrédule. Mais Jack et toi... *ensemble* ?

— Oui, Jack et moi, affirma Mairi.

Si sa sœur répétait ces mots une fois de plus, elle allait l'étrangler !

Au même moment, un cri strident les fit sursauter et se

répercuta jusqu'aux montagnes qui renvoyèrent son écho mourir au fond de la vallée.

— Seigneur ! s'écria Mairi. Wilfred nous attaque-t-il de nouveau ?

— Non. Ce n'est que Dulcibella, répondit Lucy en forçant la voix, pour se faire entendre au milieu d'une nouvelle salve de hurlements. Elle est frénétique depuis que nous avons appris l'évasion de Wilfred, hier soir. Elle est persuadée qu'il va s'infiltrer dans le château pour l'assassiner dans son lit.

— C'est moi qui vais l'assassiner, si elle ne s'arrête pas de hurler, marmonna Robert, tandis que les cris de Dulcibella montaient dangereusement dans les aigus. Comment peut-on être aussi égoïste ? J'ai presque pitié de ton frère, Lucy, quand je le vois condamné à supporter une épouse pareille... J'avoue que je n'aurais jamais cru dire ça un jour.

— Robert ! le rabroua Lucy, en dépit d'un sourire qu'elle ne sut étouffer à temps. Pauvre Lachlan... Il porte un tel poids sur les épaules.

— Il n'a que ce qu'il a mérité, déclara Lady Methven d'une voix plus que réjouie. Pense un peu que tu aurais pu être à sa place, Robert.

— Je remercie le ciel tous les jours de m'avoir réservé un autre destin.

Il couvait sa femme d'un regard si chaleureux, si aimant que Mairi sentit une pointe de jalousie lui percer le cœur.

— Ne restons pas là, dans le froid, surtout après ce que tu viens de vivre, lança précipitamment Lucy, qui avait dû sentir sa gêne.

Elle lui prit le bras et l'entraîna à l'intérieur. Les cris de Dulcibella s'étaient un peu calmés, même si on entendait encore les voix rageuses d'un homme et d'une femme résonner dans les couloirs, accompagnés par le choc d'objets lourds jetés contre les murs. Quelque chose se brisa en morceaux.

— Je croyais pourtant avoir retiré toute la porcelaine et tous les objets fragiles de la chambre de Dulcibella, soupira

Lucy avec un froncement de sourcils. Décidément, c'est une invitée des plus coûteuses...

Le vacarme qui ébranlait les fondations du château réveillait peu à peu la migraine dormante de Mairi.

— Je pense que je vais attendre un peu avant d'aller saluer Lachlan et avant de voir le reste de la famille, dit-elle. Papa est ici ?

Lucy fit non de la tête, un peu tristement.

— Il ne va pas bien. Ce n'est que la goutte, rien de grave, mais il a préféré ne pas s'infliger la fatigue du voyage. En fait, je me demande si...

Une fois de plus, la dispute entre Lachlan et Dulcibella monta en puissance, l'obligeant à s'interrompre un instant.

— ... Je me demande s'il n'a tout simplement pas eu le courage d'affronter toute cette agitation domestique, acheva-t-elle.

Mairi remarqua alors que les deux valets postés de part et d'autre de la porte d'entrée avaient le visage rouge à force de réprimer leur hilarité. Ils faisaient visiblement des efforts pour avoir l'air de ne pas écouter, mais il était impossible de faire la sourde oreille aux insultes qui fusaient sous les hauts plafonds.

— Maîtrise-toi un peu, femme ! tonnait Lachlan.

De son côté, Dulcibella s'égosillait :

— C'est facile à dire pour toi, gros nigaud ! Ce n'est pas *toi* qu'il veut tuer !

— Quelle indécence de nous imposer cette scène, grommela Lady Methven. Si elle tient à s'adonner à ces excès, qu'elle le fasse au moins en privé.

— Un peu comme pour une aventure sentimentale, murmura Jack à l'oreille de Mairi.

Au même instant, Murdo et Hamish entrèrent en portant les malles de leur maîtresse.

— Je t'ai installée dans la chambre bleue, annonça Lucy en l'entraînant vivement dans l'élégant escalier principal.

Je sais que tu avais d'abord demandé à être aussi loin que possible de Jack, mais...

— Vraiment, ma chère ? lança celui-ci avec un sourire mutin.

— ... Mais étant donné que vous êtes fiancés, j'ai pensé que...

Elle s'interrompit soudain, prenant sans doute conscience que cette conversation risquait de devenir indiscrète.

— Bref, Jack est dans la chambre d'à côté, si tu souhaites... Enfin, si tu as besoin de...

— Je serais toi, je m'arrêterais avant d'empirer les choses, lui conseilla son époux.

— Tant que je ne suis pas dans la même aile que Dulcibella, ça me convient.

Mairi avait tellement mal à la tête qu'elle aurait pu tout supporter pour rester loin de sa belle-sœur.

— Je ne crois pas avoir déjà rencontré de femme au nom si mal choisi, se lamenta encore Lady Methven.

Au même instant, Dulcibella poussa un dernier cri furieux et s'enfuit en courant dans le couloir de l'étage, en claquant la porte de la chambre derrière elle.

La douairière se tourna de nouveau vers Mairi, dans le calme retrouvé.

— Je crains que la nouvelle de vos fiançailles n'ait aggravé la situation, ma chère. Lady Dulcibella a horreur de ne pas être le centre de l'attention. Quand je lui ai appris que nous allions organiser un bal pour fêter votre union avec Jack, elle est devenue encore plus furieuse.

— Oh non, je vous en prie, répondit nerveusement Mairi. Ce rassemblement familial a été organisé pour le baptême d'Ewan, pas pour nos fiançailles. Inutile de vous occuper de nous...

La vieille dame lui tapota le bras avec complaisance.

— Au contraire, ma chère : ce sera une double célébration. Mais je vous retiens, alors que vous devez avoir besoin de vous reposer. Quelle épreuve atroce vous avez dû traverser, à cause de cet effroyable Cardross ! Nous organiserons les festivités quand vous aurez repris des forces.

Mairi sentit son cœur s'alourdir. Lady Methven était une force de la nature, aussi rusée que charmante. À ce rythme-là, elle aurait réservé l'église et parlé au prêtre avant la fin de la fête… Elle-même n'aurait pas le temps de chasser Jack de sa vie avant de se retrouver mariée. De toute évidence, quand Lady Methven voulait quelque chose, elle l'obtenait. Et elle paraissait déterminée à voir son petit-fils marié.

Alors qu'elle allait monter, un groupe de cavaliers arriva dans la cour au petit trot.

— Nous allons devoir discuter de l'embuscade que vous a tendue Cardross, dit Robert. Peut-être après le dîner ? Tu as l'air épuisée, pour le moment, Mairi.

Puis, se tournant vers Jack, il reprit :

— J'envoie des patrouilles à sa poursuite. Est-ce que tu veux te joindre à moi pour la prochaine ?

Mairi vit à quel point Jack avait envie d'accepter. Elle sentait son impatience, son besoin de sortir faire quelque chose d'utile, d'agir. En fait, elle se rendit compte pour la première fois qu'il avait toujours eu cette agitation en lui. Il était toujours en mouvement, ne s'arrêtant jamais nulle part. C'était presque comme s'il ne savait pas rester tranquille.

Il sourit immédiatement à son cousin.

— Tu me connais bien, Rob, lança-t-il avant de se tourner vers Mairi. Je te promets de ne pas être long, ma chérie. De toute manière, tu as besoin de te reposer… Nous pourrons parler plus tard.

— Oui, nous parlerons, répondit-elle sèchement.

Elle commençait à en avoir vraiment assez de tous les petits mots tendres que Jack lui adressait. Il appelait peut-être toutes ses maîtresses « chérie », pour ne pas avoir à mémoriser leurs noms… Ce soupçon ne fit évidemment rien pour améliorer son humeur.

— Ne t'attarde pas à cause de moi, ajouta-t-elle. Je n'ai pas besoin de toi pour le moment.

— Toujours aussi charmante...

Il traversa le hall avec un grand sourire et, sans prévenir, la prit dans ses bras.

— N'ai-je donc pas droit à un remerciement pour les services que je t'ai rendus, aujourd'hui ? lui glissa-t-il à l'oreille.

Mairi prit soudain conscience de la chaleur de son corps et de sa présence si virile, si troublante. La gorge sèche, elle comprit qu'elle avait été trop naïve en pensant qu'il se servait d'elle simplement pour se soustraire aux projets de mariage échafaudés par sa grand-mère. Lady Methven aurait pu lui présenter cinquante jeunes femmes des plus convenables, il n'en aurait eu cure. Ce qu'il voulait réellement, c'était entretenir l'illusion de leurs fiançailles, afin de reprendre les choses exactement où ils les avaient laissées : dans son lit, s'abandonnant à une liaison fiévreuse, sans avoir à nouer de véritables liens. Était-il donc convaincu qu'elle le laisserait ignorer ses objections et bafouer son honneur ? Qu'elle lui permettrait de s'emparer de son corps en paiement de ses services ?

Eh bien, si c'était ça, il allait être cruellement déçu ! Non pas qu'elle ne soit pas tentée. Elle l'était. Beaucoup. Inutile de prétendre le contraire. La décence et le respect n'avaient plus beaucoup de poids, quand elle se retrouvait dans les bras de Jack... Elle avait autant envie que lui de partager son lit, même si ce n'était pas digne d'une lady d'admettre ce genre de pulsion. Mais elle refusait de le laisser mener la danse à sa manière.

— Tu as déjà obtenu de moi tout ce à quoi tu pouvais prétendre, murmura-t-elle donc à son tour, assez bas pour que lui seul l'entende.

Elle vit une nouvelle étincelle d'amusement embraser son regard. Il porta courtoisement sa main à ses lèvres, puis la retourna pour déposer un baiser au creux de sa paume. Elle ne put réprimer un frisson en sentant la caresse de ses lèvres sur sa peau. Sans même s'en rendre compte, elle referma immédiatement sa main pour y conserver l'empreinte de ce baiser.

— Sois prudent, dit-elle avec une insouciance feinte. Tu gâcherais la fête en te faisant tuer.

Il éclata de rire.

— Ne t'en fais pas : Cardross est incapable de me tuer.

En dépit de la distance qu'elle aurait voulu mettre entre eux, Mairi fut envahie par une inquiétude soudaine. Elle attrapa la manche de Jack d'une main tremblante.

— *Promets-moi* d'être prudent...

À peine eut-elle prononcé ces mots qu'elle comprit son erreur. En un éclair, le regard de Jack se fit plus grave, presque froid, comme si une porte venait de se refermer en lui. Il recula lentement.

Mairi sentit son estomac se nouer. Pourquoi avait-elle dit cela ? Pourquoi avait-elle eu tellement peur pour lui, l'espace d'un instant ? Elle l'avait regardé, terrorisée à l'idée qu'il soit blessé. Son angoisse avait été si soudaine qu'elle avait lâché ces quelques mots sans réfléchir. À présent, mortifiée, elle sentit tout son corps s'échauffer sous le feu de la honte. Comment avait-elle pu se trahir si facilement ?

Tout le monde la couvait d'un regard approbateur, et elle comprit que la famille avait entendu ses derniers mots et que cette démonstration d'affection l'avait convaincue qu'il s'agissait bien d'un mariage d'amour. Jack dut le sentir aussi : au bout de quelques secondes, son regard dur s'apaisa et il la prit de nouveau dans ses bras.

— Quelle excellente actrice tu fais, lui glissa-t-il à l'oreille. Bravo !

Quand ses yeux se posèrent de nouveau sur elle, ils étaient froids. Distants. Il l'embrassa furtivement, sans douceur, et la lâcha, non sans lui avoir caressé la joue du bout des doigts. C'était sans doute la cerise sur le gâteau, aux yeux des témoins.

Elle entendit même la douairière pousser un soupir attendri. Si les choses continuaient ainsi, Jack et elle allaient finir par se lancer dans un concours de démonstrations d'affection...

Seulement, pendant un instant, ses sentiments n'avaient pas été affectés. Et ça la terrifiait.

12

La patrouille de Jack ne trouva aucune trace de Wilfred Cardross. Plus tard dans la journée, il quitta de nouveau le château avec une troupe d'hommes de Methven et quadrilla les collines les plus proches, fouillant les vallées depuis Kinlochewe, à l'est, jusqu'à Sheildaig, à l'ouest. Ils ne trouvèrent qu'un fouillis d'empreintes de sabots et un feu éteint près d'une vieille bergerie. Sans doute était-ce là que les bandits avaient passé la nuit précédente, en les attendant. Jack était convaincu d'avoir suffisamment affaibli Cardross pour qu'il se tienne à distance pendant quelque temps ; cependant, on pouvait beaucoup trop facilement disparaître, dans ces montagnes sauvages et inhabitées. Robert avait déjà envoyé un message à Édimbourg. Bientôt, des soldats passeraient la région au peigne fin, à la recherche du fugitif. Mais Cardross était rusé et il en voulait à sa famille. Il ne se laisserait pas décourager aussi facilement.

Frustré par son échec, Jack rentra à Methven. La colère brûlait toujours autant au fond de lui. Il aurait voulu pendre Cardross de ses propres mains, après ce qu'il avait fait subir à Mairi. Un jour, il le retrouverait et lui ferait payer ses outrages ! Mairi était sous sa protection, à présent, et il mettait un point d'honneur à veiller sur elle. Après tout, n'était-il pas le seul à pouvoir assurer sa sécurité ?

Ce soir-là, le dîner fut morose. L'impressionnante et sombre grande salle du château ajoutait un poids de plus sur les épaules des convives. Dulcibella MacMorlan ne descendit pas, au grand soulagement de tout le monde, et Mairi annonça qu'elle était trop fatiguée et qu'elle préférait que l'on monte un plateau dans sa chambre. Lady Methven aussi s'était fait excuser. Robert confia à Jack que leur grand-mère avait récemment été affaiblie par une fièvre, mais que la nouvelle de ses fiançailles lui avait immédiatement rendu sa bonne humeur. Jack l'écouta en silence et fit de son mieux pour ne pas se sentir trop coupable. La vieille Lady Methven serait sans doute moins heureuse quand ces fausses fiançailles auraient rempli leur rôle, et que Mairi le chasserait de sa vie – « consciencieusement, et avec une immense satisfaction », avait-elle dit.

Il ne put réprimer un petit sourire en pensant à elle. Il aimait bien croiser le fer avec elle. C'était une femme unique, à la fois courageuse, farouche, intelligente et, finalement, dotée d'un certain sens de l'humour. Ce dernier détail l'avait d'ailleurs surpris, et il aimait ça. Il aimait le défi qu'elle représentait pour lui. Bien sûr, il allait devoir travailler dur, s'il voulait la convaincre de partager son lit de nouveau. Elle avait su s'attirer son respect, et il allait devoir le lui prouver. Décidément, cette histoire de fiançailles devenait bien plus intéressante qu'il ne l'avait pensé !

Soudain, Robert lui posa une question concernant sa dernière importation de bois balte arrivée à Leith, et il fut contraint de se concentrer sur la conversation. Angus MacMorlan, le frère aîné de Mairi et l'héritier du duché de Forres, avait envie d'investir son argent. Il ne parla que de politique, de pertes et de profits entre l'instant où l'on retira le rôti de la table et l'arrivée du pudding. Finalement, Lucy se retira au salon en compagnie de sa sœur Christina et de sa belle-sœur Gertrude, tandis que les hommes buvaient un verre de porto. Puis toute la compagnie se réunit pour une tasse de thé tardive. Toute la soirée fut consciencieusement orchestrée et profondément ennuyeuse. Jack bâilla du début à la fin.

Il espérait trouver un moment pour discuter en tête à tête avec Robert, avant de se retirer, mais Lachlan MacMorlan tint à revenir sur l'attaque de Wilfred Cardross, et à les interroger sur les mesures qu'ils avaient prises pour le retrouver. Jack n'avait pas envie de perdre son temps avec MacMorlan : c'était un être faible et superficiel... D'ailleurs, il avait bien remarqué que, tandis que Robert et lui battaient la campagne avec les patrouilles, les deux frères MacMorlan étaient restés à l'abri au château. Angus se croyait trop important, en tant qu'héritier d'un duc, pour risquer sa vie dans une battue. Et Lachlan avait prétendu devoir calmer sa femme. Le sang chaud de Malcolm MacMorlan, le Renard rouge de Forres, avait de toute évidence fui ses descendants mâles, pour renaître uniquement chez les femmes. Est-ce que la calme et presque invisible Christina MacMorlan cachait la même force de caractère que ses sœurs ?

Jack resta donc assis en silence, tandis que Robert s'évertuait à apaiser les craintes de Lachlan. Ce dernier paraissait terrifié à l'idée que Cardross veuille les tuer, Dulcibella et lui, puisque sa femme avait hérité de ses terres après sa condamnation. Jack n'en croyait pas un mot, mais il ne put qu'admirer la patience de son cousin face aux peurs ridicules de son beau-frère.

— Tu es vraiment un hôte exemplaire, lui dit-il avec un petit sourire, dès que Robert eut refermé la porte derrière un Lachlan toujours aussi nerveux. À ta place, je lui aurais conseillé de traquer Cardross lui-même, s'il le craignait tant, au lieu de laisser d'autres faire le sale boulot à sa place...

Robert éclata de rire, puis s'approcha d'un guéridon.

— MacMorlan est un romantique, pas un guerrier, déclara-t-il. Et puis, le combat à l'épée l'obligerait à repenser la coupe de ses manteaux...

Il prit deux verres sur le guéridon et une carafe de brandy, puis hésita un instant et jeta un regard interrogateur à Jack.

Celui-ci refusa d'un signe de tête. Il avait envie de boire, de sentir l'alcool lui brûler la gorge, mais il savait qu'il ne pouvait pas prendre un tel risque.

— J'aimerais un verre d'orangeade, plutôt.

Personne, à Methven, ne s'étonnait de ses étranges habitudes, en matière de boisson. Partout ailleurs, cependant, sa préférence pour le café et les jus de fruits provoquait la surprise, mais il ne se justifiait jamais. Peu lui importait ce que les gens pensaient de lui.

Ce soir-là, il se sentait mal à l'aise. Agité. À cause de Mairi. Pourtant, il savait pertinemment qu'elle n'avait rien à craindre tant qu'elle restait dans l'enceinte du château. Alors, qu'est-ce qui pouvait bien le troubler à ce point ? Il avait été déçu, quand elle avait annoncé qu'elle ne viendrait pas manger. Il avait voulu la voir, lui parler… Une fois de plus, il ne comprenait pas vraiment pourquoi. Il ne savait même pas ce qu'il aurait pu lui dire.

Perdu dans ses pensées, il prit le verre que lui tendait Robert et en avala la moitié, machinalement.

— Je pense que les craintes de MacMorlan sont infondées, dit-il brusquement. C'est Mairi la cible de Cardross. Depuis le début.

Robert s'installa dans le fauteuil en face de lui et posa son verre sur la table basse.

— Pourquoi est-ce qu'il voudrait la tuer ?

— Il n'a pas cherché à la tuer, répondit Jack. Il voulait l'enlever.

Levant les yeux de son orangeade, il croisa le regard sombre de son cousin.

— Je l'ai entendu dire qu'un de ses amis était intéressé par elle.

Robert ne cacha pas sa surprise.

— Que voulait-il dire, à ton avis ?

— Je ne sais pas. Mais Mairi m'a confié qu'elle voyageait avec une armée de serviteurs parce que beaucoup d'hommes aimeraient l'épouser pour son argent...

Son cousin s'enfonça dans son fauteuil, l'air songeur.

— Il est possible qu'un homme l'ait payé pour l'enlever sans se salir les mains. Tu as raison : ce ne serait pas la première fois qu'un homme essaie de l'épouser de force pour mettre la main sur la fortune MacLeod, mais...

Il fronça les sourcils.

— Quoi donc ? demanda Jack avec impatience.

Robert finit par soupirer et secouer la tête.

— Je ne sais pas. J'ai un mauvais pressentiment au sujet de cette affaire.

— Ça ne te ressemble pourtant pas, d'être aussi superstitieux.

— Je sais, soupira gravement Robert. C'est bien pour ça que je suis si inquiet.

Jack éclata de rire, puis se reprit bien vite.

— Eh bien, ne t'en fais pas : Cardross devra m'affronter d'abord, et je ne donne pas cher de sa peau.

Il sentit que Robert était soudain intrigué. Qu'avait-il bien pu entendre dans ses paroles ? Il était vrai que Mairi éveillait chez lui un instinct protecteur qu'il n'aimait pas ; c'était d'ailleurs pour cela qu'il n'était pas prêt à voir leurs fausses fiançailles prendre fin. Il était impliqué, à présent, responsable de Mairi, et n'avait aucune envie d'avouer au vieux Lord MacLeod qu'il avait failli à sa promesse. Ce n'était pas une question de sentiments, mais de réputation. En tout cas, c'était ce qu'il se répétait. À présent qu'il avait juré de défendre Mairi, il était hors de question qu'il manque à sa parole.

— Jack, reprit Robert, tu n'es pas obligé de me dire quoi que ce soit, mais Lucy s'inquiète de ta relation avec Lady Mairi et je...

Il s'interrompit un instant, l'air gêné.

— ... J'avoue que je suis plutôt curieux. La dernière fois

que je t'ai vu, tu répugnais même à l'escorter jusqu'ici. Tu m'as même avoué que tu la détestais.

— C'est compliqué, répondit évasivement Jack.

— Voilà qui me surprend encore plus ! lâcha sèchement son cousin. Tes relations avec les femmes ne sont pourtant jamais compliquées.

— Je ne suis pas certain de t'avoir dit que je détestais Mairi. Tu l'as peut-être simplement déduit.

Au fond, il était le premier surpris de voir à quel point ses sentiments pour elle avaient changé. À Édimbourg, il n'avait vu en elle qu'une créature hautaine et gâtée. Désormais, il la voyait dans toute sa complexité... Il y avait tant de chaleur, de passion, de douceur chez elle, derrière sa force de caractère et son obstination bourrue. Il avait senti ces qualités lorsqu'ils avaient fait l'amour, et son corps se crispait, comme il y repensait.

En face de lui, Robert paraissait de plus en plus étonné.

— Il y avait pourtant un certain antagonisme entre vous, tu ne peux pas le nier, murmura-t-il.

— Oui, je te l'accorde.

— De plus, tu étais obsédé par cette mystérieuse inconnue rencontrée dans un bal masqué...

Il s'interrompit brusquement, l'air éberlué.

— Bon sang, Jack ! Tu ne vas quand même pas me dire que Lady Mairi...

— J'aurais mieux fait de ne jamais te parler de cette histoire !

De nouveau, son instinct protecteur s'éveilla. Il était hors de question de laisser l'estime de Robert pour Mairi disparaître, juste parce qu'elle était devenue sa maîtresse après un bal ! En même temps, il sentait à quel point ses réactions étaient contradictoires.

Lâchant une bordée de jurons, il se passa la main dans les cheveux. Plus le temps passait, plus il en voulait à Mairi de provoquer en lui toutes ces émotions dont il ne voulait pas. Il était bien décidé à revenir au désir indécent mais simple, rien de plus. Ça, il le comprenait. Et c'était tout ce dont il avait envie.

— Ne t'en fais pas : c'est déjà oublié, reprit Robert.

Une étincelle amusée pétillait cependant au fond de ses yeux. Jack sentit ses muscles se détendre un peu.

— Merci.

Son cousin se tut quelques instants, puis soupira.

— Tu es tout à fait libre de me demander de m'occuper de mes affaires, mais ces fiançailles entre vous…

— C'est temporaire, l'interrompit Jack.

La tension était revenue, il la sentait dans sa nuque et ses épaules crispées.

— Ni Lady Mairi ni moi n'avons l'intention de nous marier.

Robert baissa les yeux et contempla un long moment le fond de brandy, dans son verre.

— Je ne me permettrai pas d'interférer, dit-il au bout d'un long moment. Mais, entre autres choses, tu as menti à notre grand-mère.

— Je sais, répondit Jack entre ses dents. Seulement, je ne compte pas me marier pour lui faire plaisir, parce qu'elle est malade et veut me voir en ménage avant de mourir.

Son cousin soupira de nouveau.

— Entendu, tant que tu ne lui fais pas de mal consciemment, pas plus qu'à Lady Mairi, d'ailleurs. Elle se donne peut-être des airs de veuve joyeuse, mais je sais que ce n'est pas ce qu'elle est vraiment.

— Je sais, répéta Jack, hanté par sa mauvaise conscience. Évidemment que je le sais !

— Très bien. Sois prudent, c'est tout.

Robert eut un petit sourire et se servit un nouveau verre de brandy. Il indiqua d'un geste le verre de Jack.

— Tu en veux un autre ?

— Non merci.

On ne pouvait pas passer ses journées à boire de l'orangeade !

— Donc, si ces fiançailles sont temporaires, quel but

servent-elles ? finit par demander Robert. J'imagine que tu essaies de la protéger ? Par ton nom et ton épée ?

— Bon sang, tu ne veux pas lâcher l'affaire ?

Comment son cousin parvenait-il à le mettre à vif, comme ça ? C'était si troublant... Encore une chose pour laquelle il pouvait blâmer Lady Mairi MacLeod...

— Depuis quand est-ce que ma vie privée te regarde à ce point, Robert ?

— Depuis qu'elle implique ma belle-sœur. Je n'aimerais vraiment pas devoir te provoquer en duel pour défendre la réputation de Mairi...

Il semblait plaisanter, mais son regard se faisait froid comme la pierre. Jack avait déjà vu cette raideur, chez lui. Son cousin était habité par un profond sens moral et un grand sens de la famille ; choses qu'ils n'avaient jamais partagées. Dans le cas présent, il semblait que Robert ait décidé de lui imposer ses propres principes. Seulement, ça ne risquait pas de prendre. Il n'avait jamais eu de principes, et il était hors de question qu'il se laisse traîner à l'autel.

— Dans ce cas, tu devras passer derrière Lord MacLeod, répondit-il avec une pointe d'ironie. Il est peut-être vieux, mais je suis sûr qu'il sait toujours tirer au pistolet.

Robert eut un petit sourire réticent, comme s'il refusait de s'avouer vaincu.

— MacLeod est impliqué dans cette affaire ? C'est lui qui a organisé ces fiançailles ?

Jack soupira. Il avait tellement besoin de brandy... Jamais il n'aurait cru que cette discussion serait si pénible. Un jour, son abstinence le tuerait.

— Il m'a demandé de l'aide, admit-il. Lady Mairi est menacée par son héritier. On est en train de répandre des rumeurs à son encontre, des rumeurs plutôt déplaisantes... Pire encore, MacLeod est convaincu que cet héritier, Michael Innes, va tenter de déterrer un vieux scandale pour mettre la main sur la fortune de Lady Mairi. J'ai accepté de lui donner la protection de mon nom jusqu'à ce que cette histoire soit réglée.

— Quelle galanterie ! lâcha Robert froidement. Ça ne te ressemble pas du tout.

— Qu'est-ce que tu insinues ? Que je suis une sorte de fainéant qui ne se soucie pas des autres ?

Robert eut un rictus amer.

— N'est-ce pas ainsi que tu te définis toi-même ? Tu n'es pas fainéant, mais tu refuses de t'impliquer.

— On va dire que j'ai une autre motivation, murmura Jack d'un air entendu.

Toute trace de sourire quitta immédiatement les traits de Robert, qui pinça les lèvres.

— Lady Mairi. Oui, je comprends. Parfois, tu *peux* être une véritable ordure, Jack. Et en même temps...

Il tendit de nouveau la main vers la carafe de brandy, sans pour autant le quitter des yeux.

— ... En même temps, plus tu joues ce rôle, moins je suis convaincu.

Finalement, il retrouva son sourire.

— Allons, mieux vaut changer de sujet avant de nous sauter à la gorge, non ? Est-ce que tu crois qu'il y a le moindre lien entre Wilfred Cardross et l'héritier de Lord MacLeod ? Deux hommes qui en veulent à la même famille peuvent tout à fait joindre leurs forces pour se venger.

— Je ne vois pas l'intérêt que Cardross pourrait voir dans tout ça, répondit Jack, encore sceptique.

Il lui semblait vaguement avoir raté quelque chose. Il avait conscience d'un schéma sous-jacent, mais n'arrivait pas à le voir clairement. Et s'il ne comprenait pas ce qui se passait véritablement, il ne pourrait pas protéger Mairi.

— Nous n'avons qu'à le retrouver et lui poser la question, suggéra Robert d'une voix qui laissait entendre que l'interrogatoire n'aurait rien de plaisant. Nous allons continuer à organiser des patrouilles en attendant que des troupes soient envoyées d'Édimbourg, d'autant plus qu'elles risquent de mettre plusieurs jours à arriver dans nos vallées reculées...

Il se tut quelques instants, puis se redressa avec détermination.

— En tout cas, la capture de Cardross risque d'être un sacré défi ! conclut-il.

— J'ai l'intention de rendre visite à Michael Innes en retournant dans le Sud, déclara Jack à son tour. MacLeod m'a dit qu'il avait quitté Édimbourg pour affaires, mais dès qu'il sera de retour je saurai mesurer son implication dans tout ça. Peut-être qu'il nous aidera à comprendre le rôle joué par Cardross.

Robert le gratifia d'un sourire complice.

— Je suis certain que tu vas apprécier cette entrevue... J'éprouve presque de la pitié pour ce pauvre homme.

— Tu as tort : il ne le mérite pas.

Jack était toujours hanté par les menaces qui pesaient sur Mairi. Tant qu'ils n'auraient pas réussi à régler le problème définitivement, elle ne serait jamais hors de danger.

En pensant à elle, à son charme et à son élégance, il fut traversé par un nouvel élan protecteur. Il comprit soudain qu'il était prêt à tuer pour elle.

Chassant son trouble, il termina sa boisson. Le brandy l'appelait toujours autant, tentateur, lui promettant un refuge loin des sentiments qu'il ne voulait pas affronter. Il contempla la bouteille en silence pendant quelques secondes, puis repoussa son verre.

— Il y a encore une chose, reprit-il à mi-voix. MacLeod a parlé d'un vieux scandale concernant l'époux de Lady Mairi. Il m'a laissé entendre qu'une telle histoire pourrait causer des dégâts, même maintenant. Est-ce que tu as une idée de quoi il peut s'agir ?

Robert ne répondit pas immédiatement.

— Je n'ai pas connu Archie MacLeod, déclara-t-il finalement. Il était déjà mort quand j'ai rencontré Lucy. Mais je n'ai jamais entendu parler de scandale à son sujet : de l'avis de tout le monde, c'était un homme très bien.

— Oui, c'est aussi ce que j'ai entendu.

Robert éclata de rire devant son amertume.

— Je crois que Mairi et lui étaient amis d'enfance.

— Il paraît, oui.

Jack commençait à regretter d'avoir posé la question. Il n'aimait pas penser que Mairi et Archie se soient toujours connus, qu'ils aient partagé l'intimité profonde née d'une amitié d'enfance.

— Mairi l'a épousé pour échapper aux projets de son père, reprit Robert. Ça, j'en suis sûr. Le duc de Forres lui avait choisi un autre époux et il n'a pas apprécié qu'elle lui désobéisse.

— Elle devait avoir très envie de se marier avec Archie MacLeod, si elle était prête à défier son père pour ça, murmura Jack.

— Ou alors, elle était prête à tout pour échapper à ce second prétendant.

Robert s'interrompit quelques secondes, pour le laisser envisager cette autre possibilité, puis poursuivit :

— Je sais autre chose, aussi... Mais je ne suis pas certain de devoir te le dire.

Son regard fuyant croisa un instant celui de Jack.

— Je le tiens de Lucy. Mairi lui aurait confié, une fois, que son époux et elle n'étaient pas... intimes. Ils ne partageaient pas le même lit. Je ne sais pas pourquoi et je ne sais pas non plus si ça a été le cas depuis le début. Tout ce que je peux t'affirmer, c'est qu'ils ne vivaient pas comme un vrai couple marié. Et j'en ai sûrement trop dit.

Jack sentit les cheveux de sa nuque se redresser. Il songea de nouveau à la nuit où Mairi l'avait séduit. Elle avait prétendu chercher l'oubli. Il avait supposé qu'elle portait encore le deuil de son époux, alors qu'elle avait peut-être pleuré la perte d'autre chose : d'un ami, de la confiance qu'elle avait placée dans une relation qui avait mal fini...

— Jack...

La voix de Robert le tira de ses souvenirs. Dans la lumière tamisée des lampes, le regard de son cousin se chargeait de gravité.

— Laisse-moi te donner un conseil. Si tu veux vraiment connaître la vérité, pose la question à Mairi. Si elle a confiance en toi, elle te dira tout. Mais...

Il étouffa un petit sourire.

— ... Tu vas peut-être avoir besoin de travailler dur pour gagner cette confiance, vu ton passé.

Jack ne put réprimer une grimace amère. Jusqu'à présent, il avait tout fait pour que Mairi se méfie de lui, pas le contraire. Elle lui avait peut-être offert son corps, mais elle n'avait aucune intention de lui révéler ses secrets. Et, s'il voulait que ça change, il allait devoir gagner sa confiance. Pas tenter de la séduire au milieu des topiaires. Pas se glisser dans sa chambre la nuit, une fois le château endormi. Combien de temps allait-il pouvoir résister à ses désirs ?

Il soupira. Il avait terriblement envie d'elle et il n'était pas habitué à la frustration. En général, quand il voulait quelque chose, il se contentait de le prendre. Quand il s'agissait d'une femme, elle se montrait généralement aussi enthousiaste que lui à l'idée d'explorer leurs désirs mutuels. Mairi, elle, lui avait dit qu'il n'était qu'un mufle, insulte qu'il avait amplement méritée. Elle lui avait également dit qu'elle était trop bien pour lui.

Elle avait raison sur ce point.

Une fois de plus, il sentit sa vieille amertume se réveiller, montant comme une sombre marée. Des souvenirs revinrent, lourds d'échecs et de regrets. L'espace d'un instant, il avait oublié qu'il n'était pas un sauveur et s'était vu en preux chevalier, volant au secours de Mairi.

Ne t'attache pas à elle.

Ne prends pas ce risque.

— Je n'ai pas besoin de connaître les secrets de Mairi pour

me débarrasser de Cardross et Innes, répondit-il d'une voix aussi insouciante que possible. Bonne nuit, Rob.

Il se leva vivement et tourna les talons, après avoir vu la déception se peindre sur le visage de son cousin.

— Eh bien ?

Voyant son époux rentrer dans la chambre, Lucy reposa le roman qu'elle lisait et le dévisagea de ses grands yeux bleus brillants.

— Tu en as mis, du temps ! Je commençais à désespérer...

Elle attendit quelques secondes puis, comme Robert ne semblait pas encore décidé à parler, elle s'impatienta sur son oreiller.

— Alors ? Qu'a-t-il dit ? Je meurs de curiosité, moi ! Est-ce qu'il l'a fait chanter pour qu'elle accepte ces fiançailles ? Est-ce qu'elle le fait chanter ? Est-ce qu'il est amoureux d'elle ?

Robert éclata de rire.

— Une question à la fois, mon amour...

Il se débarrassa de sa robe de chambre et se glissa près d'elle entre les draps, l'attirant dans le creux de son bras. Elle se laissa faire et posa la tête sur son épaule. Pendant un long moment, ils se contentèrent de savourer le silence, paisiblement. C'était un calme confortable, empli de pensées que l'on n'avait pas besoin d'exprimer, de chaleur et d'amour. Lucy sourit pour elle-même et se pelotonna un peu plus, une main posée sur le torse nu de son époux.

— Il vaudrait mieux que tu ne fasses pas ça, si tu veux que je me concentre sur tes questions, murmura Robert en posant sa grande main sur la sienne, et en la maintenant contre son cœur. Jack a accepté de conclure ces fiançailles pour rendre service à Lord MacLeod.

— Ça ne lui ressemble pas, pourtant...

D'un autre côté, elle ne connaissait pas Jack si bien que cela. Il ne laissait jamais personne l'approcher de trop près et donnait l'impression de ne pas vouloir s'impliquer dans la vie de sa famille. Pourtant, elle le soupçonnait de tenir à ses proches, sans le dire. Robert et lui avaient travaillé ensemble pendant des années. Ils se respectaient profondément et étaient loyaux l'un envers l'autre. Il devait aimer sa grand-mère aussi, même s'il préférerait sans doute mourir plutôt que devoir l'admettre. Le vrai talent de Jack, c'était ça : être plus charmant que quiconque et, en même temps, ne jamais laisser transparaître ses sentiments.

— Ça ne lui ressemble pas d'offrir son aide sans rien exiger en retour, reprit-elle sèchement. Il doit y avoir un intérêt pour lui, dans cet arrangement.

— Oh oui, j'en suis certain, affirma son époux avec autant d'aversion. Je suis sûr qu'il y a un prix pour l'aide qu'il a proposé à ta sœur...

Lucy pinça les lèvres malgré elle.

— Et je ne suis pas certaine qu'elle en soit fâchée. Quand j'ai posé des questions à Mairi concernant ses fiançailles, elle ne m'a dit qu'une chose : que Jack était le meilleur amant d'Écosse. Je sais qu'elle n'a répondu cela que pour me choquer et me pousser à la laisser tranquille, mais...

Elle soupira, désemparée.

— C'est peut-être trop romantique de ma part, mais *j'avais* l'espoir qu'ils soient tombés amoureux.

— Jack n'aime personne.

— Sauf lui-même ?

Lucy sentit son époux secouer tristement la tête.

— Il s'aime encore moins que quiconque. Il se sent responsable de la mort de sa mère et de sa sœur. Jamais il ne s'autorisera à aimer une autre personne, de peur de la perdre à son tour.

Il tourna un peu la tête pour la contempler un instant. Son regard s'illumina quand elle lui sourit.

— Tu veux que Mairi connaisse le bonheur, n'est-ce pas ? C'est si gentil... Est-ce qu'elle t'a confié autre chose ?

— Non.

Lucy sentit son estomac se nouer – une sensation qui lui était bien trop familière, quand elle pensait à sa sœur. Mairi et elle n'avaient jamais été assez proches pour les confidences, et cela lui faisait de la peine.

— Elle a dit qu'elle avait mal à la tête et m'a renvoyée avec le plateau de son repas comme si je n'étais qu'une femme de chambre...

Robert déposa un petit baiser consolateur sur ses cheveux.

— Je suis navré qu'elle n'ait pas voulu te parler, murmura-t-il.

— J'ai l'habitude, hélas, soupira Lucy en se serrant un peu plus contre lui. Mais ça me fait du mal. Mairi et moi n'avons jamais vraiment parlé. Je suppose que ma relation avec ma jumelle, Alice, mettait un peu les autres à l'écart, quand nous étions petites. On ne le faisait pas exprès, bien sûr, mais on n'avait pas besoin d'autres personnes. Quand Alice est morte, Mairi était déjà mariée. Puis elle s'est retrouvée veuve et a commencé à tenir le rôle qu'elle joue encore aujourd'hui : celui de la veuve mondaine. Mais ce n'est qu'un masque, je le sais.

Elle roula sur le dos et se perdit dans la contemplation des rideaux de velours bleu qui encadraient le lit.

— Le pire, c'est que je suis convaincue qu'elle souffre, Robert. Elle repousse les gens parce qu'elle a peur de les aimer... Et c'est la faute d'Archie, ajouta-t-elle avec chaleur. J'en suis sûre. Il avait toute sa confiance et il a fait quelque chose de mal. Il a dû la trahir, d'une manière ou d'une autre.

Elle commençait à sentir que Robert perdait peu à peu tout intérêt pour leur conversation. Il commençait à jouer avec ses cheveux, comme elle aimait. Une flamme envahissait peu à peu ses yeux, tandis qu'il laissait ses mèches couler entre ses doigts.

— Comme ça, ta sœur pense que Jack est le meilleur amant d'Écosse ?

Il se redressa et lui fit face, pour s'emparer du ruban qui fermait sa chemise de nuit.

— Qu'est-ce que tu en penses, toi ?

— J'admets, répondit Lucy d'une voix tranquille, mais avec une étincelle coquine au fond des yeux, que je me suis parfois demandé si c'est vrai. Jack est un libertin notoire et il a une grande expérience de la chose...

La main de Robert se figea sur ses rubans. Il la dévisagea d'un air incrédule.

— Tu t'es demandé ce que mon *cousin* donnait au lit ?

Lucy rougit, mais ne put réprimer le petit sourire qui lui monta aux lèvres.

— Ce n'est qu'une question théorique, murmura-t-elle. Une curiosité intellectuelle. Tu sais *à quel point* je peux être curieuse, Robert.

Il s'étendit au-dessus d'elle et lui glissa à l'oreille :

— Oh oui, madame...

Il l'embrassa, les mains dans ses cheveux, avec une telle fièvre possessive que Lucy fut emportée. Robert tira sur le ruban qui se défit sans peine et passa la main sous la chemise de nuit pour caresser le sein de Lucy, qui poussa un petit cri de plaisir.

— Alors, toujours aussi curieuse au sujet de Jack ?

Il l'embrassa de nouveau, lentement, langoureusement, jusqu'à ce qu'elle l'attire à elle.

— Quel Jack ? répliqua-t-elle.

13

Cette première semaine au château de Methven rappela à Mairi pourquoi elle détestait tant les réunions familiales. Elle se retrouvait bloquée dans cette maison avec tout un groupe disparate de parents et de vagues connaissances avec qui elle n'aurait sans doute pas choisi de passer du temps, si elle avait eu son mot à dire.

Elle n'avait jamais eu d'affection particulière pour Angus, son frère aîné. C'était un homme pompeux et arrogant, qui avait passé son enfance à l'intimider, et qui essayait encore de diriger sa vie.

Gertrude, sa femme, était une espèce de matrone autoritaire qui passa son séjour à tenter de persuader la sœur aînée de Mairi, Christina, de la laisser chaperonner sa fille pour la saison.

De son côté, Lachlan avait toujours été un panier percé. À présent, il n'était plus qu'une créature peureuse et malheureuse dominée par cette empoisonneuse de Dulcibella, au joli minois mais à la langue de vipère. Il était bien souvent la cible des colères de sa femme, mais quand cette dernière avait vu Mairi au petit déjeuner, le premier jour, son regard de vautour s'était illuminé. Elle avait été manifestement ravie de renifler une nouvelle proie.

— Je suis si contente que vous ayez eu le temps de venir nous voir, en dépit de votre vie sociale si remplie, Lady Mairi !

avait-elle roucoulé. Je sais que tous les gentlemen du pays se disputent votre... compagnie... et que vous faites tout pour les satisfaire.

— Mes affections ne sont l'apanage que d'un seul homme, Lady Dulcibella, avait répondu Mairi en jetant à Jack le regard le plus amoureux possible. J'ai toujours pensé qu'il était bien plus agréable d'*aimer* la personne à qui l'on est fiancé ou marié, vous ne trouvez pas ?

Elle avait ponctué son discours d'un petit signe de tête discret en direction de Lachlan, lequel venait d'emporter son assiette de petits pains beurrés à l'autre bout de la table, le plus loin possible de son épouse, pour lire le journal d'un air morose.

Mairi envia Jack, pendant ces premiers jours. Lui, au moins, avait la liberté de fuir l'étouffant château rempli d'invités pour participer aux patrouilles qui quadrillaient la campagne, à la recherche de Wilfred Cardross. Elle, elle se sentait enfermée, emprisonnée. D'une part, parce qu'on lui interdisait de quitter l'enceinte de Methven pour sa sécurité, de l'autre, parce que sa nervosité, en présence de Jack, l'empêchait de se détendre. Il avait endossé le rôle du parfait fiancé. Il lui apportait des tasses de thé et des verres de limonade durant les chauds après-midi. Il s'asseyait près d'elle et lui parlait, tournait les pages de ses partitions quand elle jouait du piano, le soir, et se promenait avec elle dans les jardins. Le pire, c'était qu'il faisait tout cela avec une courtoisie sans faille, les yeux cependant animés d'une étincelle mutine.

Jamais il ne l'embrassait.

Sans doute était-il aussi conscient qu'elle du décorum à observer en public – et pourtant, ça lui ressemblait si peu de se plier aux convenances ! Le Jack Rutherford qu'elle connaissait aurait dû essayer de lui voler un baiser à chaque coin de couloir, ou de l'entraîner dehors, dans le labyrinthe, pour quelques ébats furtifs. Le fait qu'il ne tentait rien de tout cela la perturbait. Elle était déçue, aussi, ce qui l'exaspérait encore plus que la galanterie de Jack.

Plus d'une fois, alors qu'elle était allongée dans son lit, la nuit, elle s'était retrouvée les yeux fixés sur la porte du boudoir qui reliait leurs deux chambres. Cependant, jamais elle ne serait allée ouvrir cette porte. Hors de question qu'elle renie sa parole ! Jack était peut-être bel homme, mais il n'était pas irrésistible.

Elle prit rapidement l'habitude de passer à la bibliothèque, chaque soir, pour y prendre de la lecture, afin de se distraire pendant ses longues insomnies. Elle choisissait des traités de philosophie ou d'économie, des biographies de grands généraux et les ouvrages d'histoire les plus austères, dans l'espoir qu'ils l'endorment plus facilement. Elle pensait que ce genre d'écrits froids et dénués de passion auraient le pouvoir d'apaiser ses désirs indomptables. Hélas, ce fut l'inverse : plus ses lectures étaient sévères, plus elle se sentait frustrée...

Bien que le but premier de cette réunion de famille ait été de fêter le baptême du second fils de Lucy et Robert, leurs pseudo-fiançailles finirent par retenir toute l'attention. Mairi se maudissait d'ailleurs de ne pas avoir anticipé une telle chose. Jour après jour, un flot de visiteurs se présentait au château sous prétexte d'apporter des cadeaux et de féliciter les parents du petit Ewan, mais ils cherchaient surtout à glaner les derniers ragots la concernant. C'était le sujet à la mode dans tout Édimbourg, surtout depuis que Lord MacLeod avait fait paraître la nouvelle dans les journaux. Peu à peu, le pays entier se mit à en parler. La marquise douairière paraissait particulièrement excitée et ne discutait que de trousseaux et des bijoux de famille. Mairi finit par se sentir tellement coupable qu'elle se mit à la fuir dès qu'elle l'entendait approcher.

Un soir, après le dîner, alors qu'elle était sur la terrasse et subissait les cris insupportables de Dulcibella, qui accusait Lachlan de passer trop de temps à jouer au billard, Jack vint s'appuyer à côté d'elle sur la balustrade. Il portait une tenue de soirée impeccable, mêlant l'austérité du noir à la pureté du blanc. À cet instant, il était plus beau – et plus dangereux – que jamais. Mairi sentit son cœur s'emballer et dut faire un effort pour garder une apparence de calme. Il était hors de question qu'elle se pâme à ses pieds !

— Cela fait un bon moment que j'attends que tu me renvoies, Mairi, dit-il après un court silence. Finirais-tu par apprécier d'avoir quelqu'un pour porter tes châles et remplir tes flûtes de champagne ?

Elle le gratifia d'un sourire tendu.

— J'avais déjà une foule de serviteurs pour faire ça, avant.

— Dans ce cas, dois-je croire que tu me gardes à tes côtés pour autre chose ?

— Oui, mais mes intentions ne sont pas très louables, je l'admets, répondit-elle. Je crains de me servir de toi pour tenir Dulcibella à distance… J'ai bien pensé mettre fin à notre accord en arrivant, mais je n'ai aucune intention de lui donner de nouvelles armes contre moi. Et puis, j'avoue qu'il est bon d'être admirée pour ma respectabilité.

Il éclata de rire.

— Oui, c'est étrangement agréable !

Il se pencha vers elle pour remettre en place une mèche de cheveux échappée de son chignon, et ses doigts lui effleurèrent la joue.

— Mais, je préférerais avoir un comportement parfaitement inconvenant…

— Je n'en doute pas, répliqua Mairi. Cependant, notre relation évolue à l'inverse de la norme. Nous avons commencé par consommer une union destinée à être dissoute, tôt ou tard. Nous en sommes au stade intermédiaire, où tu m'accordes toutes tes attentions et où je refuse de coucher avec toi.

Il lui caressa tendrement la nuque et sourit.

— Ne pourrions-nous pas inverser le processus ?

Mairi fut un instant troublée par ce contact, si chaleureux et si sensuel. Les doigts de Jack se perdirent brièvement dans ses cheveux, la caressant avec une douceur enivrante. Elle ne put s'empêcher de frissonner et revit brusquement défiler devant elle toutes les nuits qu'elle avait passées à regarder la porte close du boudoir, s'empêchant de la déverrouiller.

— Non, s'entendit-elle répondre avec une pointe de regret.

Jack éclata de rire. Sans doute l'avait-il perçu, ce regret, lui aussi.

— Quel dommage !

D'un geste presque imperceptible, il l'attira vers lui, si près qu'elle sentit sa jupe lui effleurer les jambes.

— Puis-je encore te convaincre de changer d'avis ?

Ses lèvres effleurèrent les siennes, et il les lui mordilla. Elle ne put réprimer un frisson. Impossible de ne pas sentir la vague de chaleur qui montait entre eux. Tout son corps s'embrasait. Cela faisait quatre jours qu'il ne l'avait pas touchée. Quatre jours qu'elle attendait ce baiser.

— Ah, vous voilà ! s'écria soudain une voix derrière eux.

Aucun d'eux n'avait vu Lady Methven arriver d'un pas vif – en tout cas, ce fut l'impression de Mairi. Cependant, un instant plus tard, elle fut assaillie par un soupçon. Jack avait-il vu sa grand-mère approcher ? Était-ce pour ça qu'il était venu la charmer ? Pour apporter un peu plus de vraisemblance à leurs fausses fiançailles ? Une lame glacée et acérée s'enfonça dans son cœur. Elle s'était laissée aller à croire que Jack était sincère...

— Je ne vous blâme pas d'être venus vous réfugier ici, lança joyeusement la vieille dame. Je viens d'entendre Dulcibella dire à la pauvre Lucy qu'elle gâtait beaucoup trop le petit James. Comment ose-t-elle faire ce genre de remarques, alors qu'elle-même n'a pas d'enfants ?

Sans attendre de réponse, elle tapota fiévreusement le bras de Jack du bout de son éventail.

— Quoi qu'il en soit, il y a une chose dont nous devons parler, tous les trois. Votre mariage.

Mairi se figea et jeta un coup d'œil désespéré à Jack.

— Grand-mère..., commença-t-il, en vain, avant d'être interrompu.

— Je pense que vous devriez décider d'une date. L'automne serait très bien, avant que le mauvais temps ne rende les routes impassables. Dans six semaines, qu'en dites-vous ? Ce sera suffisant pour rassembler un modeste trousseau. Comme Lady Mairi est veuve et que tu n'es plus tout jeune, Jack, nous n'aurons pas besoin de préparer une cérémonie grandiose.

Mairi sentit le regard de Jack sur elle.

— Lady Mairi et moi ne sommes fiancés que depuis une semaine, et...

— Ce n'est pas une raison pour perdre du temps ! le coupa de nouveau Lady Methven avec autorité. Vous êtes mûrs, tous les deux. Vous devriez savoir ce que vous voulez.

— Lady Methven, intervint Mairi, bien décidée à tenter sa chance.

Mais Jack l'interrompit en lui prenant la main.

— Veuillez nous excuser, grand-mère. Je pense que Lady Mairi et moi avons besoin de parler de tout cela en privé.

— Bien sûr, répondit triomphalement la douairière. Je savais que vous comprendriez !

Jack entraîna rapidement Mairi dans la maison et s'appropria le petit bureau attenant à la bibliothèque, fermant la porte à clé pour les isoler du reste de la famille. Il ne s'assit pas, et Mairi vit à quel point ses épaules étaient crispées.

— Je suis vraiment désolé, murmura-t-il. Nous aurions dû nous douter de ce qui allait se passer. Ça fait des années que ma grand-mère essaie de me marier, et maintenant qu'elle pense le moment enfin venu elle ne voit aucune raison de repousser l'événement.

Mairi frissonna, resserrant son châle léger sur ses épaules.

— Tu as froid ? lui demanda immédiatement Jack.

— Oui, un peu.

Elle n'était pas fière de s'emparer de cette excuse toute prête pour cacher la tristesse qui la traversait soudain. Elle n'aurait d'ailleurs pas su l'expliquer, tout comme elle ignorait ce qui lui avait si brusquement fait perdre le sourire. Tout ce qu'elle savait, c'était qu'elle en avait assez de faire semblant.

— Jack, reprit-elle. Je pense que nous devrions mettre fin à cette comédie. Aucun de nous n'apprécierait d'être contraint au mariage à cause d'un mensonge. J'expliquerai à Lord MacLeod que...

— Tu sauras aussi tuer Wilfred Cardross et faire taire Michael Innes ?

Sa voix était dure. Il traversa la pièce à grands pas, puis se tourna vers elle. La colère émanait de tout son corps comme une brume.

— Oui, s'il le faut, assura-t-elle. Jusqu'à présent, j'ai toujours su régler seule tous mes problèmes.

— C'est ce que tu n'arrêtes pas de me dire, aboya-t-il, si rageur que Mairi ne le reconnaissait plus. En tout cas, mettre fin à nos fiançailles maintenant ne servirait pas mes intérêts !

Qu'est-ce qui avait bien pu le contrarier à ce point ?

Elle hésita un instant, puis répondit sèchement :

— Eh bien, si tu penses pouvoir faire patienter ta grand-mère encore un peu, je serai ravie d'annuler nos fiançailles dès que ça te conviendra. Quoi qu'il en soit, je n'ai pas l'intention de te forcer au mariage. Je n'ai aucune envie de prendre un second époux.

Il la gratifia d'un demi-sourire.

— Je le sais, dit-il froidement. Tu as déjà su me le faire comprendre très clairement.

Un lourd silence chargé de frustration flotta quelques instants entre eux.

— Je ne comprends pas ! s'écria soudain Mairi. Tu ne veux

pas plus te marier que moi, alors pourquoi rends-tu les choses aussi difficiles ? Tu ne voulais même pas m'aider, au début…

— J'ai changé d'avis.

Il plongea rageusement les mains dans ses poches et lui tourna le dos. Tout ce qu'elle voyait, à présent, c'étaient ses larges épaules. Elle sentit sa fureur monter.

— Tu as changé d'avis uniquement pour coucher avec moi, lui rappela-t-elle.

Jack fit volte-face si vivement qu'elle faillit sursauter.

— J'essaie de te défendre d'un certain nombre de dangers, tu sais, riposta-t-il d'une voix courtoise, mais en la couvant d'un regard sombre. Le moins que tu puisses faire, c'est accepter ma protection.

— Mais je n'ai pas demandé…

Il se jeta sur elle, lui prit le bras et la tira violemment à lui.

— Les hommes de Cardross ont failli te tuer, il y a moins d'une semaine ! cria-t-il presque. Tant que cette menace pèsera sur toi, et tant que Michael Innes ne sera pas muselé, tu es sous *ma* responsabilité.

Mairi n'en crut pas ses oreilles.

— Je te demande pardon ?

— Nous sommes fiancés, reprit-il avec une douceur plus terrifiante encore que sa rage, ce qui me rend responsable de toi. Cela restera le cas tant que nous ne couperons pas nos liens, et nous ne les couperons que lorsque je l'aurai décidé.

Sur ce, il la relâcha comme si la question était réglée à ses yeux.

— Ce que tu dis est absurde ! Je suis une femme indépendante et je refuse qu'un autre me dise ce que je dois faire !

Il haussa les épaules, comme si ses protestations n'avaient aucune importance pour lui – ce qui la rendit folle de rage.

— Je ne cherche pas à limiter ton indépendance, Mairi. Contrairement à beaucoup d'hommes, je ne me sens pas menacé par une femme de caractère. Mais, la vérité, c'est que tu as besoin de nos fiançailles. Ce qui veut dire que tu vas devoir accepter de te plier un peu aux exigences de la société.

— Et aux tiennes !

Hors d'elle, elle quitta le bureau, pour se retrouver nez à nez avec Lucy et Lady Methven qui prenaient le thé. Les sourires indulgents des deux femmes ne firent rien pour améliorer son humeur : sans doute pensaient-elles qu'ils s'étaient longuement embrassés, au lieu de se disputer... Sans un mot, elle passa dans le hall et grimpa l'escalier quatre à quatre, sans vraiment savoir où elle allait, ni ce qu'elle avait l'intention de faire. C'était très bien, de claquer la porte dans un accès de colère, mais elle n'avait absolument pas réfléchi à la suite des événements. Il était encore trop tôt pour qu'elle se retire pour la nuit ; d'un autre côté, elle était bien trop agitée pour s'asseoir dans un fauteuil avec un livre et une tasse de thé. Tout en marchant, elle maudit Jack entre ses dents. C'était bien l'arrogance d'un homme, ça : l'obliger à accepter sa protection tant qu'il n'aurait pas supprimé toutes les menaces qui pesaient sur elle !

Soudain, elle fut consciente d'un pas, derrière elle, et se retourna au moment où Jack la rattrapait, sur la dernière marche. Leurs regards se croisèrent, et elle retint un hoquet de terreur. Il paraissait hors de lui.

Il attendit qu'une bonne, les yeux baissés et les bras chargés de linge, passe. Quand elle eut disparu dans le colimaçon de l'escalier, il s'empara du bras de Mairi et la traîna presque derrière une statue de marbre, à l'entrée de la galerie de portraits. Il la fit pivoter pour la regarder dans les yeux.

— Plus jamais tu ne me fuiras comme ça, lâcha-t-il d'une voix glaciale.

— Dans ce cas, cesse de me traiter comme l'une de tes possessions ! répliqua-t-elle, tremblant de rage.

Un court silence tendu les enveloppa, puis Jack sourit et leva la main pour lui caresser la joue.

— Pourquoi est-ce que nous nous disputons, alors que tout ce dont nous avons envie, c'est faire l'amour ? demanda-t-il.

Mairi sentit son cœur tambouriner dans sa poitrine. Le désir se déversait dans son sang comme la lumière liquide de la lune. Les paroles de Jack éveillaient tous les besoins sauvages qu'elle avait étouffés. Oui, elle avait envie de lui, et elle ne voulait pas s'obliger à renier ses pulsions.

— Je veux que l'on fasse l'amour, c'est vrai, murmura-t-elle en soutenant son regard brûlant. Mais je refuse qu'on se serve de moi, pour me chasser ensuite comme une vulgaire courtisane.

De nouveau, Jack eut un petit sourire.

— C'était une erreur, dit-il gravement.

— En effet.

Les traits de Jack s'assombrirent. Il ne la quittait toujours pas des yeux.

— Je ne peux te proposer qu'une aventure, une liaison passagère, reprit-il. J'espère que tu le comprends.

Elle ne répondit pas immédiatement. Elle avait la gorge sèche et râpeuse. Son cœur battait encore la chamade. Il fallait à tout prix qu'elle soit sûre d'elle : Jack faisait preuve d'une honnêteté presque brutale, et elle se devait d'être aussi franche avec lui. Était-elle capable de séparer l'amour physique de ses sentiments ? Les choses pouvaient-elles être aussi simples pour elle ? Elle n'avait aucune intention de se remarier, mais cela ne voulait pas dire qu'elle ne pouvait pas explorer le monde des sens – un monde qui lui était resté inconnu avant sa rencontre avec Jack. Cela ne voulait pas dire non plus qu'elle devait tourner le dos à cette passion sensuelle si séduisante.

La voix de la raison lui murmura qu'il ne fallait pas qu'elle accepte ce marché, mais ça ne changea rien. Parce que son estomac se nouait déjà dans l'attente douloureuse et exquise de l'excitation. Elle voulait cet homme plus qu'elle n'avait jamais désiré quoi que ce soit.

Elle ravala donc son émotion et murmura :
— Je comprends.

Enfin !

Il semblait à Jack que cela avait duré une éternité... Il n'était pas fait pour rester seul – surtout quand il regardait Mairi MacLeod. Cela faisait une longue journée, une longue semaine qu'il était hanté par ses désirs. Même en faisant de son mieux pour tenir son rôle de fiancé parfait, le désir l'avait consumé. Et il savait qu'il y céderait, tôt ou tard.

Il attira Mairi dans ses bras et elle se laissa faire, aussi pressée que lui. Son cœur s'emballa.

— J'ai attendu ce moment toute la semaine, chuchota-t-elle après leur premier baiser enflammé. Je voulais ça. Je te voulais...

Elle passa la main dans sa nuque et l'embrassa de nouveau.

Jack se sentit aussitôt au bord du gouffre, prêt à perdre le contrôle. Il glissa les mains dans les cheveux de Mairi, savourant leur douceur du bout des doigts. Une force le guidait, plus intense qu'avec toutes les autres femmes qu'il avait connues. Pourtant, une part de lui avait peur que cette passion débloque en lui des émotions qu'il ne pourrait plus jamais maîtriser. L'espace d'un instant, il faillit fuir. Mais il avait trop besoin d'elle. Il l'embrassa de nouveau, tout en l'entraînant dans la pénombre de la galerie de portraits, et s'abandonna au plaisir et à sa passion irrépressible.

Elle portait une robe au décolleté particulièrement profond – un détail qui l'avait tourmenté pendant tout le repas. Avait-elle choisi cette tenue audacieuse en soie moulante pour le provoquer ? Sans doute, et il était temps de lui faire payer son impudence...

Il tira d'un coup sec sur le corsage, et l'un de ses seins se libéra de l'étoffe argentée. Le téton déjà ferme semblait appeler ses lèvres et ses dents. Il se pencha pour le gober.

Mairi poussa un petit gémissement, la tête en arrière, tandis que ses cheveux dénoués coulaient en cascade sur sa peau nue. Jack envisagea un instant de baisser complètement le haut de sa robe pour lui dénuder complètement la poitrine, mais elle avait l'air beaucoup plus dévergondée ainsi, avec ses vêtements froissés, un sein pudiquement couvert et l'autre offert à la vue de n'importe qui.

Il la souleva. Instinctivement, elle passa les jambes autour de sa taille, tandis qu'il la plaquait contre le lambris sombre. La soie de sa robe glissait, et il eut du mal à la retrousser. Dans un mouvement un peu brusque, son coude heurta un buste de Jules César qui vacilla dangereusement sur son socle. Finalement, ses doigts fiévreux trouvèrent la fente du panty de Mairi et, très vite, la chaleur moite de ses cuisses. Il sentit alors son sexe se dresser davantage, indomptable.

Mairi dut comprendre qu'il avait l'intention de lui faire l'amour sans attendre. Son corps se crispa brusquement sous le coup de la surprise, et elle s'arracha à son baiser.

— Ici ? souffla-t-elle d'une voix horrifiée, comme une vieille fille face à un spectacle libertin. Jack !

Il sourit en déposant un baiser vorace dans le creux de son cou, là où le sang battait sous sa peau. Il lutta quelques instants avec les boutons de son pantalon, puis libéra son sexe palpitant. Sans laisser à Mairi le temps de réagir, il la pénétra d'un mouvement puissant, étouffant son cri dans un nouveau baiser.

— Oui, ici, susurra-t-il tout contre ses lèvres.

Se redressant un peu, il nicha son visage dans la chaleur de son cou. Il la léchait, la mordillait, tout en donnant de lents coups de reins. Une fois de plus, il embrassa son téton et le pinça entre ses lèvres, enivré par ses petits cris et les frissons qui la parcouraient. Elle était de toute évidence choquée qu'il ait décidé de lui faire l'amour dans un endroit aussi exposé. En faisant cela, il donnait une perversion nouvelle et délicieuse à leur liaison… Il sentait d'ailleurs qu'elle était excitée par ce libertinage. Elle, qui ne prenait aucun risque d'habitude, était tombée sous son contrôle et ne pouvait plus lutter…

Presque comme si la scène avait été écrite, une porte s'ouvrit à l'autre bout de la galerie et un rai de lumière tomba sur le parquet. Des voix s'élevèrent. Lucy et Robert avaient-ils *vraiment* choisi un moment aussi délicat pour montrer à leurs invités leur collection de portraits de famille ? Cette pensée arracha un sourire à Jack.

Il sentit Mairi se figer en entendant les voix, elle aussi. Elle essaya de se libérer, mais il la tenait si bien qu'elle ne pouvait faire autre chose que s'empaler un peu plus sur lui. Elle poussa un petit cri quand elle le sentit la pénétrer davantage.

— Arrête, murmura-t-elle à son oreille, le souffle court. Je t'en prie. Ils pourraient…

Jack sourit encore, les lèvres pressées contre son épaule chaude et nue.

— Ils pourraient nous voir ?

Il lui mordilla le cou assez fort pour la faire gémir de plus belle et donna un nouveau coup de reins. Elle étouffa un second cri de plaisir. Penché sur son décolleté, il embrassa une fois de plus son téton et le caressa du bout de la langue. Mairi respirait de plus en plus vite.

De l'autre côté de la galerie, le parquet grinçait sous les pas.

— Jack !

Elle avait l'air terrifiée et se tortilla contre le mur, mais il la maintint en place, son sexe toujours enfoui en elle.

— Tais-toi, répondit-il dans un souffle, tout en poursuivant ses coups de reins, lents et puissants à la fois. Tu ne voudrais pas qu'ils t'entendent, tout de même ? Angus serait si choqué… Et Dulcibella, si jalouse.

Mairi poussa un nouveau gémissement. Elle le serra un peu plus dans ses bras, et il accéléra son mouvement. Les voix étaient plus fortes, à présent. On reconnaissait sans peine Robert, Lucy, Lachlan, Dulcibella… Toute la famille était là !

— Et voici mon arrière-grand-père, annonçait Robert à

la cantonade. Il a combattu lors de la révolution jacobite, en 1719. Et là, il y a...

Mairi gémit encore, moins fort qu'avant. Sa peau moite de sueur collait à celle de Jack.

— Dans un instant, ils te verront, lui glissa-t-il à l'oreille. La poitrine nue et mon sexe en toi.

Ces quelques mots coquins suffirent à lui faire perdre le contrôle. Elle s'abandonna à un orgasme violent qui la fit frissonner si fort que, surpris, Jack faillit en perdre l'équilibre. Ils se cognèrent contre les lambris. Mairi ne lâchait pas les épaules de Jack, traversée de spasmes de plaisir.

— Qui est là ?

C'était Dulcibella. Sa voix aiguë et désagréable mit immédiatement fin à leur extase.

Jack se redressa et reposa doucement Mairi au sol. Dans leur fièvre, ils avaient heurté le portrait du cinquième Lord Methven, qui restait accroché de travers au mur. Jules César, lui, était tombé de son socle et s'était ébréché le nez.

— Ce n'est rien : un domestique, sans doute, répondit Robert. Voici maintenant un portrait de Clementina, Lady Methven...

— Vite !

Jack ouvrit la porte la plus proche et poussa Mairi devant lui. L'un des avantages à être le petit-fils de l'ancien marquis était qu'il connaissait tous les passages du château. Il entraîna Mairi dans une série d'antichambres, ne s'arrêtant de temps à autre que pour l'embrasser. Elle avait le souffle court et riait, splendide avec ses cheveux défaits, les yeux pétillants de plaisir.

— Tu es indécent ! lâcha-t-elle.

Elle l'embrassa, s'attardant un peu sur ses lèvres et entrouvrant la bouche pour que leurs langues se retrouvent. Un baiser intense, passionné. Jack sentit de nouveau son sexe se dresser. Il avait rarement rencontré une femme aussi réactive et sensible. Avec elle, il redevenait un tout jeune homme pressé et gorgé de désir.

— Tu aimes les jeux dangereux, répondit-il en la plaquant contre un mur, pour l'embrasser de plus belle. Qui l'aurait deviné ?

Il leur fallut trente minutes pour retourner dans le hall d'entrée. Jack lui fit encore l'amour sur une table, dans la salle de billard du haut, conscient que le reste de la famille devait se rassembler pour le souper et se demander où ils étaient.

— J'ai perdu un escarpin, s'écria soudain Mairi en sortant de l'une des antichambres.

Jack ajusta le corsage de sa robe pour le remettre en place. Elle se tourna pour jeter un coup d'œil à son reflet dans les longs miroirs qui ornaient le sommet de l'escalier et plaqua les mains sur ses joues encore rouges.

— Mon Dieu ! Je ne peux pas retourner dans le salon dans cet état !

— Non, admit Jack avec un sourire. Tu as l'air tout échauffée...

Elle lui caressa la joue du bout des doigts.

— Je vais monter et arranger ma tenue, murmura-t-elle, avant de se hisser sur la pointe des pieds pour l'embrasser avec douceur. Merci... Viens me retrouver dans ma chambre, ce soir.

Sur ce, elle disparut à l'angle du couloir.

Jack résista à l'envie de la suivre. Il était à la fois comblé et frustré d'une manière qu'il n'aurait su expliquer. Il lui avait dit qu'il ne voulait rien de plus qu'une aventure dénuée d'émotions, mais, alors qu'elle avait traité leurs ébats comme un simple plaisir physique partagé, il aurait voulu frapper le mur du poing pour évacuer son amertume. Il avait reçu exactement ce qu'il avait demandé, pourtant, une part de lui n'était absolument pas satisfaite.

Sans doute une sorte d'ironie sombre émanait-elle de cette affaire, mais il n'arrivait pas à l'apprécier.

14

Le matin du baptême d'Ewan arriva. Jack se réveilla en sursaut, tremblant et transpirant. La chambre était encore sombre et, pendant quelques instants, il ne sut plus où il se trouvait. Les derniers lambeaux de son cauchemar s'accrochaient obstinément à son esprit. Il roula sur le dos avec un grognement agacé et se cacha les yeux sous le bras. Un goût amer s'attardait dans sa bouche. Des images lointaines dansaient encore sous ses paupières closes.

Des images de lui, petit, dans une immense église aux piliers gigantesques qui se perdaient sous le plafond, comme s'ils s'élevaient jusqu'au ciel. Son père était là, l'air heureux, et sa mère lui rendait son sourire. Elle tenait dans les bras un bébé vêtu d'une délicate robe de baptême, où la dentelle se mêlait au satin blanc. Lui-même portait ses habits du dimanche. Son col était trop raide et sa veste trop petite. On l'avait lavé et récuré consciencieusement le matin même. Plus personne ne se souciait vraiment de lui : les invités étaient trop occupés à glousser autour du bébé, et ses parents à se contempler amoureusement.

— Tu es le grand frère d'Averil, maintenant, lui avait dit sa grand-mère, en lui faisant un câlin parfumé.

Elle sentait la violette, et sa robe de soie était glissante. Jack s'était un peu débattu. Il fallait bien faire semblant de ne pas aimer les câlins, même s'il adorait secrètement sa grand-mère.

— C'est un rôle très important, Jack. Tu es l'aîné. Tu dois veiller sur elle.

Tu dois veiller sur elle...

Le goût amer qui traînait sur sa langue devint insupportable. Une tristesse soudaine l'envahit. Il se tourna sur le côté et saisit la boîte d'amadou mais, dans sa maladresse, la fit tomber par terre. Il se leva finalement d'un bond, dans un juron, et alla ouvrir les rideaux.

La nuit recouvrait encore la vallée. Une nuit sans lune. Les nuages bas s'entassaient au-dessus des montagnes. Jack laissa le rideau retomber et attrapa de nouveau la mèche. Cette fois, il réussit à allumer la bougie. La petite flamme jeta un reflet doré dans la chambre, mais cette chaleur ne fit qu'accentuer le froid et la solitude qui le hantaient.

Il ne faisait pourtant pas souvent de cauchemars, ces temps-ci. Quand il avait quitté l'Écosse pour rejoindre Robert au Canada, ses nuits avaient été hantées de mauvais rêves. Les années, cependant, avaient su l'apaiser et chasser les souvenirs douloureux. C'était bien pour cela que la terreur presque palpable qu'il ressentait cette fois le dérangeait tant. Sans doute ce cauchemar était-il dû à son retour à Methven. Pour la plupart des gens, les baptêmes font partie des événements joyeux. Pour lui, ils réveillaient des souvenirs douloureux.

Il décida de sortir se promener. L'aube poindrait bientôt, et l'air frais l'aiderait sans doute à chasser son mal-être.

Il s'habilla rapidement, sans prendre la peine de réveiller le valet que Robert avait mis à son service, le temps de son séjour. Il sortit par la porte du jardin d'hiver. Une bruine légère tombait sur la terrasse. Robert avait placé un garde à chaque porte, au cas où Wilfred Cardross décide d'attaquer le château. L'homme qu'il croisa bâillait copieusement. Il le salua de la tête et le laissa sortir sans poser de question.

Dans la lumière grise du petit matin, les jardins de Methven étalaient leur élégante splendeur à perte de vue. L'endroit était très différent du château qu'il avait connu dans son enfance, du vivant de son grand-père. Le vieux laird avait laissé Methven et ses domaines tomber en ruine. Certes, les murs écroulés et les bâtiments à l'abandon avaient été un merveilleux terrain de jeux pour les enfants, mais une lourde mélancolie avait pesé et assombri les lieux.

Robert avait su débarrasser le château de cette atmosphère déprimante. Lucy et lui avaient transformé Methven en une véritable maison de famille, pleine de vie. Ils avaient rendu l'amour à ce château.

Pendant quelques minutes, Jack songea à Glen Calder, son propre domaine, qui s'étendait à quelques miles au nord. Il était aussi beau que Methven. C'était un ancien château de pierre avec vue sur la mer. Les terres étaient bien gérées, prospères, mais cela n'avait rien à voir avec cet endroit. Glen Calder n'était pas un foyer. Il n'y avait pas de cœur battant entre ses murs.

Peu à peu, il sentit les lieux se réveiller. Des voix résonnaient dans les couloirs et des bruits de vaisselle s'élevaient dans la cuisine. Une porte s'ouvrit, quelque part. Jack se redressa. Il avait besoin de se laver et de se raser, s'il voulait avoir l'air vaguement respectable à l'église.

Il leva les yeux vers la fenêtre de Mairi. Les lourds rideaux de velours étaient encore tirés. Aucun des hôtes n'était réveillé, d'aussi bonne heure. Soudain, une envie pressante de voir la jeune femme l'envahit. Il voulait lui parler, être avec elle. Sa présence suffirait à l'apaiser, même s'il ne comprenait pas pourquoi.

Bon sang !

Non, il n'avait besoin de personne. Dépendre de quelqu'un était une faiblesse. Il se rappela son cauchemar. Quand on s'ouvre à l'amour, on finit toujours par s'ouvrir à la peine.

Se passant une main nerveuse sur les joues, il sentit sa barbe naissante lui irriter les doigts. Il allait serrer les dents, supporter en silence la cérémonie à l'église, être témoin du bonheur de Robert et Lucy, se mêler aux invités et discuter comme si tout allait bien.

Après, il trouverait une bouteille de brandy quelque part et se soûlerait copieusement. Il allait céder, c'était certain. Il en avait déjà conscience, désespéré et impuissant. Que pouvait-il faire d'autre ? C'était inévitable...

— Est-ce que tu sais où est Jack ? demanda Mairi à Lucy.

Le soir était venu. Ewan et son grand frère avaient été emmenés à la nurserie depuis un bon moment, tandis que leurs parents partageaient un délicieux repas avec leurs invités, dans la gaieté de l'hospitalité écossaise.

Mairi, elle, était épuisée. Elle avait tenu son rôle de marraine, à l'église, prononçant ses vœux et promettant d'être toujours là pour Ewan et sa famille. Les larmes lui étaient montées aux yeux, et sa voix s'était brisée. Elle avait pleuré de joie – de douleur, aussi –, espérant être une bonne marraine pour son neveu. Mais elle s'était aussi sentie coupable de se trouver dans une église, alors qu'elle entretenait une liaison scandaleuse avec Jack. Quoi qu'il en soit, leur aventure prendrait bientôt fin. À partir de maintenant, elle allait tout faire pour devenir la meilleure marraine possible. Toute considération morale mise de côté, elle craignait que les talents de Jack aient de toute façon gâché le plaisir qu'elle aurait pu trouver avec d'autres amants. Autant se contenter de la broderie et de l'aquarelle, à l'avenir.

Pendant la cérémonie, Jack s'était tenu près de sa grand-mère. Il était si beau, alors, mais si grave et si sévère aussi... L'opposé de Lady Methven qui ne contenait pas sa joie de voir une nouvelle génération prendre racine dans l'ancestrale demeure.

À la fin du service religieux, Jack avait échangé quelques mots avec elle avant de disparaître. Elle l'avait ensuite aperçu de loin, au milieu des invités, mais voilà qu'il avait de nouveau disparu.

Lucy la regarda avec un petit froncement de sourcils.

— Jack est indisposé, répondit-elle à mi-voix.

— Indisposé ? Qu'est-ce que tu veux dire ?

Ça n'avait aucun sens ! D'un autre côté, Jack s'était montré si distant, toute la journée, tant avec elle qu'avec les autres... Comme s'il avait eu la tête ailleurs.

Lucy se mordilla nerveusement la lèvre. Elle avait l'air à la fois contrariée, fuyante et exaspérée.

— Robert dit que je ne devrais pas en vouloir à Jack, reprit-elle, mais je ne peux pas m'en empêcher.

Mairi était de plus en plus inquiète. Elle prit le bras de sa sœur et l'entraîna loin des invités qui se pressaient dans le hall et le salon. Les deux sœurs se glissèrent dans la petite pièce attenante à la bibliothèque et dans laquelle Robert avait installé son bureau.

— Dis-moi ce qui se passe, exigea-t-elle, après avoir refermé la porte.

Lucy se laissa tomber dans un fauteuil, au milieu d'un froissement de soie.

— Tu sais que Jack a refusé d'être le parrain de James ou d'Ewan ? J'ai essayé de ne pas en être froissée, parce que Robert m'a expliqué ses raisons : apparemment, Jack a eu une enfance très difficile. Il a perdu ses parents quand il était petit, et sa sœur est morte ensuite...

Elle fronça de nouveau les sourcils.

— Je *comprends*, bien sûr, mais...

Son insistance laissait entendre qu'en réalité elle ne comprenait pas du tout.

— ... J'aurais cru que quelqu'un privé de sa famille s'empresserait au contraire de faire partie de la nôtre. Au lieu de ça, il nous repousse dès qu'il en a l'occasion.

Mairi repensa aux paroles que Jack avait prononcées chez

Lord MacLeod, lorsqu'il avait affirmé n'avoir d'affection pour personne.

— Parfois, murmura-t-elle en repensant à sa propre expérience, il est trop douloureux de se rapprocher des gens. Le risque d'être blessé de nouveau paraît trop important. C'est peut-être ce que Jack ressent.

Lucy la dévisagea froidement.

— Quoi qu'il en soit, ce n'est pas une raison pour se soûler !

— Oh... Ce genre d'indisposition ?

— Il est complètement ivre, déclara Lucy, et d'une humeur massacrante. Il a lancé une cruche sur le pauvre Shawcross en lui réclamant plus de brandy. Robert dit...

Elle joua nerveusement avec ses rubans pendant quelques instants, puis leva sur Mairi un regard un peu honteux.

— Je ne suis censée en parler à personne, mais tu as le droit de savoir, après tout. Jack a eu de très graves problèmes avec l'alcool. Quand sa sœur est morte, il a perdu la tête... Il buvait trop et il a fini par se battre, un soir. Un homme en est mort. On l'a arrêté, et Lady Methven a dû payer sa caution pour qu'il puisse ressortir de prison.

Un frisson glacé parcourut Mairi. À l'auberge d'Inverbeg, Jack avait en effet bu de l'eau, pas du vin. Elle avait d'ailleurs trouvé cela étrange, sur le moment. À présent, elle réalisait qu'elle ne l'avait jamais vu boire une goutte d'alcool, encore moins quelque chose d'aussi fort que du brandy.

Elle s'affala dans le second fauteuil, en face de sa sœur.

— Quand est-ce arrivé ? chuchota-t-elle.

— Je ne sais pas vraiment. Jack devait avoir dix-sept ans, environ. En tout cas, il était très jeune.

Dix-sept ans ! L'horreur de la chose fit tressaillir Mairi. Quand elle avait eu cet âge, son père avait arrangé son mariage avec un homme assez âgé pour être son grand-père. Maintenant encore, elle se souvenait de son dégoût et de son sentiment d'impuissance. C'était pour fuir ce destin insupportable qu'elle s'était plongée sans réfléchir dans une situation toute aussi misérable. Elle s'était sentie si seule, si effrayée... Jack avait-il éprouvé la même détresse, en perdant presque toutes les personnes qu'il aimait ? Il lui avait avoué avoir eu une période un peu sauvage, pendant sa jeunesse. Elle avait supposé qu'il s'agissait des frasques habituelles de tout jeune homme riche : le jeu, l'alcool, les femmes... Comment aurait-elle pu deviner son drame familial ?

— Je dois aller le voir ! déclara-t-elle soudain.

Lucy la regarda se lever d'un air terrifié et lui prit le bras pour l'arrêter.

— Non, n'y va pas ! Mairi, je suis sérieuse : tu devrais attendre qu'il ait dessoûlé.

— J'ai vu beaucoup d'hommes plus ou moins ivres, dans ma vie. Tu te souviens de Lachlan, quand il a commencé à découvrir le brandy ?

— Ça n'a rien à voir, protesta sa sœur. Jack risque de te faire du mal. Il ne le fera pas exprès, mais ça ne changera rien. Ce n'est pas comme Lachlan après une nuit de fête à Édimbourg ! L'alcool a détruit la vie de Jack, Mairi. Ça l'a rendu dangereux. Je t'en supplie...

— Je dois au moins essayer, Luce.

Elle savait très bien que sa sœur avait raison. Jack n'apprécierait pas son intervention, mais ce n'était pas une raison pour le laisser seul avec ses mauvais souvenirs et sa bouteille entamée...

— Je ne peux pas le laisser traverser ça tout seul, reprit-elle.

Elle lissa ses jupes, déjà nerveuse.

Dans les escaliers, elle croisa Shawcross qui redescendait. Il lui indiqua que Jack était dans son cabinet de toilette, mais lui répéta ce que Lucy avait dit :

— Je ne vous conseille pas de le déranger, milady. M. Rutherford a un tempérament plutôt imprévisible, quand il a bu...

Elle en eut la confirmation dès qu'elle ouvrit la porte du cabinet. C'était une petite pièce chaleureuse. Un feu crépitait dans la cheminée et des bougies avaient été allumées, mais l'air empestait l'alcool. Jack était étalé plus qu'assis dans un fauteuil, sans veste ni cravate. Ses longues jambes étaient étendues devant lui et un verre presque vide pendait mollement de ses doigts. Il avait l'air dangereux, en effet... et plutôt deux fois qu'une.

— Je t'ai dit que je ne voulais pas être dérangé, bon sang ! grommela-t-il sans lever les yeux. Enfin, tant que tu es là, sers-moi donc un verre.

— Tu as assez bu, répondit fermement Mairi.

Jack redressa la tête et la dévisagea un long moment sans cligner des paupières. L'intensité de son regard la pénétra et la fit frémir jusqu'au bout des orteils.

— Toi ? balbutia-t-il. Je croyais que...

Il avait la voix pâteuse, mais ses yeux restaient durs, froids, comme s'il s'adressait à une parfaite inconnue.

— Que veux-tu ?

Sa brusquerie la blessa, mais elle serra les dents et ravala sa douleur. Jack souffrait, lui aussi, et il essayait d'oublier son passé. Il savait aussi qu'il en était incapable, et c'était sûrement ça qui le tourmentait.

— Je suis venue m'assurer que tu allais bien, dit-elle.

Les prunelles trop brillantes de Jack ne la quittaient pas.

— Comme tu le vois, tout est pour le mieux, répondit-il en attrapant la bouteille de brandy pour remplir son verre, avant de la reposer brutalement sur la table. Tu peux t'en aller. Je suis parfaitement capable de plonger seul.

Sur ce, il se détourna.

— Non !

Elle vit sa main se figer un instant, tandis qu'il était en train de porter le verre à ses lèvres. Il se retourna et lui sourit d'un air moqueur.

— Non ? Je n'ai pas été assez clair, peut-être ? J'ai dit : va-t'en... si cela t'agrée, singea-t-il.

— Non, répéta Mairi.

Tremblante, elle s'agenouilla près de l'accoudoir du fauteuil.

— Je suis désolée, sincèrement, que cette journée ait été si douloureuse pour toi.

Son regard se chargea de colère et d'antipathie.

— Je te demande pardon ?

— Tu bois pour endormir la douleur, et je le comprends. Je sais ce que c'est que d'avoir besoin d'oublier. Tu as perdu tes parents quand tu étais jeune, puis ta sœur...

Il l'interrompit d'un éclat de rire cruel.

— Tu ne sais rien !

Mairi se mordit la lèvre pour ne pas reculer face à tant de mépris.

— Dans ce cas, raconte-moi, rétorqua-t-elle.

Jack la dévisagea quelques instants, mais la voyait-il vraiment ? Elle attendit, retenant son souffle.

— J'ai tué ma sœur. C'est ma faute, si elle est morte...

Il se frotta les yeux. Il avait mal à la tête et les paupières lui brûlaient. C'était comme s'il avait perdu son armure, comme s'il n'avait plus nulle part où se cacher. Jamais encore il ne s'était senti vulnérable. Quelle impression atroce ! Et comment s'en débarrasser ?

Il baissa les yeux sur son verre, puis contempla Mairi. Elle était si belle... Ce n'était pas seulement la symétrie de ses traits, la couleur de ses yeux ou les reflets d'automne qui paraient ses cheveux. C'était aussi la candeur qui rendait son regard si lumineux, si franc. C'était la générosité qui la poussait à rester auprès de lui, en dépit de son impardonnable brutalité. C'était l'éclat et la douceur qui émanaient d'elle et l'attiraient irrésistiblement. Il avait besoin d'elle. Besoin de se perdre en elle. Il voulait la serrer dans ses bras et oublier le reste.

Mais cette empathie qui émanait d'elle se changerait en répulsion, quand elle connaîtrait la vérité.

— Je suis sincèrement navrée. Dis-moi ce qui s'est passé, insista-t-elle.

Il détourna les yeux et se concentra sur les reflets du feu, dans la cheminée. Ce serait plus facile de tout lui raconter s'il ne la regardait pas, s'il n'était pas obligé de voir apparaître la déception et le dédain sur son visage.

— Nos parents étaient fous amoureux l'un de l'autre, commença-t-il. C'était presque comme si Averil et moi n'existions pas autrement que comme les preuves vivantes de cet amour. Quand mon père est mort, ma mère n'a pu supporter sa douleur. Elle s'est supprimée quelques mois plus tard. C'est moi qui l'ai trouvée. Elle a pris trop de laudanum, un soir, et ne s'est simplement pas réveillée le lendemain.

Il entendit Mairi étouffer un hoquet de surprise et murmurer son nom d'une voix étouffée. Elle posa la main sur son bras, mais il la repoussa. Il ne méritait pas qu'elle le réconforte.

— J'avais pourtant essayé de l'aider, murmura-t-il tristement. Je savais qu'elle était profondément malheureuse, mais j'ignorais ce que je pouvais faire : l'affection que je lui offrais n'était jamais suffisante. L'amour qui unissait mes parents...

Il soupira. L'amour était une chose dangereuse, une force de destruction, et il ne voulait pas de ça dans sa vie. Averil et lui avaient été exclus du cercle enchanté de l'amour de leurs parents, et il n'avait rien pu faire contre ça.

— Elle nous a laissé tomber, reprit-il.

— Tu devais être très jeune, souffla Mairi. Trop jeune pour porter le poids de telles responsabilités.

— J'avais seize ans quand elle est morte, et Averil en avait douze. On nous a envoyés vivre chez la sœur de notre père et son époux, mais ils ne voulaient pas vraiment de nous. Ils nous ont inscrits en pension.

Il vit Mairi tressaillir. Elle était devenue très pâle.

— C'est si cruel... Vous veniez de subir une perte atroce...

Il haussa les épaules.

— Nous n'avions pas d'argent. Nous n'étions qu'un fardeau

pour eux, expliqua-t-il, avant de se passer une main lasse dans les cheveux. Bref, je suppose que tu imagines ce qui s'est passé : je me suis rebellé. Au bout d'un moment, l'école m'a renvoyé. Mon oncle et ma tante m'ont abandonné à mon sort, et je suis devenu incontrôlable pendant un certain temps.

Il tourna ses regards vers la bouteille de brandy. Le goût amer de l'alcool s'accrochait à sa langue, mais il en voulait plus. Il avait besoin d'oublier. Certes, il était déjà soûl, mais ça ne suffisait pas – loin de là.

— Je me suis mis à boire. Je me suis battu et j'ai volé. Je n'avais que dix-sept ans...

La douleur et le remords le déchiraient.

— Durant ce temps, j'ai délaissé Averil. Je la croyais en sécurité, à l'école. Je pensais qu'on s'occupait bien d'elle et qu'elle était mieux là-bas qu'avec moi. Que pouvais-je faire pour elle, après tout ? Je n'avais même pas été capable d'aider notre mère. Je n'avais pas été capable de la rendre heureuse, ou de l'empêcher de nous laisser seuls. Je savais que je n'aurais fait aucun bien à ma sœur. Aucun.

Il vida son verre d'un trait et le remplit de nouveau, faisant tinter la bouteille contre le bord.

— Puis, un jour, j'ai appris qu'elle était morte.

Il inspira une profonde.

— Une épidémie de typhoïde avait décimé l'école. Là, j'ai fini par découvrir l'horreur de cet endroit. C'était un bâtiment froid, sale, et le peu de nourriture qu'on donnait aux élèves était mal cuisiné ou pourri.

Il s'interrompit un instant, la gorge nouée.

— Elle est morte seule, abandonnée et effrayée, parce que personne ne se souciait d'elle. Moi, moins que quiconque.

— Ce n'est pas vrai, Jack, murmura Mairi.

— Si !

Sa culpabilité se mua soudain en rage, comme un monstre qui se serait niché au fond de lui et lui donnait envie de frapper au hasard.

— J'ai failli à ma mère et à Averil. C'est pour ça, ma chère, répondit-il sauvagement, sans se soucier du rouge qui montait aux joues de Mairi, que tu devrais te lever et quitter cette pièce dès maintenant. Ne regarde pas en arrière : je ne te ferai jamais de bien, à toi non plus.

Il la vit fermer les yeux. Pendant une seconde, une larme perla au bord de ses cils, mais elle l'essuya d'un geste impatient.

— Je ne veux pas t'entendre dire de telles choses, chuchota-t-elle en le couvant d'un regard sombre. Tu étais encore un enfant, Jack. Tu n'aurais jamais dû porter autant de responsabilités. Ce n'était pas ta faute.

— Est-ce que tu essaies de me réconforter ? cracha-t-il.

C'était bien la dernière chose dont il avait envie !

— Je suis navré, mais je n'attends qu'une chose de toi : ce que j'ai pris, hier soir, dans la galerie des portraits.

Il l'entendit étouffer un hoquet et vit son regard s'éteindre un peu plus sous tant de brutalité. Elle recula, trébuchant presque et se prenant les pieds dans sa jupe, tant elle était pressée de se relever.

— Je ne vois pas pourquoi tu te montres si cruel, Jack. Pourquoi tiens-tu tant à me faire du mal ?

Il la blessait parce qu'il se haïssait. Et il la haïssait de ne pas le fuir, après ça. Sa gorge se noua, et quelque chose se brisa douloureusement dans sa poitrine. Il ne voulait pas lui répondre. Ne pouvait pas. Pourquoi ne s'en allait-elle pas ? Cette maudite femme lui rappelait sa grand-mère, qui était venue le tirer de prison, piétinant la vermine et la crasse pour lui tendre la main, alors qu'il méritait qu'on l'abandonne à son sort. Mairi avait la même force, le même courage indomptable. Elle aussi refusait de le laisser. Elle était bien trop bonne pour lui.

Elle avança de nouveau vers lui, mais il l'attrapa par les épaules sans lui donner le temps de dire un mot.

— Je te préviens, Mairi : si tu restes ici plus longtemps, je vais te prendre et me servir de toi, juste pour oublier...

Il indiqua une dernière fois la porte d'un signe de tête.

— Profite de ta chance et pars. Tout de suite !

Le cœur de Mairi tambourinait contre ses côtes. Elle avait peur de Jack, quand il était dans cet état ; pourtant, sous son vernis de cruauté, elle voyait un homme qui souffrait profondément. Elle voulait l'aider. Si le laisser l'utiliser pour arriver à ses fins était le seul moyen, qu'il en soit ainsi.

Pendant un moment, il ne bougea pas. Ses yeux noirs et rageurs la dévisageaient, mais il n'essaya pas de la toucher. Elle passa la main derrière sa nuque et l'attira à elle pour l'embrasser avec douceur. Il lui résista et, les premières secondes, ne lui rendit pas son baiser. Finalement, dans un soupir désespéré, il la prit dans ses bras et ses lèvres s'écrasèrent presque sur les siennes. Quand elle entrouvrit la bouche, il s'empara d'elle dans une étreinte fiévreuse et bouleversante. Mairi ne se retint pas et l'embrassa encore, s'accrochant à lui, tandis que le cabinet de toilette se mettait à tourner et le sol à bouger sous ses pieds.

Jack se déshabilla et lui arracha sa robe en tremblant. Tous deux s'affalèrent ensuite sur le lit. Il la caressait comme un homme en manque de contact humain et d'affection. Il ne fit preuve d'aucune douceur et lui fit l'amour sans se soucier d'autre chose que de ses propres besoins. Sans la moindre tendresse, il l'allongea sous lui, lui écarta les cuisses et la pénétra d'un geste puissant. Elle s'accrocha à lui, lui caressant les épaules et le dos, le serrant contre elle pour mieux sentir le tumulte d'émotions qui le hantait. Elle lui chuchota des paroles de réconfort, tandis qu'il la prenait. En cet instant, son corps n'était rien d'autre pour lui qu'une échappatoire à la douleur, mais elle était heureuse de pouvoir au moins lui offrir ça.

Quand il eut fini, il s'étendit sur elle et appuya la joue contre sa poitrine, les yeux fermés et le souffle court.

— Je suis désolé, souffla-t-il avec amertume. Sincèrement désolé…

Elle lui caressa les cheveux et le serra dans ses bras, jusqu'à ce qu'il s'endorme. À présent, elle comprenait pourquoi il avait peur d'aimer qui que ce soit, pourquoi il ne voulait pas porter la responsabilité d'une épouse et d'une famille. Elle était triste pour lui et ne put s'empêcher de l'enlacer un peu plus. Comment pourrait-elle le convaincre qu'il n'avait pas échoué ? Il était si jeune, à l'époque, et il avait tant perdu… Il lui faudrait encore longtemps pour guérir de ces blessures profondes – s'il y arrivait un jour. La laisserait-il seulement essayer de l'aider ?

Jack se réveilla, raide et perclus de douleurs, avec une migraine qui tambourinait contre ses tempes et un mauvais goût dans la bouche. Il se dégagea des bras de Mairi, se redressa et quitta discrètement le lit. L'air froid de la chambre l'enveloppa immédiatement. Il regrettait déjà la chaleur des draps, et plus encore la douceur du corps de Mairi.

Après avoir enfilé rapidement son pantalon et sa chemise, il alla se passer un peu d'eau sur le visage et sur la nuque. Ce choc glacial lui fit du bien. Il repoussa ses cheveux mouillés en arrière et attrapa une serviette. Il se sentait épuisé… Et il avait honte. Cela faisait des années qu'il n'avait pas autant bu. D'ailleurs, l'alcool ne lui avait pas permis d'étouffer ses souvenirs amers. Seule Mairi avait tenté de l'aider, et il l'avait traitée avec cruauté. Il lui avait fait l'amour sans la moindre considération pour ses sentiments, alors qu'elle n'avait fait preuve que de bonté et de générosité à son égard. Une fois de plus, la culpabilité vint se mêler à la honte. Il n'avait aucune excuse, rien ne justifiait un tel comportement.

Un plateau avait été posé sur la commode, avec une carafe d'eau fraîche et un flacon rempli d'un épais liquide violacé. Shawcross l'avait laissé dans la soirée, à l'occasion d'une des nombreuses fois où Jack l'avait appelé pour avoir une autre bouteille de brandy et, avec une vulgarité impardonnable, chassé ensuite à grands cris. Il but le remède d'une traite. Le goût était tellement atroce qu'il crut un instant que le valet s'était vengé de lui en l'empoisonnant. Puis, rapidement, la mixture fit son effet. Sa migraine s'apaisa et les dernières brumes alcoolisées se dissipèrent, chassant la fatigue. Un délicat goût de menthe remplaça l'amertume du brandy. Ne restait plus que la honte – hélas, il ne connaissait pas de remède à ça.

Dans le grand lit à baldaquin, Mairi remua dans son sommeil et s'enfouit un peu plus sous les couvertures, dans un murmure inintelligible. Jack alla s'asseoir à côté d'elle. Il se sentait... bizarre. Il voulait la toucher et la serrer contre lui ; en même temps, son désir était assombri par une terreur profonde. Il ne comprenait pas pourquoi il lui avait parlé de sa mère et de sa sœur. Il n'était pourtant pas du genre à se confesser facilement, surtout au sujet de sa famille. Même avec Robert, il n'avait jamais abordé le sujet – pas plus qu'avec sa grand-mère... Il ne voulait pas réveiller le passé, étaler ses échecs ou avouer les raisons qui lui faisaient craindre d'aimer de nouveau.

Avoir dévoilé ses secrets à Mairi était méprisable et faible. Il était pourtant doué pour se protéger. Au fil des ans, il avait su bâtir des défenses que nul n'aurait pu briser – du moins, le pensait-il –, pourtant Mairi les avait détruites une par une.

Elle ouvrit soudain les yeux, et il fut sous le choc, traversé par une vague de désir inattendue. Il lui effleura la joue avec douceur.

— Je t'ai fait mal ? demanda-t-il de sa voix encore rauque.

Mairi sourit, et son cœur se serra une nouvelle fois.

— Non.

— Je suis désolé...

Elle secoua la tête.

— Tu n'as pas à t'excuser.

Puis, après un court silence, elle ajouta :

— Jack, tu sais que ce n'est pas ta faute, n'est-ce pas ?

Ce fut à lui de faire non de la tête. Il entendait ses paroles, certes, mais jamais il n'y croirait. Quelque chose s'était brisé, déchiré, au fond de lui.

— Je suis désolé, répéta-t-il.

L'étincelle qui s'était allumée au fond des yeux de Mairi s'éteignit lentement. Ils savaient tous les deux qu'il ne s'excusait pas pour son comportement de la veille, cette fois, mais parce qu'il était incapable d'accepter les mots apaisants qu'elle avait prononcés. Il n'en voulait pas, pas plus qu'il ne voulait avoir besoin d'elle, comme la nuit précédente.

15

Mairi était tellement brisée, émotionnellement, qu'elle dormit très tard et n'entendit pas la bonne venue allumer son feu. Elle ne bougea pas non plus quand Jessie lui apporta son petit déjeuner sur un plateau. Finalement, ce fut quand Lucy frappa à la porte, entra et tira les rideaux d'un geste autoritaire qu'elle ouvrit enfin les yeux.

— Je suis vraiment désolée de te déranger, dit sa sœur en s'asseyant au bord du lit, mais j'étais inquiète.

— À propos de Jack ?

Mairi s'assit et se frotta les yeux.

— Il a dessoûlé et je pense qu'il a fini par reprendre ses esprits.

— C'est une très bonne nouvelle pour nous tous, lâcha sèchement Lucy. Mais, c'est pour toi que je m'inquiète.

Elle lui prit les mains et la dévisagea un instant avec le plus grand sérieux.

— Est-ce qu'il t'a fait du mal ?

À sa grande surprise, Mairi fondit en larmes. Elle sentit les doigts de Lucy se crisper sur les siens puis, un instant plus tard, sa sœur la prit dans ses bras et la serra sur son cœur. C'était étonnamment l'une des meilleures choses qui lui soient arrivées.

— J'en déduis que oui, murmura Lucy d'une voix étouffée,

mais féroce. Quelle brute ! Je vais le tuer. Je me moque qu'il soit le cousin de Robert...

— Je t'en supplie, l'interrompit Mairi en s'écartant d'elle. Inutile de déclencher une guerre de clans. Je vais bien. Je te le jure.

Elle n'en était pas tout à fait sûre, mais préférait ne pas trop sonder ses sentiments, ce matin. Son cœur souffrait encore trop.

Lucy ne parut pas convaincue.

— Tu sais, n'est-ce pas, reprit-elle gravement, que le meilleur amant du pays ne mérite pas tant de larmes et de malheur ? On pourrait croire que ça en vaut la peine, mais ce n'est pas le cas, crois-moi.

Mairi ne put retenir un petit gloussement.

— Tu es devenue experte en la matière ? Oui, je le sais...

— Est-ce que Jack t'a raconté ce qui était arrivé à sa mère et à sa sœur ?

— Oui. Il me l'a dit.

En un éclair, le visage de Lucy s'illumina.

— Oh ? Eh bien, c'est une *bonne* nouvelle, parce qu'il n'en avait encore jamais parlé à qui que ce soit. Pas même à Robert.

— Je ne suis pas certaine que ça soit si bon signe : Jack a regretté ses aveux à l'instant où il me les a faits...

Les yeux bleus de sa sœur étaient devenus plus perçants que jamais.

— Il y a quelques jours, j'ai eu peur que tes fiançailles avec Jack ne soient qu'une façade. Maintenant, je crains encore plus que tu sois en train de tomber amoureuse de lui.

Encore une chose à laquelle Mairi n'avait absolument pas envie de penser.

— Ne t'en fais pas, murmura-t-elle. Même si je perds un amant dans cette histoire, j'aurai au moins trouvé une sœur.

Lucy serra de nouveau ses mains dans les siennes et se leva.

— C'est très gentil...

Soudain, son émotion passagère disparut sous un sourire malicieux.

— Je crains que tu aies aussi trouvé une belle-sœur, à Methven, que tu le veuilles ou non. Je compte sur toi pour affronter Dulcibella au boulingrin, ce matin.

S'arrêtant un instant dans l'embrasure de la porte, elle ajouta :

— Si tu pouvais la toucher à la place de la cible, nous t'en serions tous reconnaissants...

Une semaine plus tard environ, Jack, assis près du terrain, regardait Mairi écraser sans effort sa belle-sœur au jeu. En temps normal, il n'aimait pas rester inactif, mais il prenait un étrange plaisir à l'observer. Elle envoyait les boules rouler dans l'herbe avec une telle force, une telle élégance et une dextérité si stupéfiante... Comparée à elle, Dulcibella n'avait pas le moindre talent, et son poignet semblait très faible. Après avoir perdu deux parties, cette dernière se retira pour bouder.

Jack se répétait qu'il ne restait là que pour assurer la protection de Mairi, mais il savait très bien que c'était un mensonge. Ici, dans l'enceinte de Methven, elle ne risquait absolument rien. Il n'était pas obligé de la suivre comme un petit chien. C'était peut-être dérangeant, mais il devait admettre qu'il le faisait uniquement parce qu'il le voulait. Il aimait la regarder, lui parler. Et il adorait lui faire l'amour. Après la nuit où il s'était humilié en buvant comme un ivrogne, il avait tenté de garder ses distances, pour se prouver que Mairi n'avait pas le moindre pouvoir sur lui. Hélas, il avait lamentablement échoué.

Durant la semaine qui venait de s'écouler il s'était rendu dans sa chambre tous les soirs, et tous deux avaient fait l'amour avec une fièvre, une urgence qui l'auraient gêné, s'il n'avait pas refusé d'y penser. Il avait cru être rapidement rassasié et retrouver bien vite l'ennui qui l'avait toujours éloigné de ses amantes. Mais rien de tout ça n'arriva. Chaque nuit, son désir était aussi brûlant. Chaque jour aussi. Et chaque instant entre les deux.

Dans une volonté de discrétion, il prenait soin de ne jamais se glisser dans la chambre de Mairi avant que le château soit endormi, et de la quitter avant l'arrivée de sa bonne, le matin. Lors de ses aventures précédentes, ce genre de détail ne lui avait jamais posé de problème. Mais, avec elle, cette prudence lui devenait de plus en plus pesante… et il en était le premier surpris. Il voulait rester avec elle, dormir avec elle. Le fait de ne pas pouvoir le frustrait de plus en plus. Pire encore : pendant la journée, il était obligé de conserver une parfaite façade de respectabilité. Cette épreuve lui mettait les nerfs à vif. D'un autre côté, elle rendait la situation plus piquante encore et le charme de Mairi, plus irrésistible. Il prit soudain conscience, incrédule, qu'il n'avait pas regardé d'autres femmes depuis la première nuit passée avec elle.

L'arrivée d'un valet portant le thé sur un plateau le tira de ses pensées – et ce fut un soulagement. Les domestiques disposèrent la collation sous un haut pavillon de toile, à l'ombre des pins qui bordaient le terrain, à gauche. L'un après l'autre, les invités se rassemblèrent. Lucy, sa sœur Christina et un certain nombre de membres de la famille sortirent par les portes-fenêtres du salon. Robert et Lachlan arrivèrent des écuries. Lady Methven, de la roseraie. Il y avait aussi un nouveau venu : un gentleman, grand, aux cheveux blonds et au regard sérieux, qui portait une liasse de documents sous le bras. Il s'arrêta près du terrain de boulingrin pour saluer Mairi et lui faire un baisemain. Elle souriait. De toute évidence, ils se connaissaient bien…

Jack bondit immédiatement pour les rejoindre. Il entendait le rire mélodieux de Mairi. Le visiteur ne lui avait pas lâché la main et tous deux se souriaient, bavardant ensemble comme de vieux amis.

— Jack ! lança-t-elle tandis qu'il avançait vers eux, jetant sur lui un regard pétillant. Permets-moi de te présenter M. Cambridge, qui gère les affaires de Lord MacLeod. C'est un vieil ami. Jeremy, voici mon fiancé, M. Rutherford.

Jack le salua.

— Cambridge.

Il fit de son mieux pour ne pas trahir l'animosité qu'il ressentit instantanément pour cet homme ; d'ailleurs, il était évident que l'antipathie était réciproque.

— Rutherford, répondit Cambridge d'un ton glacial, avant de se tourner vers Mairi. Toutes mes félicitations, milady. Lord MacLeod m'a déjà annoncé vos fiançailles.

Il ponctua sa remarque d'un coup d'œil lourd de sous-entendus en direction de Jack. Visiblement, il savait que leur union était factice et temporaire. Traversé par un élan de rage, Jack passa un bras autour de la taille de Mairi et l'attira à lui.

— Merci, dit-il sèchement. Je me sens le plus heureux des hommes...

Le regard de l'autre se fit encore plus dur.

— Je vous comprends.

Soit Mairi n'avait pas remarqué l'hostilité immédiate entre eux, soit elle avait décidé de l'ignorer. Quoi qu'il en soit, elle entraîna Jeremy Cambridge vers la table.

— Venez vous asseoir avec moi et racontez-moi les dernières nouvelles de Strome, dit-elle.

— Avez-vous fait la route jusqu'ici pour affaires, Cambridge ? demanda Jack.

Si c'était le cas, cet intrus avait intérêt à régler rapidement ce qu'il avait à faire et partir ! Jack espérait qu'il le comprendrait à demi-mot. C'était peut-être discourtois, mais il s'en moquait.

— En effet, répondit Cambridge, sans même le gratifier d'un « monsieur ». Et j'ai bien l'intention d'en parler avec Lady Mairi.

Le sous-entendu était clair... Mais il vit Mairi froncer imperceptiblement les sourcils en dévisageant le comptable.

— M. Rutherford restera avec nous, dit-elle.

Jack en ressentit un immense plaisir, ce qui le surprit. Il prit la main de Mairi. Celle-ci le gratifia d'un sourire timide qui fit battre son cœur plus vite.

Les autres étaient en train de prendre place autour de la grande table. Déjà, Dulcibella faisait un scandale, insistant pour que Lachlan dispose sa chaise au bon endroit, à l'abri de la brise et du soleil qui l'aveuglait. Jack songea qu'elle aurait pu être très belle, avec ses cheveux d'un brun chatoyant et ses yeux noisette, si sa bouche n'avait pas été déformée par une moue de déplaisir perpétuelle, comme si rien ne la satisfaisait dans la vie. Il examina ensuite Mairi. Au premier regard, celle-ci ne dégageait pas une impression de chaleur : sa beauté classique était si parfaite qu'elle paraissait froide, comme une statue. Mais, au souvenir de la manière dont elle s'échauffait sous ses caresses, il sentit immédiatement son col – et son pantalon – devenir trop étroit.

Comme attirée par son regard, elle leva les yeux sur lui et lui adressa un grand sourire. Il fut alors traversé par une émotion qu'il ne sut identifier.

— Tu sens le cheval ! aboya Dulcibella à l'attention de son époux, avec une moue de dégoût. Assieds-toi sous le vent, s'il te plaît.

— Tu as l'air un peu essoufflée, mon amour, répondit Lachlan entre ses dents. Le jeu a-t-il été plus fatigant que d'habitude ?

— Ta sœur aborde ça comme elle aborde tout le reste... Avec beaucoup d'énergie !

— Moi, je dis que, quitte à jouer, autant viser la victoire, commenta Jack avec un demi-sourire.

Dulcibella lui lança un regard noir. Elle aurait voulu le détester, c'était évident, mais elle était trop vaniteuse pour ça. Elle ne supportait pas de ne pas être admirée. Elle se redressa donc et tapota le siège à côté d'elle.

— Venez donc vous asseoir près de moi, monsieur

Rutherford, et dites-moi lequel des nombreux talents de Lady Mairi a su vous séduire en premier, roucoula-t-elle. Était-ce son don pour l'aquarelle ? Ou bien son jeu de harpe ? Non...

Elle parut réfléchir un instant.

— Ça ne peut pas être cela : elle n'a aucun talent dans ces domaines ! Racontez-moi tout.

Jack jeta un bref coup d'œil à Mairi et surprit une pointe d'amusement dans ses yeux. Il devinait qu'elle préparait une réplique particulièrement cinglante pour Dulcibella... s'il ne s'en chargeait pas le premier. Lucy, elle, était rouge, certainement gênée par ce manque de courtoisie à sa table. Depuis sa chaise, Lady Methven regardait Dulcibella comme elle aurait examiné un insecte peu ragoûtant nageant dans le glaçage de son gâteau.

— Peut-être que Jack a simplement été séduit par le charme et les manières exquises de Lady Mairi, déclara-t-elle sèchement. Les bonnes manières sont si rares, de nos jours.

Les joues de Dulcibella s'empourprèrent, et elle se tut pendant un long – et délicieux – moment.

Voyant Jeremy Cambridge tirer une chaise pour Mairi, Jack s'assit tout de même à côté de Dulcibella et lui fit passer la tasse que Lucy venait de remplir. Il ne quittait pas des yeux l'intrus qui tendait à Mairi des sandwichs et tous les gâteaux disponibles sur la table. Décidément, il faisait preuve de beaucoup trop d'empressement envers sa fiancée... Jack savait très peu de choses de cet homme et il n'était pas pressé d'en apprendre davantage. Comment pouvait-il détester à ce point un étranger qu'il ne connaissait pas ? C'était absurde, et ça le mettait encore plus en colère.

Couvant Mairi et son « ami » du coin de l'œil, il ne put s'empêcher de noter l'attitude possessive de Cambridge. Ce n'était pas une simple marque d'admiration : il avait l'air de la considérer comme sienne, d'une certaine manière. Quelle impression étrange ! Était-ce parce que Mairi était une MacLeod par alliance et Cambridge, le comptable de la famille ? À moins que son propre jugement ne soit définitivement faussé en ce qui concernait Mairi et qu'elle ait noué des liens avec lui ?

Au lieu de se torturer en la regardant sourire à Cambridge, il se tourna vers sa sœur aînée, assise également à côté de lui. Lady Christina MacMorlan était la première fille du duc de Forres. C'était une femme silencieuse et terne, qui avait consacré sa vie à l'entretien de la demeure de son père et à l'éducation de ses jeunes frères et sœurs, après la mort de leur mère. Elle ne ressemblait pas à Lucy, petite et vive, ou à Mairi, posée et élégante. Christina paraissait au contraire parfaitement insipide, comme si elle rassemblait tous ses efforts pour se fondre délibérément dans son environnement.

— Est-ce que vous aimez venir dans les Highlands, Lady Christina ? lui demanda-t-il.

Elle sursauta comme si sa chaise avait soudain pris feu et rougit jusqu'aux oreilles.

— Oh ! Je...

— La campagne est tellement ennuyeuse, intervint Dulcibella. Il n'y a que des montagnes hideuses et des routes en mauvais état, ici. Je ne le supporte pas !

— Dans ce cas, demandez à Lachlan de vous raccompagner chez vous le plus vite possible, répondit Lucy. Nous ne voudrions pas vous faire souffrir inutilement.

— Il est hors de question que je quitte ce château tant que nous serons entourés de dangereux criminels ! Je resterai jusqu'à la capture de mon cousin Cardross.

Jack vit Robert et Lucy échanger un regard désemparé, puis Robert leva les yeux au ciel.

— La roseraie est vraiment splendide, en ce moment, dit Mairi à Lady Methven, de l'autre côté de la table. M. Rutherford affirme que vous êtes une excellente jardinière. Vous auriez pu avoir de longues discussions avec mon ancien époux : c'était un botaniste reconnu...

Une petite brise fit frissonner les pins et claquer la toile du pavillon. Jack sentait la colère monter en lui, menaçant d'exploser à chaque instant. Il n'avait aucune envie de rester assis là pour écouter Mairi fait l'éloge de saint Archie MacLeod. Bon sang ! Il dut rassembler toute sa volonté pour résister à l'envie de frapper quelque chose. Leurs fiançailles avaient la profondeur d'une flaque, comparées aux sentiments complexes que Mairi éprouvait toujours pour son ancien mari. Mais, au fond, pourquoi est-ce que ça l'exaspérait à ce point ?

Il avala son thé d'une traite, bien qu'il déteste ce breuvage insipide, et mangea une part du délicieux gâteau aux fruits confits. De l'autre côté de la table, Mairi et Cambridge étaient à présent en pleine conversation, leurs deux têtes, l'une blonde et l'autre roux sombre, penchées l'une vers l'autre.

Jack serra les dents, puis se leva d'un bond.

— Robert, as-tu prévu d'organiser une nouvelle patrouille, cet après-midi ? demanda-t-il. Je pensais faire un tour à cheval avant le repas.

Cette annonce fut accueillie du côté des dames par un petit cri choqué.

— Oh ! monsieur Rutherford, vous n'y pensez pas ! balbutia Dulcibella. On pourrait vous tirer dessus, vous estropier, voire vous tuer !

— Je suis prêt à courir le risque.

— On ne m'y prendrait pas, moi, marmonna Lachlan dans sa barbe.

— Je n'en doute pas, répliqua sèchement Jack.

— Un détachement de dragons est arrivé à Kinlochewe, déclara Robert. Je suis certain que Cardross sera derrière les barreaux dès demain.

— Je l'espère, soupira Dulcibella en repoussant son assiette. Quelle horreur de compter un tel renégat dans sa famille !

Jack surveillait toujours Jeremy Cambridge du coin de l'œil. Celui-ci suivait attentivement la conversation. Quand il remarqua que Jack le regardait, il lança avec orgueil :

— Je disais justement à Lady Mairi que Lord MacLeod

avait été bouleversé d'apprendre qu'elle avait été attaquée sur la route. Il est prêt à vous apporter tout son soutien dans la capture du comte de Cardross.

— Je l'en remercie, répondit Robert.

— C'est moi que Wilfred pourchasse, intervint Dulcibella de sa voix la plus capricieuse, comme s'il valait mieux avoir l'honneur douteux d'être la proie de Cardross, plutôt qu'être un instant oubliée. Je suis sûre qu'il n'a attaqué la voiture de Mairi que parce qu'il pensait que c'était la mienne !

Nul ne la contredit. Jack soupçonna même toute la compagnie de regretter qu'elle *n'ait pas été* dans la voiture, pour que Wilfred Cardross puisse s'attaquer à elle.

— Mairi, dit-il, si tu as fini ton thé, j'apprécierais que tu m'accompagnes jusqu'aux écuries.

En un éclair, le visage radieux de Cambridge trahit une profonde déception. Mairi, elle, sourit et se leva.

— Peut-être pourrons-nous parler plus tard, au retour de Jack, proposa-t-elle à son ami.

— Rien ne presse, ajouta tranquillement Robert. Pourquoi ne pas rester dîner, Cambridge ? Nous pouvons vous préparer une chambre, et vous réglerez vos affaires ensemble demain matin.

Il accompagna sa suggestion d'un coup d'œil interrogateur en direction de Jack.

— Pourquoi laisses-tu ce Cambridge te porter autant d'attention ? demanda celui-ci à Mairi quelques instants plus tard, alors qu'ils traversaient la pelouse. Ça risque de renforcer ta réputation de femme légère...

Elle parut surprise.

— Allons-nous avoir une autre de ces disputes d'amants ? Tu es ridicule, Jack... Pourquoi est-ce qu'il te déplaît tant ?

Il la dévisagea un instant. Elle avait légèrement rougi.

— Ça me paraît évident, non ? Il convoite ce qui est mien.

Elle prit un air faussement sévère.

— Tout d'abord, il ne convoite rien. Ensuite, je ne suis

ni un meuble ni un bijou. Et, pour finir, Jeremy n'est rien de plus qu'un vieil ami. J'apprécie ses conseils concernant mes affaires, et Lord MacLeod lui fait confiance. C'est un homme charmant.

— Arrête de l'encenser comme ça ! protesta Jack, un peu moins crispé cependant. Tu n'as jamais dit que j'étais charmant.

— Parce que tu ne l'es pas, répondit Mairi sans hésiter. Tu n'es pas charmant du tout !

Jack lui attrapa le bras et l'entraîna derrière une immense urne de pierre posée sur le gazon.

— Mais tu m'apprécies quand même, murmura-t-il.

C'était si bon de l'avoir dans ses bras, de sentir sa chaleur et sa douceur si tentantes.

— Je n'en suis pas sûre.

Jack fut intrigué de la voir résister si peu.

— Si tu ne m'apprécies pas, reprit-il en lui effleurant le lobe de l'oreille du bout des lèvres, c'est que tu dois aimer ce que je te fais ressentir.

Il déposa un baiser au creux de son cou, juste sous son oreille, et la sentit frémir.

— Je viendrai dans ta chambre, ce soir, souffla-t-il encore.

Elle eut un sourire ravissant.

— J'y compte bien...

Un groupe de domestiques sortit du château avec de nouvelles théières fumantes et des gâteaux sur de lourds plateaux. Mairi s'écarta un peu de Jack qui soupira avant de la lâcher.

— J'aimerais que tu puisses venir te promener à cheval avec moi, dit-il soudain.

Son regard de velours se posa un instant sur lui.

— J'aimerais aussi. J'ai besoin de m'éloigner d'ici... Je me sens tellement piégée.

Elle se hissa sur la pointe des pieds et déposa un petit baiser sur sa joue. C'était un geste à la fois tendre et chaste, mais Jack le sentit descendre en vague dans tout son corps.

Il la regarda rejoindre le pavillon à regret. Il aurait tant aimé pouvoir l'entraîner loin de l'atmosphère étouffante de cette fête de famille, où l'on était toujours soumis au regard des autres, sans jamais pouvoir s'y soustraire. Il aurait voulu être seul avec elle pour galoper à flanc de montagne, avec le vent froid pour seule compagnie.

Et, plus que tout, il aurait voulu l'entraîner loin, très loin du souvenir d'Archie MacLeod. Mais il ne le pouvait pas. Jamais il ne remplacerait Archie ; il n'était même plus sûr de vouloir y parvenir.

Mairi parvint à s'offrir deux heures de paix délicieuse, enfermée dans la bibliothèque pour lire, avant que Jeremy Cambridge ne la retrouve. Elle avait su dès le départ qu'il serait incapable d'attendre le lendemain matin ; il ne voulait pas parler affaires devant Jack, sans doute. Quand elle entendit son pas lourd approcher, elle fut un instant tentée de bondir et de se cacher derrière un meuble, mais ça aurait été ridicule. Il l'avait exaspérée, pendant le thé, avec ses manières pompeuses et sa suffisance. Il aurait fallu qu'elle soit aveugle pour ne pas remarquer l'antagonisme entre Jack et lui : ils étaient comme deux chiens qui se tournent autour pour défendre leur territoire. Pourquoi les hommes étaient-ils aussi infantiles ?

Jeremy se laissa tomber dans le fauteuil en face d'elle et se pencha en avant, les mains pendant entre les cuisses. Il la dévisagea d'un air plus triste que contrarié. Avant même qu'il commence à parler, Mairi sentit un profond agacement monter en elle – même si ce n'était pas charitable de sa part. Il était venu jusque-là pour lui parler, elle se devait au moins de l'écouter.

— Je suis vraiment désolé, Lady Mairi, dit-il en soupirant. Si seulement Lord MacLeod m'avait parlé de son projet avant, tout ceci ne serait jamais arrivé ! Rien ne vous obligeait à prendre le risque de vous fiancer à un libertin notoire, qui ne pourra qu'entacher un peu plus votre réputation.

— J'imagine que vous faites référence à M. Rutherford, rétorqua-t-elle, puisque c'est le seul fiancé que j'ai.

Elle referma son livre d'un coup sec.

— Est-ce pour cela que vous êtes venu depuis Strome, Jeremy ?

Elle entendit la froideur de sa voix résonner.

— Je suis venu pour vous apporter une lettre de Lord MacLeod, répondit-il en ouvrant sa serviette de cuir. Et aussi pour voir comment vous vous portiez, après l'atroce embuscade que vous a tendue Wilfred Cardross sur la route. J'ai promis à Lord MacLeod de le tenir informé de votre santé.

Il tira la lettre de sa serviette, mais ne la lui tendit pas immédiatement. Au contraire, il la tenait jalousement, comme si elle était d'or pur.

Mairi dut résister à l'envie de la lui arracher des mains.

— C'est très gentil de la part de Lord MacLeod de se soucier de moi. Dites-lui que je vais très bien.

Elle tendit la main, mais Jeremy ignora son geste et déposa soigneusement la lettre sur la table basse, entre eux. Il se cala de nouveau dans son fauteuil et recommença à la dévisager de son air un peu triste qui donnait à Mairi envie de le gifler.

— Je vous avais pourtant recommandé de retourner à Édimbourg pour faire taire les rumeurs au sujet de vos écarts.

Mairi ne put réprimer une grimace.

— Je trouve ce mot bien sentencieux, repartit-elle d'une voix glaciale et, si ma mémoire est bonne, vous n'avez rien dit de tel. En fait, lors de votre dernière visite, vous êtes resté si évasif que je n'ai même pas pu comprendre ce qui avait provoqué toutes ces rumeurs.

Jeremy rougit insensiblement.

— Ce n'était pas à moi de parler de choses aussi sordides.

— Heureusement pour moi, M. Rutherford n'a pas été aussi délicat que vous, Jeremy !

Elle sentait la colère bouillir en elle de nouveau et dut faire un effort surhumain pour la contenir.

— Il m'a fort galamment proposé son aide, ajouta-t-elle.

— Je vous aurai offert la mienne dès votre retour à Édimbourg, quand vous auriez découvert ce qui se disait. J'étais prêt à ignorer vos entorses à la morale et à vous apporter *ma* protection, qui aurait été, j'en suis certain, plus respectable que celle de Jack Rutherford.

Il était tout rouge, à présent, et bafouillait presque. Mairi sentit sa colère disparaître, remplacée par une soudaine tristesse. Il se grandissait avec un tel orgueil et se faisait une si mauvaise opinion d'elle... Elle se sentit trahie, d'une certaine manière : pendant tant d'années, elle avait été convaincue que Jeremy et elle étaient de véritables amis. Bien sûr, elle avait toujours su qu'il était un peu rigide et qu'il désapprouvait les femmes qui se montraient trop indépendantes, comme tant d'autres hommes. Mais ce fut pour elle une amère déception de l'entendre exposer ses opinions d'une manière aussi brutale.

— Je suis honorée de l'attention que vous me portez, Jeremy, déclara-t-elle avec une pointe de cynisme, et je ne peux que regretter d'être déjà promise à M. Rutherford, alors que vous auriez pu m'offrir tellement plus...

— Vous vous moquez, répliqua-t-il sèchement, mais vous le regretterez, Lady Mairi. Tout Édimbourg parlera bientôt de vos fiançailles...

— On en parle déjà, le coupa-t-elle, et de manière plutôt flatteuse.

Elle attrapa une lettre reçue le matin même de Lady Kenton et qui lui servait de marque-page.

— Lady Kenton m'annonce que la haute société est ravie de cette nouvelle...

Puis elle lut à voix haute :

— Quand un libertin tel que M. Rutherford décide de se marier, cela redonne espoir à toutes les jeunes femmes qui espèrent trouver un époux aussi excitant.

Repliant la lettre, elle la replaça dans son livre.

— Vous voyez, Jeremy. Je suis devenue un symbole d'espoir pour tout mon sexe.

Il lâcha un reniflement de mépris et se leva.

— Il n'est pas encore trop tard pour changer d'avis, reprit-il en la toisant. Rentrez à Édimbourg avec moi. Je sais que vous n'aimez pas être ici. Vous détestez les enfants et vous n'avez jamais apprécié la compagnie de votre famille.

Mairi eut le souffle coupé en réalisant à quel point il la connaissait mal.

— Je ne *déteste* pas les enfants, répliqua-t-elle rageusement. Je n'ai simplement pas l'habitude de les côtoyer, car je n'ai pas eu la chance d'en avoir moi-même. Quant à ma famille...

Un soudain élan d'affection pour eux monta en elle.

— Je l'aime énormément et je n'apprécie pas vos critiques, surtout quand vous profitez de la généreuse hospitalité de Lucy et Robert !

Elle se sentit si crispée, après le départ de Jeremy, qu'elle décida de sortir se promener un moment. Un peu d'air frais lui ferait sans doute du bien. Lachlan, Dulcibella et quelques autres étaient partis pique-niquer au lac. En descendant l'allée de châtaigniers, elle entendit leurs voix et leurs rires au loin. C'était agréable de voir enfin Dulcibella de bonne humeur... Néanmoins, elle n'avait pas envie de les rejoindre. Elle resta un moment assise dans le jardin, profitant de sa solitude. Une légère brise venait lui caresser les cheveux et le soleil lui réchauffait le visage.

Elle se demanda alors pourquoi les paroles de Jeremy l'avaient tant révoltée. Il ne lui avait pas apporté de nouvelles essentielles de la part de Lord MacLeod. En fait, elle avait l'impression qu'il n'avait fait tout ce chemin que pour la réprimander de s'être liée à Jack. Comment avait-il osé la prendre de haut ? D'un seul coup, un élan protecteur envers Jack l'envahit, et elle fut indignée par les critiques de Jeremy.

Elle n'était même plus certaine de pouvoir faire preuve d'un semblant de courtoisie avec lui, au dîner.

Peu à peu, le soleil devint trop chaud. Comme elle avait oublié son ombrelle, elle repartit en direction du jardin muré, où le lourd parfum des roses flottait dans l'air immobile, puis elle passa sous une arche pour atteindre le jardin vert. Là, une vieille balançoire était accrochée dans un bosquet ombragé, près d'un bassin envahi de nénuphars. Les enfants de Lucy et Robert étaient encore trop petits pour y jouer. Sans doute cette balançoire datait-elle de l'enfance de Robert et de son grand frère. Jack aussi avait dû jouer dessus, autrefois.

Le siège était une planche de bois rude, moussue mais sèche. Mairi s'y assit, et la corde grinça sous son poids. Elle se laissa lentement balancer d'avant en arrière, se rappelant les rythmes des jeux de son enfance et l'excitation quand on s'envolait au bout des cordes. On se sentait si libre, si sauvage, bien loin des carcans… Quand donc avait-elle perdu cette légèreté ?

Archie lui avait légué sa fortune par culpabilité, et cet argent lui avait permis de faire beaucoup de choses. Mais, parfois, cela ressemblait plus à un fardeau qu'à un cadeau. Un frisson si délicieux l'avait parcourue, quand Jack lui avait proposé d'abandonner sa voiture pour rejoindre Methven à cheval, avec lui. Elle adorait monter et avait immédiatement eu envie de prendre ce risque, de l'accompagner. Hélas, sa raison et sa retenue avaient gagné. C'était comme si elle avait lentement bâti des murs autour d'elle, sans même s'en rendre compte.

Un frisson la parcourut dans la chaleur pesante. Cela faisait bien longtemps qu'elle n'avait pas souffert d'une telle solitude, ressenti une telle oppression vague. Le soleil s'était caché, à présent, et les oiseaux s'étaient tus. Un roulement de tonnerre lointain résonna dans les montagnes. À travers l'entrelac de branches, au-dessus d'elle, elle voyait le gris du ciel, où des nuages s'entassaient en silence. L'orage allait arriver plus vite qu'elle le pensait.

Elle ralentit la balançoire et l'arrêta dans un nouveau grincement de cordes qui lui parut particulièrement sonore, dans ce silence. Déjà, quelques grosses gouttes de pluie commençaient à tomber sur les feuilles, au-dessus de sa tête. Elle allait devoir courir jusqu'à la maison, si elle ne voulait pas finir trempée. Le bosquet boisé était plongé dans une telle obscurité, à présent, qu'elle trébucha sur une racine et faillit s'étaler sur le sentier. L'air, sous les arbres, devenait étouffant.

Soudain, un froissement de feuilles, sur sa droite, attira son attention. Jetant un coup d'œil par-dessus son épaule, elle crut voir la silhouette d'un homme qui disparut vivement dans la pénombre. Elle accéléra le pas, mais entendit de nouveau le même petit bruit, trahissant la présence d'une autre personne en train de marcher sur les feuilles mortes qui recouvraient le sol. Celui qui la suivait s'approchait de plus en plus...

La panique commença à monter en elle. Elle n'aimait pas les orages et sentait toutes ses peurs peser sur elle, accentuant son impression d'isolement, alors qu'elle n'était qu'à quelques dizaines de pas du château.

Elle se répéta qu'elle exagérait et se précipita vers l'orée du sous-bois, qui ouvrait sur le grand gazon dégagé. La pluie avait rendu le tapis de feuilles glissant, et le tonnerre grondait toujours, de plus en plus proche. Sa robe lui collait au corps, trempée par un mélange désagréable de sueur et de pluie. Elle sentait toujours cette présence inquiétante, derrière elle.

Alors que la masse des arbres devenait enfin moins dense, elle vit une silhouette arriver si brusquement sur le sentier, en face d'elle, qu'elle cria. Quelques secondes plus tard, elle reconnut Jack, qui revenait sans doute des écuries. Ce devait être lui qu'elle avait vu à travers les branchages, songea-t-elle, soulagée. Quelle idiote elle faisait... Il parvint à sa hauteur et lui prit le bras pour la rassurer, non sans froncer les sourcils.

— Mairi ? Qu'est-ce que tu fais ici ? Est-ce que quelque chose est arrivé... ?

— Non, répondit-elle, malgré ses dents qui claquaient.

Un grondement de tonnerre s'éleva, plus près.

— J'étais sur la balançoire, dans le jardin vert. Je ne pensais pas que le temps tournerait aussi vite.

Alors qu'ils atteignaient enfin le gazon, un éclair impressionnant déchira le ciel. D'un seul coup, des trombes d'eau se mirent à tomber sur l'allée de graviers, dans un crépitement infernal. En quelques secondes à peine, les chaussures de Mairi furent détrempées et les gouttes se tracèrent un ruisseau dans le creux de son cou.

— Par ici ! cria Jack en l'entraînant vers le petit pavillon, dans un coin du jardin muré.

Elle sursauta violemment quand un autre coup de tonnerre claqua juste au-dessus d'eux, et Jack dut la traîner pour passer la porte du pavillon.

Il la conduisit jusqu'au banc chargé de coussins installé dans la petite pièce et la fit asseoir. L'atmosphère, à l'intérieur, était restée chaude et sèche. Le bruit de la pluie sur le toit avait même quelque chose d'apaisant.

— Nous ne risquons rien, ici, murmura-t-il.

Il la contempla un instant, pensif, puis une pointe d'amusement fit pétiller ses yeux.

— Tu as l'air un peu dépenaillée. L'élégante Lady Mairi a disparu...

— Cela n'a aucune importance.

Elle tremblait toujours, même s'il ne faisait pas froid. Un nouvel éclair illumina l'intérieur du pavillon, suivi par un roulement de tonnerre. On aurait cru entendre une montagne se fendre en deux.

— Je ne savais pas que tu avais à ce point peur des orages, reprit Jack en retrouvant son sérieux – voire une pointe d'inquiétude.

— C'est une peur stupide, répondit-elle, un peu honteuse.

Il rit.

— Nous avons tous nos faiblesses ! D'ailleurs, c'est un soulagement de constater que tu en as quelques-unes... Tu as l'air tellement invincible, la plupart du temps, que ça en devient presque effrayant.

Il passa un bras autour de sa taille et l'attira contre lui. Mairi appuya doucement la tête contre son épaule. Elle se sentait en sécurité, avec lui.

Ils restèrent assis là en silence, pendant que la pluie s'abattait sur le toit, et que le tonnerre s'éloignait progressivement en direction de la mer. Peu à peu, la lumière revint, l'averse se fit plus discrète et les oiseaux se remirent à chanter.

Mairi se leva lentement. Elle était mal à l'aise dans sa mousseline moite collée à sa peau et avec ses cheveux mouillés, misérables. Mais elle se sentait aussi heureuse et aimée.

— Merci, dit-elle avec un petit sourire que Jack ne lui rendit pas.

Il se contenta de l'observer un long moment. Ses yeux distants ne trahissaient pas la moindre émotion. Dans un frisson, Mairi vit presque le gouffre qui se creusait entre eux.

— C'est fini, maintenant, dit-il au bout de quelques instants, en allant ouvrir la porte. Tu ferais mieux de retourner à la maison pour enfiler des vêtements secs, avant d'attraper froid.

Il lui tourna le dos sans un regard de plus. En cet instant, il ressemblait tellement au Jack qui l'avait chassée de sa chambre, à l'auberge de Kinlochewe, que Mairi en eut des frissons. Une fois de plus, il la repoussait...

Elle prit une profonde inspiration et quitta le pavillon sans un mot, avant de traverser la pelouse détrempée pour rejoindre la maison.

16

Le soir venu, l'orage était complètement passé, laissant derrière lui un ciel d'un bleu délavé. Les routes étaient cependant inondées et ne seraient sans doute pas praticables avant le surlendemain – nouvelle qui mit Jack de mauvaise humeur, car Jeremy Cambridge allait devoir passer une nuit de plus à Methven. Le sourire lui revint cependant un instant, avant le dîner, quand il surprit Mairi à réarranger subrepticement le plan de table, pour que Jeremy soit assis le plus loin possible d'elle. S'étaient-ils disputés ? Elle ne lui avait pas parlé de leur entrevue. En fait, elle lui avait à peine adressé la parole depuis qu'elle avait quitté le pavillon, après la pluie.

Se souvenant de cet épisode, il perdit l'appétit et reposa doucement son couteau et sa fourchette. Le saumon était délicieux, la cuisinière serait en droit de s'offusquer en voyant son assiette revenir presque pleine. À la vérité, il s'en voulait de s'être de nouveau conduit comme un mufle, dans l'après-midi. Il n'avait pas remarqué l'intimité qui était peu à peu née entre Mairi et lui, jusque-là. Une intimité plus émotionnelle que physique... Dans le pavillon, il s'y était brutalement retrouvé confronté et il avait eu un mouvement de recul. Il avait été pris de panique, tout en haïssant sa réaction.

Il jeta un coup d'œil à Mairi, assise près de Robert, avec qui elle parlait joyeusement. Elle était égale à elle-même :

élégante et raffinée. Pourtant, Jack sentit ses cheveux se dresser sur sa nuque, comme si quelque chose n'allait pas.

Mairi leva les yeux de son assiette, et leurs regards se croisèrent. Sous la gaieté qu'elle affichait, il surprit une autre émotion, si sombre et si désespérée que le choc le frappa comme une flèche en plein cœur. C'était une tristesse si puissante qu'il bondit presque de son siège, mais Mairi cligna des paupières et les nuages se dissipèrent.

Se détournant, elle se lança dans une conversation sur la culture des choux avec Lady Methven. Jack se cala de nouveau sur sa chaise, troublé d'une manière qu'il n'aurait su expliquer. C'était presque comme s'il s'était passé quelque chose qui lui avait échappé, dont il avait sous-estimé l'importance. Au bout d'un moment, des valets vinrent débarrasser les assiettes. La conversation s'éternisa. Jack parla du Canada avec Christina MacMorlan, qui, à sa grande surprise, avait beaucoup de conversation, et des boutiques d'Édimbourg avec Dulcibella, qui n'avait presque rien d'intéressant à dire.

Ce ne fut que plus tard, bien plus tard, quand les hommes eurent terminé leur brandy et rejoint les dames pour le thé, que Jack se rendit compte de l'absence de Mairi. Quand il demanda à Lucy où elle était, celle-ci parut inquiète.

— Je crois qu'elle s'est retirée pour la nuit, dit-elle. Elle ne se sentait pas bien.

Il hésita. Une fois de plus, il était face à l'un de ces événements qui poussaient son instinct à lui crier de ne pas s'impliquer – surtout pas. Cependant, malgré lui, il se retrouva en train de grimper l'escalier qui menait aux chambres, pour frapper à la porte de Mairi. Jessie était là, en train de préparer la chemise de nuit de sa maîtresse – un charmant mélange de rubans et de dentelle transparente.

— Milady est sortie prendre l'air, monsieur, déclara la bonne quand il l'interrogea. Je crois qu'elle est allée marcher au sommet des remparts.

Cela aurait dû suffire à apaiser les craintes de Jack. Il n'avait aucune raison de la poursuivre pour s'assurer qu'elle ne courait aucun danger. Sa propre sollicitude l'exaspérait... Il s'enferma donc dans sa chambre et prit un livre. Mais, au bout de deux pages, il le reposa dans un juron étouffé. Enfilant de nouveau sa veste, il sortit dans le couloir et s'engagea dans l'escalier de pierre de la tour nord, qui menait aux remparts.

Il faisait bon, dehors. L'air avait retrouvé une fraîcheur qui lui avait manqué dans la journée. Un étroit croissant de lune se dessinait au-dessus des montagnes. Le décor entier se parait d'un romantisme ridicule.

Il aperçut immédiatement Mairi : le jaune pâle de sa robe reflétait la lumière timide des étoiles. Elle se tenait debout, un peu plus loin sur le rempart, appuyée sur le rebord de pierre, les yeux perdus dans la pénombre des jardins. En s'approchant davantage, Jack vit qu'elle était un peu courbée, la tête basse.

Elle redressa un peu son beau visage, et il surprit un éclat humide sur sa joue.

Elle pleurait.

Il se figea.

Bon sang...

Un courant glacé le traversa. Il pensa immédiatement qu'il ne pouvait pas se permettre de la toucher ou de la réconforter. La dernière femme qui avait pleuré dans ses bras était sa mère, et il n'avait pas su l'aider. Il entendait encore ses sanglots déchirants, et son âme se recroquevillait en lui.

Mais Mairi l'avait vu. Elle essuya ses larmes d'un revers de main furtif qu'il connaissait bien – et qui le fit tressaillir. Il avait souvent surpris ce geste pendant son enfance – témoin d'une souffrance qui ne veut pas être vue... Mairi ne le regarda pas pour autant. Au contraire, elle se détourna de lui. Elle n'avait pas envie de lui parler.

Va-t'en, alors.

Seulement, il fut incapable de bouger. Il n'aurait pas su dire pourquoi.

Quelques secondes plus tard, il se rendit compte qu'il marchait vers elle au lieu de s'éloigner.

— Mairi ? Tu es malade ? Tu veux que j'appelle ta femme de chambre ?

Que faisait-il donc ? Pourquoi s'impliquait-il ? Sans doute son hésitation s'entendit-elle, dans sa voix. Avait-il l'air aussi peu enthousiaste qu'il le pensait ? Pire, agacé ?

Va-t'en, Jack. Ne t'implique pas.

C'était l'une de ses règles les plus importantes.

Il lui prit la main. Elle était glacée, et cela suffit à l'inquiéter.

— Non merci, répondit-elle en s'essuyant de nouveau les joues.

Elle tremblait. De froid ? Ou bien était-ce autre chose.

— Je vais très bien, insista-t-elle.

— Ne dis pas de sottises ! Je vois bien que non.

Pour la première fois, elle le regarda en face, et la désolation amère qu'il lut au fond de ses yeux était encore plus bouleversante, plus poignante que l'éclair de désespoir qu'il avait surpris à table. À cet instant, il comprit. Il avait déjà vu cette ombre dans le regard d'hommes qui avaient tout perdu – famille, foyer, travail. Il l'avait aussi vue dans les yeux de sa mère, après la mort de son père, et l'avait sentie en lui, à l'époque où il était au plus bas. Il avait sans doute gravement sous-estimé la solitude atroce que Mairi devait éprouver. Durant quelques instants, il souhaita même qu'Archie MacLeod soit vivant, si cela pouvait la délivrer de cette détresse.

Il ne se rendit compte qu'il bougeait que lorsqu'il la prit dans ses bras. Elle eut un hoquet de surprise et de protestation, se crispant un peu. Mais Jack ne put réprimer un sourire. Quelle paire ils faisaient : lui, si réticent à la réconforter, elle, si réticente à le laisser faire. Ils pouvaient bien faire l'amour autant qu'ils le voulaient, ça ne les rendait pas moins maladroits face à leurs émotions.

Après quelques instants, néanmoins, Mairi l'attira plus

près, les doigts refermés sur l'étoffe de sa veste. Elle pleura en silence. Jack la serrait avec une pointe de gaucherie. Il ne savait pas comment gérer ce genre de situation qui le terrifiait – même s'il faisait tout son possible pour ne pas s'attarder sur cette sensation.

Il glissa son mouchoir dans la main de Mairi. Elle renifla, se frotta les yeux et, au bout de quelques minutes, ses sanglots s'apaisèrent.

Elle voulut lui rendre le mouchoir d'un air presque timide. Il était tout froissé dans sa main.

— Garde-le, murmura-t-il.

— Merci.

Sa voix était brisée par les pleurs.

— Je suis désolée.

— Viens à l'intérieur avec moi.

Il passa un bras autour de sa taille et l'entraîna jusqu'à la porte de la tour. L'escalier était illuminé par des torches, et des ombres dansaient sur la pierre irrégulière des murs. Mairi recula instinctivement devant cette clarté, mais Jack la guida fermement vers les premières marches.

— Je ne veux pas qu'on me voie.

— On ne te verra pas.

Il traversa le couloir avec elle et la fit entrer dans le petit salon qui reliait leurs deux chambres. Son valet était là, occupé à attiser le feu et à ranger la pièce de l'air tranquille d'un homme qui attend les ordres. Jack lui indiqua la porte d'un signe de tête, et le domestique s'éclipsa discrètement.

Lorsqu'ils furent seuls, il tira une chaise pour Mairi devant le feu et la fit asseoir avec douceur. Elle tremblait comme une feuille. La nuit n'était pas froide, mais elle était sortie sans cape, et sa robe fine ne devait pas beaucoup la réchauffer.

Une carafe de vin avait été déposée sur un guéridon, ainsi que deux verres. Jack en remplit un et le lui apporta. Elle leva les yeux vers lui. Une fois de plus, son cœur se serra en voyant le vide qui hantait son regard. C'était comme si elle avait totalement disparu de son enveloppe charnelle.

Il s'assit en face d'elle, tandis qu'elle faisait pensivement tourner son verre dans ses mains, sans le boire, les yeux baissés.

— Je sais que tu veux être seule et que tu m'enverrais volontiers au diable, finit-il par dire. Mais je ne peux pas te laisser comme ça.

Pendant quelques instants, il crut qu'elle n'allait pas lui répondre, mais elle finit par redresser la tête et le regarder. Une vague de soulagement l'envahit comme un raz-de-marée. Elle le voyait vraiment, cette fois. Elle était revenue.

— Comment sais-tu ce que je pense ?

Le silence tomba entre eux, uniquement troublé par le tic-tac assourdissant de l'horloge.

— Peut-être parce que j'ai traversé la même chose que toi.

Elle écarquilla un instant les yeux, puis murmura avec lenteur :

— Oui, bien sûr... Quand tu as perdu ta mère et ta sœur.

Il s'était effondré autant, voire plus qu'elle, à l'époque. Jusqu'à traîner son existence dans la boue, la crasse des prisons.

— Quand je me suis mis à boire, aussi. J'étais noyé dans ma douleur. Alors, oui : je comprends.

Mairi acquiesça. Elle tendit la main pour prendre la sienne. Jack ne s'écarta pas. Le contact de ses doigts était réconfortant. Tout comme le fait qu'elle n'ait rien dit, mais qu'elle le comprenait.

Un peu gêné, il se concentra sur elle.

— Cette fameuse nuit, à Édimbourg...

Ses cils s'abaissèrent, camouflant un instant son regard, mais un très léger sourire lui effleura les lèvres.

— Jamais tu ne cesseras de parler de cette nuit.

— Au moins, maintenant, je comprends ce qui t'a poussée à le faire. Tu voulais quelqu'un, n'importe qui, pour t'aider à repousser les ombres.

Elle le contempla un moment.

— Mais, je n'ai pas trouvé n'importe qui, souffla-t-elle. C'est toi que j'ai choisi.

— Nous ne sommes pas très différents, tous les deux, tu sais. Nous essayons d'oublier, l'un comme l'autre.

Leurs regards se croisèrent et, une fois de plus, Jack sentit son cœur se serrer. Au bout de quelques secondes, Mairi se détourna et s'écarta un peu de lui.

— Les médecins appellent ça une dépression de l'humeur. Ils m'ont recommandé de prendre de l'opium, lâcha-t-elle dans un frisson.

— Est-ce que Michael Innes le sait ?

Une panique soudaine traversa son regard.

— Non ! Tu imagines ? S'il savait, il essaierait sans doute de me faire enfermer dans un asile !

— C'est cela que tu essaies de lui cacher ?

Elle le dévisagea en silence, puis baissa la tête.

— Oui, entre autres choses. S'il découvrait la vérité, il ferait tout pour l'exploiter à son avantage. Il prétendrait que je suis une femme malade, incapable de m'occuper des terres MacLeod. Le tribunal se rangerait certainement de son côté.

Elle ravala sa salive avant de poursuivre :

— On rattacherait l'héritage d'Archie au reste de la fortune familiale et, à la mort de Lord MacLeod, Innes vendrait tous les domaines sans se soucier des gens qui y travaillent. Il détruirait leurs existences pour le moindre profit et mettrait fin à toutes les œuvres de charité qu'Archie a créées, pour toucher l'argent lui-même.

— Tu essaies de protéger toutes ces personnes, murmura Jack, stupéfait.

Il comprenait, à présent, le fardeau qu'elle portait sur ses épaules. Ce fut sous un choc. Elle était si forte... Pas étonnant, dans cette situation, que la pression soit parfois trop pesante pour elle.

— Tu es très courageuse...

Un petit nuage rose illumina ses joues charmantes.

— C'est mon devoir, répondit-elle simplement. Mais ce n'est pas le secret que cache Lord MacLeod.

Jack prit une profonde inspiration. À présent que le moment était venu, il n'était plus certain de vouloir connaître la vérité. Une peur sourde, superstitieuse, montait en lui et lui donnait la chair de poule. Les secrets créaient une intimité émotionnelle, et il avait farouchement rejeté ce genre de choses depuis ses dix-sept ans.

Ne t'implique pas, Jack. Ça ne te concerne pas.

Il sonda les yeux de Mairi et comprit qu'il était trop tard. Il s'était déjà impliqué...

— Archie n'est pas mort, souffla-t-elle. Il vit toujours.

— Nom de Dieu !

Les yeux de Jack s'emplirent tout d'abord d'une stupéfaction presque comique, vite remplacée par un mélange de colère, d'incrédulité et de dégoût. Il se leva d'un bond et s'écarta d'elle.

Peut-être aurait-elle pu lui annoncer la nouvelle avec plus de tact, mais la soirée avait été particulièrement éprouvante et, parfois, ce secret était trop lourd à porter seule. Hélas, elle n'avait encore pu se confier à personne. C'était chose faite, maintenant. Parmi tous les amis qu'elle aurait pu choisir, c'était à Jack Rutherford qu'elle avait avoué la vérité...

— Seigneur, reprit-il d'une voix choquée, qui tira brusquement Mairi de ses pensées. Tu es encore mariée. Et pendant tout ce temps passé avec moi, tu...

— Non !

Bien sûr qu'il allait penser ça ! C'était logique.

Elle tendit désespérément la main vers lui.

— Jack, écoute-moi. Le mariage a été annulé. Je t'ai dit la vérité. Je n'ai jamais commis d'adultère, même quand...

Sa voix se brisa. Jamais elle n'avait trompé Archie, même au plus profond de son désespoir, quand elle avait compris qu'il ne l'aimerait jamais comme un homme pouvait aimer une femme.

Jack s'approcha de la commode, se servit un verre d'eau et le but d'une traite, comme on avale un médicament.

— Tu ferais mieux de tout me raconter, dit-il froidement.

— Oui...

Elle baissa les yeux sur le verre qu'elle tenait encore, presque surprise de le voir. Elle ne voulait pas boire d'alcool, ce soir. Elle se sentait déjà assez malade.

— Par où commencer ? murmura-t-elle, incapable de mettre de l'ordre dans ses idées.

— Reprends tout dès le début.

Il se laissa de nouveau tomber dans son fauteuil et la fixa de son regard insoutenable. Son silence et son attente avaient quelque chose d'oppressant.

— J'avais dix-sept ans quand j'ai épousé Archie. Mon père voulait me marier au duc d'Anwoth.

Jack fronça les sourcils davantage.

— Ce débauché ? balbutia-t-il, incrédule. Mais il devait avoir au moins soixante-dix ans, à l'époque !

— Soixante-cinq, corrigea-t-elle. Lorsque nous nous sommes rencontrés, il a essayé de me prendre par la force...

Elle ravala sa salive.

— Mon père... Ce n'était pas un homme cruel, mais il ne supportait pas qu'on le contredise. Je pense qu'une partie de son humanité est morte en même temps que ma mère. Bref, il a refusé d'entendre mes objections et j'ai... J'ai fait la seule chose qui m'est venue à l'esprit : j'ai demandé à Archie de m'épouser.

— *Tu* lui as demandé sa main ? s'étrangla Jack, surpris et presque amusé.

L'étincelle qui s'était rallumée dans ses yeux réchauffa un peu le cœur de Mairi.

— Oui, répondit-elle, le menton levé.

Jack s'agitait dans son fauteuil.

— Tu n'as pas attendu que quelqu'un vienne te sauver. On dirait que c'est une habitude, chez toi : prendre ta vie en main.

Mairi sentit ses joues s'empourprer.

— Je ne pouvais pas me permettre d'attendre qu'un héros de roman vienne à mon secours, dit-elle sèchement. Je n'en avais pas le temps.

— Tu as donc demandé à ton amour d'enfance de t'épouser ?

— Mon *ami* d'enfance. Archie et moi n'avons jamais été amoureux, mais nous étions amis. Il était doux et très gentil. Il était faible, aussi. Je pense qu'une part de moi le savait, en dépit de ma jeunesse.

Elle hésita un instant. Jack allait-il comprendre la faiblesse d'Archie, lui qui était l'un des hommes les plus forts qu'elle ait rencontrés ?

Il attendait la suite de son récit, mais paraissait moins contrarié, moins impatient. La nervosité de Mairi s'apaisa lentement.

— Nous nous sommes donc mariés, et ça a été un désastre dès le début, reprit-elle en baissant les yeux. Nous avons tenté de faire l'amour plusieurs fois, mais ça a été douloureux et gênant. Bien que nous ayons consommé notre mariage...

Elle n'eut pas la force de poursuivre. Inutile de raconter à Jack à quel point tout cela avait été humiliant pour elle. À quel point elle s'était sentie laide, rejetée, et abasourdie par l'horreur que pouvait être l'acte d'amour.

— Après une semaine, nous avons compris qu'il n'y avait qu'un moyen de préserver notre amitié : ne plus essayer ces choses-là. Sans quoi, il ne serait bientôt plus rien resté entre nous que de l'amertume et de la honte. Nous avons donc décidé de faire chambre à part et de mener des vies séparées. Quand Archie a hérité la fortune de son parrain, il s'est lancé dans la fondation maniaque d'œuvres de charité, et moi... Eh bien, je me suis jetée à corps perdu dans les bonnes œuvres aussi, pour oublier que mon mariage n'était qu'une mascarade.

Elle le gratifia d'un petit sourire triste.

— J'avais encore beaucoup d'affection pour Archie, mais j'étais trop jeune et trop naïve pour comprendre quelle était la vraie raison de l'échec de notre couple.

— Je suppose, murmura Jack, que ton époux préférait les hommes aux femmes.

Elle acquiesça.

— Je ne me doutais de rien. Il a commencé à disparaître, la nuit. Je pensais qu'il avait une maîtresse. Je ne lui ai jamais posé de questions parce que ça aurait été trop douloureux d'en parler.

Ses mains se crispèrent sur ses genoux. Elle se souvenait encore des interminables nuits blanches qu'elle avait passées à s'interroger, à se torturer.

— Je pensais que c'était ma faute, parce que je faisais semblant que tout allait bien...

— Rien n'était ta faute, la coupa Jack d'une voix sombre. Rien du tout.

Mais Mairi se leva, trop agitée pour rester assise plus longtemps. Elle était sur le point d'exploser.

— Finalement, il y a quatre ans, Archie a disparu un soir et n'est jamais revenu. Il a laissé une lettre disant qu'il était désolé, que notre mariage avait été factice dès le départ, qu'il était nul aux yeux de l'Église et de la loi, parce qu'il ne m'avait épousée que pour cacher ses propres préférences. Il avait prétendu vouloir m'aider, quand mon père avait menacé de me marier de force, mais il n'a jamais eu le courage de me dire en face qui il était vraiment.

Elle entendit Jack étouffer un juron.

— Il s'est enfui avec son amant, poursuivit-elle. Il ne pouvait plus supporter de faire semblant. Il a mis sa mort en scène pour protéger sa famille du scandale. Plus tard, j'ai découvert qu'il m'avait légué toute sa fortune... Par culpabilité, peut-être, je ne sais pas. Je n'ai jamais compris pourquoi il ne m'avait pas dit la vérité. Je suis sûre que nous aurions pu nous en sortir, ensemble.

— Je vois mal comment vous auriez pu y arriver sans vous déchirer.

Il se leva à son tour et prit ses mains glacées dans les siennes. La chaleur de ce contact réconforta un peu Mairi. Au bout de quelques instants, il la serra dans ses bras. Son étreinte était solide, rassurante. Il chassa ses cheveux de son visage et, bien qu'elle ne veuille pas se sentir dépendante de lui émotionnellement, elle se laissa aller dans ses bras pendant quelques instants.

— Je comprends pourquoi tu te sens si seule...

Sa voix avait encore une pointe de dureté, mais elle savait qu'il n'était pas en colère contre elle, cette fois. Il en voulait à un homme qu'il ne pouvait s'empêcher de mépriser.

— Il t'a imposé un tel fardeau, et tu ne pouvais pas le partager.

— Lord MacLeod sait tout, murmura-t-elle dans un frisson de froid et de chaud mélangés. Il est le seul. C'est lui qui a étouffé l'affaire, qui a payé le silence des gens et s'est assuré que je sois légalement libre. Non pas que j'aie envie de me remarier...

Un nouveau frisson la parcourut.

— Je crois qu'Archie lui écrit, parfois, et il arrive à Lord MacLeod de lui envoyer de l'argent. Il ne me transmet jamais les nouvelles, et je ne lui pose pas de questions. Je n'arrive pas à pardonner à Archie : l'impression de trahison est encore trop amère.

Jack prit son visage entre ses mains et le redressa pour la regarder.

— Et malgré tout ça, dit-il, tu n'as jamais trahi Archie en retour.

— J'ai été tentée, parfois.

Elle sentit ses joues s'échauffer au contact des doigts de Jack.

— Même si j'ai été brisée par le peu d'intérêt qu'Archie me portait, d'autres hommes ont vite montré leur attirance de manière assez évidente. J'ai donc compris que je n'étais pas laide... Qu'est-ce qui te fait sourire ?

— Rien, répondit-il. Tu as raison : tu n'es pas laide.

Elle lui rendit son sourire, sans conviction.

— Tout ça pour dire que j'aurais facilement pu prendre un amant, mais j'ai tenu à respecter fidèlement mes vœux de mariage.

— Et, après le départ d'Archie, quand tu as retrouvé ta liberté ?

Elle se mordit la lèvre, un peu gênée.

— Au début, j'étais trop triste. Je ne voulais pas me remarier et j'avais trop peu d'expérience pour savoir comment entretenir une liaison. Alors, j'ai fait semblant... J'ai flirté, mais ce n'était qu'une façade.

Il la dévisageait toujours. Elle se sentit soudain plus vulnérable que jamais sous ce regard perçant.

— Si seulement je pouvais le retrouver, marmonna-t-il.

Une violence contenue émaillait sa voix, juste sous la surface. Mairi sentait sa rage monter, comme lorsqu'il l'avait sauvée des griffes de Wilfred Cardross.

— Je le tuerais de mes propres mains et je ne perdrais pas une nuit de sommeil pour autant ! Enfin, la fiction deviendrait réalité.

Mairi le fit taire en plaquant les doigts sur ses lèvres, terrifiée.

— Non ! Je t'en supplie...

Il l'embrassa brusquement, étouffant ses protestations sous la flamme turbulente de la passion.

— Mairi, murmura-t-il contre sa bouche.

Puis, comme pour lui-même :

— Qu'il soit maudit pour t'avoir fait tant de mal !

Il l'embrassa de nouveau, avec un tel mélange de fièvre et de tendresse qu'elle sentit son cœur s'emballer. Elle s'agrippa aux revers de sa veste et tenta de le plaquer encore plus contre elle. Un vertige la prenait. Elle avait tant envie de lui ! Les émotions de la soirée lui avaient arraché ses dernières défenses.

— Ne me quitte pas, chuchota-t-elle. Reste avec moi. S'il te plaît.

Surprise, elle perçut son hésitation.

— Je ne pense pas que...

Désespérée, elle le fit taire par un nouveau baiser.

— Ne me dis pas que tu as peur de profiter de ma faiblesse, ce soir. Je croyais que tu n'étais pas un gentleman.

Elle le sentit sourire.

— Je le croyais aussi.

Il la relâcha et la contempla un long moment. Elle voyait ses doutes au fond de ses yeux, presque comme s'il avait peur de quelque chose. Finalement, il poussa un profond soupir de reddition, la souleva de terre et la porta jusqu'à sa chambre.

Jack n'avait pas fermé l'œil. Il regardait Mairi dormir, songeant qu'il aurait dû la ramener dans sa propre chambre. Sa bonne avait probablement compris qu'elle était là... depuis un bon moment. La pauvre fille devait être épuisée et perdue, sans savoir si elle devait encore attendre ou aller se coucher. En fin de compte, la belle façade respectable que Mairi et lui avaient tissée pour cacher leur liaison venait de voler en éclats.

D'un autre côté, il voulait que Mairi reste là, avec lui. Il en avait assez de faire semblant, de rester discret comme un amant caché qui a honte de son comportement. Il s'était fait à l'idée que son désir pour Mairi ne s'éteindrait pas de sitôt. Ce qu'il ressentait pour elle était bien plus complexe... Il était décidé à la protéger – surtout maintenant qu'il connaissait son secret.

Du bout des doigts, il chassa les cheveux qui étaient retombés sur son visage endormi. Elle s'agita un peu dans son sommeil et, avec un petit gémissement, se colla un peu plus à lui, la tête tournée vers lui. Quelque chose se noua alors dans la poitrine de Jack, comme un poing. Quelque chose d'à la fois doux et oppressant. Cédant à un élan soudain, il l'embrassa tendrement.

Elle remua de nouveau et, cette fois, ouvrit les yeux. Quand elle le reconnut, un sourire tendre, chaleureux et complice illumina son visage. Ce sourire envoya un éclair de désir en lui, accompagné d'une autre sensation, plus puissante et plus profonde. Il reconnaissait la part de désir. Il la comprenait. Le reste demeurait un mystère à ses yeux...

— Rendors-toi, ma chérie, murmura-t-il.

Mairi referma les yeux, pelotonnée au creux de son bras.

Jack songea alors à Archie MacLeod, et toute tendresse s'évanouit de son cœur, remplacée par une fureur puissante et presque incontrôlable. Cet homme était si faible qu'il n'avait même pas su avouer la vérité à Mairi dès le début ! Contrairement à beaucoup de ses contemporains, il n'était absolument pas gêné par les sexualités variées des hommes, mais il ne pouvait tolérer le comportement de MacLeod. Comment cet homme avait-il pu s'enfuir en laissant Mairi et son propre père affronter le scandale ? C'était bien là l'acte d'un lâche !

Étouffant le juron qui lui montait aux lèvres, il se leva et se pencha sur la bassine d'eau pour s'asperger le visage. Il en avait besoin, s'il voulait garder les idées claires. Michael Innes ne se doutait sans doute pas qu'Archie MacLeod n'était pas mort. Et, tant qu'Archie vivait, Innes n'avait aucun espoir d'obtenir Strome ou la baronnie. Mais, s'il découvrait la vérité et la rendait publique, le tribunal le priverait de son héritage purement et simplement. Ce n'était donc pas dans son intérêt de révéler ce scandale-là.

D'un autre côté, la sodomie était passible de la peine de mort. Aucun juge n'appliquerait une sentence pareille au fils d'un noble, probablement, mais il était tout de même compréhensible que Lord MacLeod fasse tout ce qui était en son pouvoir pour protéger son fils. Le vieux laird l'aimait, quels que soient ses agissements. Il ne pouvait pas lui faire courir un tel risque. Si, malgré tout, la vérité finissait un jour par éclater, le scandale qui suivrait détruirait la famille entière... et Mairi. Jack poussa un profond soupir. Oui, Mairi risquait de souffrir plus que quiconque. En tant qu'ancienne épouse d'un homme disgracié, elle deviendrait la cible de tous les ragots. On la mettrait au ban de la société.

Au milieu de tout ça, venait Wilfred Cardross. Quel rôle jouait-il ? Son attaque n'était sûrement pas une coïncidence. Il y avait une raison à tout cela, mais Jack n'arrivait pas encore à y voir clair. Et, tant qu'il n'aurait pas fait toute la lumière sur ce mystère, Mairi ne serait pas en sécurité.

Il se glissa de nouveau dans le lit et eut un petit sourire furtif, quand le corps de Mairi retrouva sa place dans ses bras. Il comprenait enfin à quel point Lord MacLeod l'avait manipulé. Il n'avait pas simplement cherché à protéger Mairi jusqu'à ce que la menace du scandale soit passée. Il avait cherché un homme prêt à épouser sa belle-fille. Et il l'avait choisi, lui, parce qu'il le savait assez fort pour affronter Michael Innes. Sans doute aussi avait-il compris qu'il serait prêt à se marier pour sauver Mairi du scandale, une fois qu'il aurait découvert la vérité au sujet d'Archie... Aucun homme d'honneur n'abandonnerait une femme en danger.

Il se passa une main nerveuse dans les cheveux. Une question demeurait sans réponse, néanmoins. Était-il vraiment l'homme d'honneur que MacLeod avait cru voir en lui ?

Mairi s'était réveillée. Il entendit la couverture bouger quand elle se tourna pour le regarder. Ses yeux, d'un bleu brumeux, étaient emplis de sommeil et de satisfaction. Elle lui sourit et bâilla délicatement en s'étirant. Sa tête se renversa un instant en arrière et son corps se cambra, avec la souplesse et le bonheur d'un chat au soleil.

— Comment te sens-tu ? demanda-t-il à mi-voix.

— Ça peut paraître étrange, mais je me sens très bien, répondit-elle, les yeux pétillants. Merci…

Ce n'était pas du sexe qu'elle parlait, mais de quelque chose de beaucoup plus intense – et de beaucoup plus dangereux. Elle lui avait fait confiance. Elle lui avait avoué tous ses secrets. Plus jamais ils ne pourraient revenir en arrière.

Un peu mal à l'aise à cette idée, il préféra se rabattre sur des émotions plus sûres, moins poignantes.

— J'espère avoir réussi à te convaincre que tu es réellement une femme splendide, dit-il donc.

Elle rit, bien qu'une ombre restât au fond de son regard. Elle ne pouvait qu'avoir remarqué sa hâte à changer de sujet.

— Ce qui me surprend encore, c'est que tu aies attendu aussi longtemps pour prendre un amant…

Elle détourna les yeux, réfléchissant à sa réponse.

— Sans doute parce que c'était trop important à mes yeux, finit-elle par murmurer avec un petit sourire. Je ne voulais pas en faire une simple diversion mondaine. Tu as l'air choqué, Jack…

Elle lui caressa doucement la joue du bout des doigts.

— Tu dois être le seul homme d'Écosse qui préfère que sa maîtresse se comporte comme une fille de joie !

— Oui, ça me ressemble un peu… J'ai exploré tous les vices que l'on peut imaginer et j'ai toujours considéré le sexe comme une sorte de jeu amusant.

Il ne voulait pas s'engager avec une femme et n'avait jamais exigé que ses conquêtes s'impliquent à leur tour. À présent, cependant, il commençait à y réfléchir différemment. S'il menait la mission confiée par Lord MacLeod à bien et épousait Mairi, il était certain de lui offrir sa fidélité, à défaut de son amour.

Elle le dévisageait toujours avec une candeur adorable.

— Pourquoi as-tu eu tant de maîtresses ? s'enquit-elle.

— Parce que ça n'avait aucune importance à mes yeux.

Pour la première fois de sa vie, il ressentit l'amertume du regret, sinon de la honte. Il aurait voulu que ce soit le cas.

La gorge nouée, il se redressa brusquement.

— Je suis désolé. Je ne voulais pas avoir l'air de te manquer de respect.

Mais Mairi ne paraissait pas choquée.

— Ce que tu dis ne me surprend pas. Je savais exactement à quoi m'en tenir, quand j'ai accepté d'avoir une liaison avec toi.

— Qu'est-ce qui a changé, pour toi ? Pourquoi avoir accepté ?

De nouveau, elle réfléchit longuement à la question.

— J'imagine que j'en avais assez de mener une vie dénuée de couleurs ou d'excitation. J'étais fatiguée de contrôler et d'étouffer mes émotions. Je voulais savoir ce que c'était, de faire enfin l'amour avec passion.

Elle s'assit et entreprit de repousser les couvertures.

— Je dois y aller. Mieux vaudrait que Jessie ne vienne pas me chercher ici. Elle doit déjà se demander où je suis...

Jack lui prit la main au moment où elle allait se lever.

— Reste.

Lui-même était surpris d'avoir tant envie de la garder dans son lit. Il caressa son bras nu et le retourna doucement pour déposer un baiser dans le creux de son coude, puis chassa ses longs cheveux pour lui embrasser l'épaule. Quand il vit qu'elle restait immobile, sans lui répondre ni fuir, il la rallongea sur les coussins et écarta les draps pour dévoiler sa poitrine. Il goba l'un de ses tétons, caressant son ventre et sa taille. Au premier soupir qu'elle poussa, il sentit toute sa tension s'évaporer. Le corps de Mairi aussi se détendait et se réchauffait sous ses mains, sous ses lèvres. Enfin, il retrouvait son terrain familier : celui du grand jeu de la séduction. Pourtant, il y avait quelque chose de différent, sous cette familiarité. Il doutait... Il avait presque peur que Mairi se détourne de lui. Si jamais elle le faisait, il se sentirait perdu, d'une certaine manière.

Ce n'était que du sexe, se rappela-t-il. L'intimité physique n'avait rien à voir avec les émotions. Ce fut alors que la flamme du désir l'envahit et qu'il s'y abandonna. Ses inquiétudes, ses doutes et ses questions pourraient bien attendre le matin.

17

— Vous avez échoué, Cardross.

Une aube grise se levait sur les montagnes. Wilfred s'était laissé aller à somnoler, trempé, glacé jusqu'aux os, pelotonné dans les ruines d'une ancienne cabane à flanc de colline. Les murs écroulés ne le protégeaient pas des éléments, mais c'était un bon point de surveillance. De là, il avait vu les soldats quadriller la vallée à sa recherche… des hommes de la ville qui haïssaient ces montagnes nues et ce terrain inégal. Ils avaient passé leur temps à battre les fougères et la bruyère, comme s'ils s'attendaient à le voir jaillir d'un terrier de renard.

Il avait ri, sur le moment. Mais c'était fini. Le prédateur était arrivé sans qu'il le voie, sans qu'il l'entende. Quand il avait enfin remarqué sa présence, il était trop tard : déjà, une dague était plaquée contre sa gorge.

— Vous ? balbutia-t-il. Ici ?

Il baissa les yeux sur l'arme, luisante dans la faible lumière et terriblement aiguisée.

L'autre homme sourit froidement.

— Je vous avais dit que je vous retrouverais, si j'avais besoin de vous. Mais, en fait – la dague appuya un peu plus fort contre sa peau –, je n'ai plus besoin de vous…

— Attendez !

Pris de panique, Cardross ne quittait pas les yeux pâles et sans pitié de l'homme.

— Je n'y peux rien, si j'ai échoué, protesta-t-il. Ils étaient trop doués pour nous. Vous aviez dit qu'il n'y aurait pas de résistance ! Vous aviez dit que mes hommes réussiraient à...

— Est-ce donc ma faute ?

L'homme se moquait de lui, et Cardross sentit la haine enfler en lui.

— À vous croire, c'est toujours la faute de quelqu'un d'autre, jamais la vôtre.

La dague pressa sa gorge davantage.

— Laissez-moi une chance.

Il suppliait, maintenant, prêt à tout pour gagner du temps.

— Je vous promets de réussir. J'ai failli l'enlever, hier, dans les jardins. J'ai réussi à éviter tous les gardes que Methven avait placés. C'était facile...

— Et où est-elle ? coupa son assaillant, sans la moindre empathie. Vous avez *failli* l'enlever, mais vous n'avez pas réussi. Je n'ai que faire d'un outil cassé.

Cardross aurait voulu se traîner à ses pieds, mais il n'en eut pas le temps. La conversation était terminée. Il s'attendait à avoir la gorge tranchée et avait instinctivement levé les mains pour détourner la lame, mais il comprit bien vite son erreur. La dague pénétra ses chairs sans peine, entre deux côtes. L'espace d'un instant, il ne ressentit rien, puis la douleur s'empara de lui et le secoua comme une poupée de chiffons. C'était atroce. Il avait toujours été lâche. Il avait toujours eu peur de la mort et, à présent, il avait tout son temps pour sentir avec une terreur croissante sa vie lui échapper. Quand l'obscurité finit par se refermer sur lui, ce fut presque un soulagement...

Ce fut le froissement des rideaux du lit qui réveilla Mairi.

— Il est presque midi, milady, annonça Jessie en déposant un plateau de petit déjeuner sur la commode. M. Rutherford m'a dit de vous laisser dormir. Il a dit que vous étiez épuisée, hier soir.

Mairi roula sur le dos, aveuglée par la lumière. Elle avait dormi profondément. Une part d'elle se rappelait vaguement avoir senti les premiers rayons du soleil. Elle était dans le lit de Jack, nichée dans le creux de ses bras. Elle savait qu'il fallait qu'elle retourne dans sa chambre, mais n'avait pas la force de s'arracher à lui. Sans doute était-ce Jack lui-même qui l'avait portée jusqu'à son lit. Elle se souvenait aussi qu'il l'avait embrassée avant de la laisser ; à moins que ce ne soit son imagination... ou ses désirs. Quoi qu'il en soit, elle s'était ensuite rendormie sereinement, sans mauvais rêves.

Elle s'étira lentement. Cela faisait des années qu'elle n'avait pas ressenti une telle légèreté. C'était comme si on lui avait enfin arraché un poids insoutenable des épaules, comme si l'obscurité qui avait recouvert son existence depuis toujours s'était dissoute. Tout cela, parce qu'elle avait enfin partagé son fardeau avec quelqu'un. Parce qu'elle avait tout avoué à Jack.

Un flot de douceur la traversa, la même sensation que ce qu'elle avait éprouvé en faisant l'amour avec Jack, à l'auberge de Kinlochewe. La même chaleur que pendant l'orage, quand il l'avait réconfortée avec tendresse. Mais, cette fois, l'impression était plus marquée, plus intense.

Elle s'était plusieurs fois demandé si elle était le genre de femme capable de séparer le plaisir physique des émotions. La réponse était non, indéniablement. Ce qu'elle ressentait pour Jack était dangereux... Elle était en train de tomber amoureuse de lui. Elle lui avait offert son corps. Elle lui avait confié ses secrets. Mais elle ne pouvait pas lui ouvrir son cœur.

Cette pensée suffit à la réveiller complètement, et elle s'assit sur son lit en s'enveloppant dans son châle. Le soleil inondait la chambre de sa chaleur, mais elle ne voulait pas sentir sa caresse sur son corps. Elle se sentait trop nue, émotionnellement, et ça lui donnait froid. Il fallait qu'elle s'habille, qu'elle se protège, d'une manière ou d'une autre.

Avant la soirée précédente, elle était convaincue de ne plus jamais faire confiance à un homme. Archie l'avait trahie, avait annihilé sa foi. Elle avait peu à peu pris l'habitude de contrôler sa vie et de décider par elle-même de tout. Pourtant, la veille, elle avait baissé ses défenses devant Jack. Parce qu'elle était amoureuse de lui, pas seulement enivrée par le plaisir physique qu'elle retirait de leur liaison. Elle l'aimait et voulait qu'il l'aime aussi, en retour. Mais l'amour était bien la seule chose qu'il ne pourrait jamais lui offrir. Il le lui avait dit très clairement.

Elle ramena les genoux contre la poitrine et soupira, laissant refroidir son petit déjeuner. À présent, elle comprenait qu'une liaison avec Jack ne lui suffisait plus. Elle l'aimait et voulait de lui plus que ce qu'il pouvait lui offrir. Elle voulait qu'il partage ses sentiments. Elle voulait l'épouser. Mais Jack, l'amant parfait, ferait-il un *époux* parfait ? Rien n'était moins sûr. Sa notion de la fidélité se limitait sans doute à ne faire l'amour qu'à une femme à la fois… Il refusait tout lien. Alors qu'elle-même baissait de plus en plus la garde, il n'avait fait que renforcer sa propre armure, pour garder ses distances.

Elle finit par attraper sa tasse de chocolat chaud, machinalement. Le goût riche du breuvage la réconforta un peu. Elle eut soudain une envie vorace de crème glacée et de bonbons, de tout ce qu'elle aurait pu manger de sucré… Si c'était ça l'amour, il risquait de la faire engraisser !

Jessie revint quelques minutes plus tard pour remporter le plateau et l'aider à s'habiller.

— M. Rutherford vous salue, milady. Il vous attendra dans la bibliothèque avec Lord Methven quand vous serez prête. Un gentleman de l'armée est arrivé avec des nouvelles de Lord Cardross.

— Quelles nouvelles ? demanda immédiatement Mairi. Tu le sais, n'est-ce pas, Jessie ? On dit toujours que les nouvelles passent d'abord par l'office avant de monter dans les étages…

Jessie baissa les yeux.

— Ils l'ont retrouvé mort dans un fossé, milady.

Puis, baissant la voix, elle ajouta :

— Il s'est noyé pendant l'orage, hier...

— Noyé ? répéta Mairi, incrédule. Wilfred ?

— Oui, milady. Noyé comme le rat d'égout qu'il était, répondit Jessie avec une pointe de satisfaction, avant de retrouver sa gravité. M. Cambridge vous salue aussi. Il m'a demandé de vous dire qu'il partait tôt pour rejoindre Lord MacLeod, à Strome. Il envisage de vous rendre visite à votre retour à Édimbourg, la semaine prochaine.

— Merci, Jessie.

Mairi n'était pas désolée d'avoir manqué le départ de Jeremy et elle n'avait pas hâte de le revoir.

Une heure plus tard, elle descendit jusqu'à la bibliothèque. Elle avait enfilé une robe de mousseline couleur cerise et orné ses cheveux d'un ruban assorti. Étrangement, cette tenue lui donnait un peu de courage ; elle sentait qu'elle en aurait besoin pour garder ses émotions sous contrôle.

Elle fit un effort pour ne pas aller vers Jack dès qu'elle eut passé la porte. Elle sentait encore plus que d'habitude sa présence dans la pièce, comme si son amour lui aiguisait tous les sens. D'ailleurs, alors qu'elle saluait Robert, elle sentit le poids de son regard sur elle. Finalement, elle se retourna et le gratifia d'un sourire nonchalant.

Jack grimaça devant son indifférence étudiée.

— J'espère que tu as bien dormi, Mairi, dit-il. Tu as l'air radieuse, ce matin.

— Merci.

En un seul compliment, il avait réussi à briser les défenses branlantes qu'elle avait eu tant de mal à dresser...

Jack et Robert étaient en compagnie d'un jeune capitaine des dragons qui la dévisageait avec une admiration non dissimulée. Il rougit quand elle le regarda.

— Lady Mairi, lança-t-il avec un salut poli, les joues plus roses encore.

Elle sentit Jack se crisper, à côté d'elle.

— Voici le capitaine Donald, des Royal Scots Greys, déclara-t-il. Il dirige la troupe qui a découvert Wilfred Cardross.

— Je vous félicite, capitaine. Et je vous remercie.

— Je vous en prie, madame, répondit le jeune homme avec ferveur. Je suis navré qu'il ait été déjà mort. Ça aurait été un plaisir de l'enfermer de nouveau en prison pour vous !

Mairi connaissait suffisamment Jack pour savoir qu'il s'efforçait de ne pas rire face à une telle ardeur. Elle le rappela à l'ordre d'un froncement de sourcils, et il répondit par un regard possessif. Il se moquait visiblement de l'admiration du capitaine, tant qu'il restait le seul à profiter de ses faveurs. Une vague de chaleur la traversa à cette pensée.

— On m'a dit que Wilfred s'était noyé, reprit-elle en faisant de nouveau face au jeune dragon. Est-ce vrai ?

Elle vit Robert et Jack échanger un rapide coup d'œil. Finalement, ce fut Jack qui répondit :

— On l'a retrouvé face contre terre, dans un fossé inondé, mais il n'est pas mort ainsi. Quelqu'un l'a poignardé.

— L'eau avait déjà nettoyé le sang, précisa Donald avec un peu trop de satisfaction aux yeux de Mairi. Mais nous avons trouvé la plaie. Celui qui l'a tué l'a délibérément laissé au bord de la route. On voulait qu'il soit découvert.

Un frisson glacé parcourut Mairi.

— Qui donc ferait une telle chose ?

— Sans doute l'un des hors-la-loi qui ont participé à l'attaque de votre voiture, madame. J'ai cru comprendre que Cardross les avait abandonnés en plein combat. Je suis certain qu'ils n'ont pas apprécié cette trahison et qu'ils ont cherché à se venger.

Robert s'interposa avec fermeté.

— Nous préférons ne pas rendre publique la nouvelle de ce meurtre. Mieux vaut que tout le monde reste persuadé qu'il s'est noyé.

Mairi comprit soudain.

— Bien sûr. Dulcibella. Elle aurait encore une crise de nerfs, si jamais elle pensait qu'un autre meurtrier est là, dehors...

— Nous espérons que Lady Dulcibella se sentira assez en sécurité pour rentrer chez elle, à présent, ajouta Robert avec un petit sourire. Inutile de l'inquiéter davantage.

Jack se tourna alors vers Mairi et la dévisagea.

— Il va sans dire que je t'accompagnerai jusqu'à Édimbourg. Je ne veux pas te faire courir le moindre risque.

— Mais, à présent que Wilfred est mort, je ne cours plus de danger, si ?

— Obéis-moi, cette fois, je t'en prie, insista Jack d'une voix tendue.

L'atmosphère de la pièce parut plus électrique que jamais. Mairi vit du coin de l'œil Robert qui les examinait. Il sondait les traits de son cousin avec un intérêt plus que prononcé.

— Je pense que Mairi a raison, dit-il d'un air tranquille. Le danger est passé. Cardross a été tué par un complice qui lui en voulait. Un tel homme ne prendra sans doute pas le risque d'être pourchassé à son tour. De plus, avec tous les soldats qui quadrillent encore la région, nous pouvons dormir sur nos deux oreilles.

Jack lui lança un regard furieux. Tout son corps frémissait d'une rage contenue. Mairi aurait sans doute baissé les yeux, mais pas Robert.

— Sans vouloir te manquer de respect, dit-il à son cousin, tu n'en sais rien. Et je ne veux pas que tu encourages ta belle-sœur à s'impliquer davantage dans cette...

— Je suis impliquée, lui fit remarquer Mairi.

— Tu ne le devrais pas !

Un court silence s'éleva. Robert avait l'air de retenir un fou rire imminent.

— J'aurais tout vu, finit-il par glousser. Jack Rutherford, apôtre des convenances ! Qu'est-ce qui a bien pu te faire changer à ce point ?

Jack s'avança vers lui, et Mairi eut un instant peur qu'il le frappe, aussi s'empressa-t-elle de dire :

— Je suis sûre que le capitaine Donald ne désire pas assister à nos disputes familiales ! Merci encore pour votre efficacité, capitaine. Bonne journée à vous.

Jack se détourna de son cousin et recula. Après quelques secondes, il parvint à saluer le militaire.

— Votre serviteur, Donald, déclara-t-il avant de se retirer.

Mairi et Robert échangèrent un regard gêné. Puis il lui sourit, cherchant sans doute à s'excuser d'avoir provoqué Jack sans se soucier de ce qu'elle pouvait ressentir. Une pointe d'exaspération monta en elle. Pourquoi Jack s'était-il comporté comme un ours, d'un seul coup ?

— Je vous raccompagne, Donald, reprit Robert en ouvrant la porte.

Mairi s'approcha des hautes fenêtres pour regarder le détachement de dragons se mettre au garde à vous et s'en aller. La journée était splendide, et elle eut soudain une envie folle de quitter la maison pour prendre enfin un peu l'air. Elle voulait partir à cheval dans les montagnes et laisser le vent chasser toutes ses angoisses.

Prenant sa décision, elle monta dans sa chambre et enfila les vieux vêtements que Murdo, l'un des fils de Frazer, lui avait prêtés des années plus tôt pour lui permettre de monter à cheval plus facilement qu'avec ses jupes fendues. Cela fait, elle confia à Jessie un message informant Lucy qu'elle sortait se promener. Mieux valait faire ça que prévenir Jack… Elle en avait assez de sa manie du contrôle pour aujourd'hui.

— Vous ne pouvez pas sortir seule, milady, protesta Murdo quand elle arriva à l'écurie. Pas tant que des voyous sont encore disséminés dans les environs.

— On croirait entendre M. Rutherford, répliqua-t-elle sèchement. Est-ce qu'il vous a demandé me surveiller ?

Un grand sourire illumina le visage du jeune homme.

— Oui, milady.

— Il a un sacré aplomb ! Essayez seulement de m'empêcher de partir...

— Laissez-nous au moins vous accompagner, reprit Murdo en préparant l'une des juments de Lucy pour elle. Comme ça, nous pourrons dire à M. Rutherford que nous avons veillé sur vous.

— Vous avez peur de lui ?

L'ironie de Mairi s'évanouit quand le valet acquiesça, sans sourire.

— Oui, milady. Si quoi que ce soit devait vous arriver, j'aurais peur de lui annoncer la nouvelle.

Il l'aida à se mettre en selle et elle talonna la jument, qui semblait aussi pressée qu'elle de goûter au grand air. Ils sortirent de la cour au galop, effrayant les garçons d'écurie sur leur passage. Derrière elle, Mairi entendit Murdo crier, mais elle ne ralentit qu'en arrivant au bosquet de pins au milieu de la côte, pour l'attendre, ainsi que Hamish, qui s'était joint à lui.

Ils ne rentrèrent à Methven que quatre heures plus tard. Mairi se sentait enfin revivre. Le soleil commençait à descendre derrière les collines. L'air du soir devenait délicieusement frais. Néanmoins, dès qu'elle pénétra dans l'écurie, elle sentit l'air se charger de tension. Tous les valets lui jetaient des coups d'œil en coin, sans rien dire.

Elle mit pied à terre et tendit les rênes à Murdo en le remerciant. Puis elle se retourna...

Jack était campé devant elle, le regard assassin.

Il n'avait encore jamais ressenti une fureur pareille. Il ne parvint à la contrôler que parce qu'ils étaient tous les deux au milieu de l'écurie, entourés de valets qui étouffaient avec peine leur curiosité, en attendant leur inévitable dispute. Lachlan et Dulcibella avaient peut-être pris l'habitude de laver leur linge sale en public, mais il avait trop de respect pour Mairi pour les imiter – même quand elle avait ignoré ses ordres.

Hélas, elle n'eut pas la sagesse de se montrer conciliante, et il sentit son humeur se gâter.

— Bonsoir, monsieur Rutherford, lança-t-elle en toute innocence.

Elle avait les joues rouges et ses yeux pétillaient. Elle était belle… Sa joie évidente redoubla son agacement. Il avait passé quatre heures à l'imaginer morte dans un fossé, comme Wilfred Cardross. Plus jamais il ne la quitterait des yeux !

— Lady Mairi, répondit-il, les dents serrées. Pouvons-nous nous entretenir un instant en privé ?

— Bien sûr.

Sa voix avait retrouvé son ancienne froideur, et Jack surprit une certaine crispation sur son visage. Elle était nerveuse. À raison.

Elle lui tourna le dos et passa la porte qui menait à la sellerie, puis à la serre de Lucy. Avant de la suivre, Jack gratifia Murdo et Hamish d'un petit signe de tête.

— Merci, leur dit-il.

Au moins, Mairi avait-elle eu le bon sens de ne pas sortir seule ; mais ça n'apaisait pas sa colère pour autant. Elle ne lui avait rien dit et avait agi à son insu. C'était sans doute ce qui l'exaspérait le plus…

Mairi marchait plus vite, maintenant. Pensait-elle pouvoir lui échapper ? Il ne put s'empêcher de sourire en imaginant leur course-poursuite dans les interminables corridors de Methven. Cette idée n'était pas si désagréable.

Il la rattrapa à l'instant où elle atteignait la porte du jardin d'hiver, qu'il fit claquer derrière eux. Ce n'était pas l'endroit le plus intime pour ce genre de confrontation, mais il ne pouvait plus attendre. L'air chaud de la serre les enveloppa immédiatement. Un parfum de terre sèche et de lys flottait dans l'air. Un jardinier taillait des plantes grimpantes, au fond de la salle. Dès qu'il les vit, il s'éclipsa discrètement ;

Jack entendit le cliquetis du loquet quand la porte se referma sur lui.

Il saisit alors le bras de Mairi et la fit pivoter face à lui.

— Tu veux bien m'expliquer pourquoi tu es partie à cheval toute seule, le lendemain du meurtre de ton cousin, alors que je t'avais expressément demandé de ne pas prendre de risques ? lâcha-t-il d'une voix tremblante qu'il contrôlait à peine. N'as-tu donc aucun respect pour ta sécurité, ou pour mes craintes ?

— Bien sûr que si !

Elle soutenait son regard sans ciller et, malgré sa fureur, il l'admira pour ça. Mairi ne reculait devant rien... Il l'appréciait. Il avait de l'estime pour elle. Mais il lui en voulait encore tellement qu'il aurait pu la secouer sans ménagement.

— J'ai pris deux valets avec moi, reprit-elle fermement. Ils étaient tous les deux armés, et j'avais un pistolet dans ma sacoche de selle. C'est pourquoi je ne comprends pas ta réaction, Jack.

Il serra les dents.

— Elle est due au fait que je t'ai priée de ne pas quitter l'enceinte du château tant que cette affaire ne serait pas réglée. As-tu pensé que feu ton cher époux pouvait être derrière tout ça ? Qu'il pouvait avoir engagé Wilfred Cardross ? Qu'il pouvait te vouloir du mal ?

À la pâleur qui lui envahit les joues, il comprit qu'elle n'y avait pas songé, en effet. Elle recula d'un pas, moins sûre d'elle.

— Je ne pouvais t'en parler ce matin, en présence de Robert et Donald, car je ne voulais pas trahir ta confiance, poursuivit-il avec plus de douceur, troublé par sa détresse. Mais nous devons prendre cette possibilité en considération, Mairi.

— Non.

Elle avait levé une main à sa gorge, et sa voix n'était plus qu'un murmure.

— Archie ne me ferait jamais de mal. Il est trop doux.

— Comment peux-tu en être sûre ?

Était-elle réellement aussi naïve ?

— Pour lui, seuls son père et toi savez qu'il est encore en vie. Si jamais il en vient à te considérer comme une menace…

— Non ! Je ne peux pas le croire. Je ne *veux* pas le croire !

Elle se précipita sur lui et, dans la lumière pâle du jardin d'hiver, il la vit froncer les sourcils.

— Dis-moi, reprit-elle au bout d'un moment, serais-tu *jaloux* d'Archie ?

— J'essaie simplement de te protéger.

— Ce n'est pas une réponse.

Cette fois, c'était elle qui se campait devant lui, les poings sur les hanches.

— Dis-moi la vérité. Es-tu jaloux, Jack ?

Oui, comprit-il soudain, sous le choc. La situation avait déjà été assez pénible quand il avait cru Archie mort… Tout le monde semblait l'avoir apprécié et le dépeignait comme une sorte de saint. Mais, à présent qu'il le savait encore en vie, il était déchiré par une atroce jalousie. Pourtant, Mairi n'était plus mariée à cet homme.

— Je me sens… possessif, admit-il en l'attirant contre lui, les mains plaquées au creux de ses reins. Tu es mienne, Mairi. Épouse-moi.

Il sentit l'effarement la parcourir comme un éclair. Elle s'écarta brutalement et le dévisagea comme s'il s'était soudain mis à parler une autre langue. Il était presque aussi surpris qu'elle. Il avait réfléchi à la situation depuis la veille et avait fini par comprendre à quel point Lord MacLeod avait bien fomenté son plan. Seulement, il n'avait pas l'intention de la demander en mariage d'une façon aussi abrupte. Hélas, il n'avait pas la moindre expérience en la matière et n'aurait jamais cru en avoir besoin.

Mairi ouvrit la bouche et, comme elle paraissait sur le point de protester, il l'embrassa sans réfléchir. Elle ne lui rendit son baiser que la seconde fois, les lèvres entrouvertes, tout son corps se fondant délicieusement contre le sien. Cela voulait sans doute dire qu'elle acceptait, songea Jack, soulagé et envahi par un désir brûlant.

Elle murmura son prénom d'une voix faible, et il l'embrassa de nouveau fiévreusement. Elle poussa alors un petit gémissement de capitulation, puis répondit à ses caresses avec une ferveur enflammée. Le souffle court, Jack fut tenté de la prendre dans ses bras et de la porter jusqu'à sa chambre pour sceller leur accord entre les draps.

Il avança d'un pas pour la plaquer au mur. Sans la quitter des yeux, il déboutonna lentement sa veste. Elle soutint son regard, le menton relevé d'un air de défi, et sous sa paume, Jack sentit son cœur battre la chamade.

Une fois la veste ouverte, il retira vivement sa chemise de lin de son pantalon. Elle retint son souffle, mais ne protesta pas. Son regard s'animait d'un éclat provocateur et déterminé.

Il sourit, glissant les mains sous la chemise. Elle ne portait qu'un fin déshabillé à travers lequel il sentit la chaleur de sa peau. D'un mouvement vif, il la débarrassa de sa veste et de cette chemise gênante. Elle frissonna, mais pas de froid...

Ouvrant son déshabillé sans même se soucier des rubans, il laissa courir ses mains sur sa poitrine et sentit immédiatement ses tétons durcir. Il l'entendit reprendre son souffle et l'embrassa de nouveau. Leurs langues gourmandes se rencontrèrent. Il ne la lâcha que pour se pencher sur ses seins et les mordiller en douceur – puis un peu plus fort. Elle rejeta la tête en arrière. Avec la chaleur du jardin d'hiver, quelques mèches s'étaient collées sur la peau humide de sa gorge, et Jack vit une goutte de sueur rouler entre ses seins. Cette image était si érotique qu'il eut peur de perdre le contrôle.

— Épouse-moi, répéta-t-il.

Déjà, il rêvait de l'avoir dans son lit toutes les nuits...

Mais elle se dégagea et s'écarta de lui sans un mot. Ses yeux, bleu sombre à présent, étaient hantés par la passion et par quelque chose d'autre, de plus noir. De la déception, peut-être. Ou des regrets. Elle se pencha pour récupérer sa veste et s'en couvrir tant bien que mal.

— Je ne peux pas t'épouser, murmura-t-elle d'une voix triste. Je suis vraiment honorée que tu veuilles te marier avec moi, parce que je sais que tu ne prendrais jamais cette décision à la légère. Mais je ne peux pas accepter.

Ces derniers mots furent prononcés d'un ton presque suppliant.

— Essaie de me comprendre, Jack... J'ai été mariée à un homme qui n'éprouvait pas de sentiments pour moi et qui m'a abandonnée pour quelqu'un qu'il aimait vraiment. Je ne veux pas courir ce risque de nouveau.

— Jamais je ne te serai infidèle, protesta-t-il. Je te le jure !

Il était sincère. Il n'aurait sans doute aucun mal à tenir cette promesse, mais il comprenait que ce n'était pas suffisant pour elle.

— Seulement, tu ne pourrais pas m'aimer pour autant, n'est-ce pas ?

Comme son silence le trahissait, elle ajouta :

— Tu ne pourrais pas m'aimer comme je t'aime.

Il déglutit péniblement. Il avait compris qu'elle était amoureuse de lui, la nuit précédente, quand elle lui avait avoué ses secrets et avait accepté de lui montrer sa vulnérabilité. Malheureusement, il ne savait pas comment l'aimer en retour. L'amour avait disparu de son cœur dès son enfance...

Il lui prit la main et la caressa doucement. Elle frémit.

— Je ne veux pas te faire de mal, dit-il, la voix brisée.

Elle le gratifia d'un petit sourire fatigué et s'écarta de lui.

— Je pense qu'il est un peu tard pour ça, Jack. Je ne t'en veux pas, tu sais. Tu ne m'as pas fait de fausses promesses. Je ne te dis pas que je t'aime pour t'entendre prononcer ces mots à ton tour. Je te le dis parce que je veux être honnête avec toi.

Elle croisa les bras comme si elle avait soudain froid, même si l'air humide et étouffant de la serre pesait sur eux comme une chape de plomb.

— Tu dis que tu ne me tromperas jamais, mais sans amour entre nous que restera-t-il ?

De nouveau, elle sourit, mais Jack surprit le reflet d'une larme vite ravalée au coin de son œil. Elle ne pleurerait pas. Pas devant lui. Elle était trop fière pour ça.

Son cœur se serra à l'idée qu'il n'était pas capable de lui offrir ce qu'elle voulait. Au même instant, une détermination farouche l'envahit : jamais il ne l'abandonnerait, même s'il ne pouvait pas l'aimer, même s'il n'était pas assez bien pour elle.

— Mairi...

Elle le fit taire d'un geste.

— Si je t'épousais, je passerais mon temps à craindre que tu tombes *amoureux* de quelqu'un d'autre, Jack. Chaque jour, je m'éveillerais en craignant de te voir partir. Mieux vaut nous quitter maintenant...

Elle lui caressa la joue avec douceur, une caresse furtive, et tourna les talons. En quelques secondes, elle était partie. Jack entendit le bruit de ses pas dans le couloir, puis plus rien. Il était seul.

18

Heureusement pour Mairi, elle ne croisa personne en remontant à sa chambre. Elle pleurait tant qu'elle n'aurait pu remarquer la présence de qui que ce soit. Sa faiblesse la mettait hors d'elle. Elle avait eu raison de repousser Jack, elle le savait... Si seulement cela avait pu être moins douloureux !

Jessie l'attendait dans la chambre, et Mairi se demanda un instant à quoi elle pouvait bien ressembler aux yeux de la jeune femme. Ses lèvres devaient être encore rougies par les baisers de Jack et ses yeux humides la brûlaient.

Jessie fit visiblement un effort surhumain pour ne rien dire, mais elle n'était pas douée pour le silence. Aussi, lança-t-elle au bout de quelques instants :

— Une dispute d'amoureux, milady ?

— Quelque chose comme ça, répondit Mairi. M. Rutherford m'a demandée en mariage et j'ai refusé.

— Comment cela ? Je croyais que vous étiez *déjà* fiancés ! s'écria Jessie, les poings sur les hanches. Il s'est passé tant de choses entre M. Rutherford et vous, milady ! Je ne pourrai pas rester à votre service si vous ne l'épousez pas après ça. Je suis une fille respectable.

— Je le sais, soupira Mairi. Je suis désolée.

Elle se laissa tomber sur sa chaise, en face de son miroir. Ses craintes étaient fondées : elle n'était pas dans ce que Jessie aurait appelé un « état convenable ». Ses cheveux étaient ébouriffés, son visage rouge et ses lèvres presque enflées. Elle les effleura du bout des doigts et sentit un frisson voluptueux monter en elle. Les réactions de son corps ne faisaient qu'aggraver son désespoir. Sa chair ne se souciait pas de l'amour de Jack. Elle ne voulait que du plaisir.

Elle se tourna à demi et dit :

— Je n'ai pas d'appétit, ce soir, mais j'apprécierais un bain chaud. Je souperai peut-être plus tard.

— Bien, milady.

Après le départ de sa femme de chambre, Mairi ôta sa veste et la jeta dans un coin de la pièce, avec sa chemise et son pantalon. Uniquement vêtue de son panty, elle se rassit devant son miroir et examina son corps avec curiosité… voire avec plus d'attention qu'avant. La peau de son cou était plus rose là où la barbe naissante de Jack avait frotté. Ses seins étaient aussi parsemés de petites marques plus colorées, là où il l'avait mordillée. Ses tétons étaient encore enflés et fermes. Elle les caressa, les pinça et ressentit un vague écho du plaisir que Jack avait su lui donner.

Puis elle soupira. Elle avait tellement envie de cet homme ! C'était excitant d'être si passionnément désirée, après tant d'années vides. Néanmoins, ce n'était pas suffisant pour la pousser à se jeter dans un autre mariage sans amour…

On frappa soudain à la porte. Le son paraissait autoritaire, accusateur, comme si Jessie s'attendait à la voir s'adonner aux pires indécences, dès qu'elle avait le dos tourné. Mairi enfila sa robe de chambre et noua la ceinture.

— Entrez.

Le bain était délicieusement chaud. Methven était peut-être un château médiéval, à l'origine, mais Robert n'avait pas lésiné sur la dépense en ce qui concernait le chauffage. Mairi apprécia ce luxe avec reconnaissance. Elle s'abandonna dans sa baignoire et laissa l'eau fumante défaire les nœuds de tension dans son cou et ses épaules. Elle la laissa aussi effacer l'inquiétude qui la consumait depuis que Jack avait suggéré qu'Archie pouvait être derrière l'attaque de sa voiture. Pouvait-il réellement chercher à l'enlever ou à la tuer ? Non, impossible... Quelle idée absurde ! Archie avait toujours été le plus doux des hommes. Il avait honni la cruauté et la violence. Et puis, il l'avait aimée ; peut-être pas comme un époux, mais comme un ami loyal. C'était justement cette amitié, ainsi que sa confiance trahie, que Mairi avait pleurées quand il était parti.

Elle sentit ses épaules se contracter de nouveau et chassa l'image d'Archie de son esprit, laissant ses pensées dériver librement, tandis qu'elle s'enfonçait davantage dans son bain parfumé. Elle songea de nouveau à Jack et à tout ce qu'il lui avait appris. Il lui avait montré à quel point on pouvait prendre du plaisir à explorer sa propre sensualité. Une révélation pour elle...

Ces souvenirs réveillèrent en elle une excitation à peine étouffée par la douce caresse de l'eau. Une boule se noua au fond de son estomac et le sang se mit à battre entre ses cuisses. Attrapant sa robe de chambre, elle se leva brusquement et sortit de l'eau. L'étoffe colla à sa peau mouillée et embrassa langoureusement son corps. Toute sa chair frissonnait, assoiffée de désir.

Elle traversa la chambre lentement et s'allongea sur son lit, au milieu des coussins. La robe de chambre s'ouvrit, dévoilant son corps nu, et elle écarta un peu les cuisses pour glisser une main entre elles et se caresser. Elle avait passé tant d'années seule – toute sa vie, en fait, puisque Archie et elle n'entretenaient pas de relation physique. Parfois, cela lui avait apporté un peu de soulagement. Elle pensa à Jack, ravivant le souvenir de sa bouche, de ses doigts, de ses dents sur ses tétons. De ses mains qui exploraient son corps et lui offraient un plaisir inégalé. La tension délicieuse et maintenant familière monta en elle, s'emparant de son excitation pour la transformer en quelque chose de plus fort.

Elle ouvrit alors les yeux et se contempla dans le miroir.

Ses cheveux étaient étalés sur ses seins nus, et ses jambes écartées sur le matelas. Soudain, elle aperçut le reste de l'image que lui renvoyait la glace et étouffa un cri. Jack était là, debout dans l'encadrement de la porte du boudoir, appuyé nonchalamment contre le montant, en train de la regarder. Elle songea un instant que ça pouvait n'être qu'une image, un fantasme né de ses pensées libertines. Mais il parla.

— Je suis navré… Tu as oublié de verrouiller la porte.

Il s'avança tranquillement, sans la quitter de ses yeux intenses et brûlants. Elle arrivait à peine à respirer. Elle était à la fois terriblement gênée et excitée de voir qu'il l'avait surprise dans cette situation.

Arrivé à quelques pas d'elle, il s'arrêta. Son regard la dévora de la tête aux pieds, s'attardant quelques instants sur ses cheveux défaits, ses joues en feu, sa robe de chambre ouverte et ses cuisses écartées.

— Est-ce que tu pensais à moi ? demanda-t-il à mi-voix.

Mairi eut soudain honte. Elle ne voulait pas admettre qu'elle le désirait encore, alors qu'elle venait de lui tourner le dos.

Il se pencha sur elle, appuyé à la tête de lit.

— Alors ?

Il posa ses grandes mains chaudes sur ses épaules, et elle sentit leur douceur à travers son vêtement.

— Oui, chuchota-t-elle.

Un éclair de triomphe et de désir traversa son regard.

— Dans ce cas, épouse-moi.

Elle redressa obstinément le menton.

— Non.

Cette fois, Jack parut amusé par sa détermination.

— Il va falloir que tu apprennes à ne pas tout contrôler, dit-il.

Il l'attira à lui et passa une main dans ses cheveux pour l'empêcher de bouger, tandis qu'il l'embrassait longuement, fiévreusement. C'était plus délicieux et plus sensuel que tout ce qu'elle avait connu. Elle sentit vaguement ses doigts experts sur son téton qui devenait plus dur que jamais, et une intense chaleur monta de ses reins. Elle aurait voulu lui demander de partir, mais son corps n'aurait pas supporté une seconde frustration dans la même journée.

Quand elle fut incapable de supporter ces caresses plus longtemps, elle poussa un gémissement de protestation et Jack la repoussa sur les coussins, écartant davantage les pans de la robe de chambre. Il déposa une série de baisers sur son ventre, et Mairi frissonna de plus belle. Quand il remonta sur elle pour l'embrasser encore, il se montra plus doux – mais toujours hanté par le même feu... Il lui mordilla la lèvre, puis la lécha furtivement. Elle tremblait de tous ses membres. Quand donc allait-il se déshabiller et la rejoindre ? Elle avait tant besoin de le sentir en elle.

Elle tendit les bras vers lui, pressée de le toucher aussi, mais il s'écarta et la laissa toute à sa faim. Quand il se releva, le lit lui-même grinça de mauvaise grâce. Allait-il la quitter ? La laisser seule et aussi frustrée qu'avant ?

Prise de panique, elle se retourna et le regarda s'avancer vers les vêtements dont elle s'était débarrassée, au pied de la commode. Il se pencha et ramassa la fine ceinture de cuir usée qu'elle avait empruntée à Frazer pour maintenir son pantalon de cheval. Elle y avait fait un nœud, car elle était trop longue pour elle. Jack la contempla un moment, la tête baissée, la soupesant dans sa main. Puis il leva les yeux vers Mairi, dont le cœur s'emballa, lorsqu'elle vit la flamme sombre qui y luisait.

— Lève-toi !

Cet ordre, inattendu, la fit frémir.

— Déshabille-toi.

Elle hésita quelques instants, puis vit un petit sourire se dessiner au coin des lèvres de Jack. Un sourire presque moqueur.

— On a peur ? demanda-t-il.

Oui, elle avait peur. Mais elle était aussi terriblement excitée. Ce petit jeu risquait de lui faire quitter pour de bon sa zone de confort, seulement, elle avait trop envie de lui pour reculer. Elle se leva donc et laissa la robe de soie fine descendre le long de ses épaules comme une main caressante. Le vêtement tomba en un petit tas à ses pieds.

Pendant un long moment, elle n'eut conscience que de l'air lourd qui emplissait la chambre, de la lumière et des ombres jetées par la lampe sur les murs, du parfum boisé du feu. Debout et nue devant Jack, elle ne put se résoudre à lever les yeux.

Ce fut lui qui s'approcha. Il laissa glisser les mains sur ses épaules et ses bras nus. Elle ne put réprimer un frisson quand il lui prit les poignets et, lentement, d'un geste autoritaire, les lia devant elle avec la ceinture de cuir.

De nouveau, il attendit un instant en silence. Mairi tremblait tellement qu'elle eut peur de sentir ses jambes se dérober sous elle. Cette fois, Jack se campa derrière elle. Elle sentit son souffle chaud sur la peau de son dos. La pointe de sa langue effleura un instant sa colonne vertébrale, qu'elle suivit jusqu'à l'arrondi de ses fesses. Nouveau frisson. Mairi prit conscience que la chair de poule s'installait sur tout son corps.

— Très joli, commenta Jack d'une voix sourde.

Sans un mot, Mairi fit jouer ses liens pour en tester la force. Le cuir ne lui faisait pas mal, mais les nœuds étaient assez solides pour lui emprisonner fermement les poignets. Quand Jack s'était saisi de la ceinture, elle s'était demandé pendant un instant s'il allait la frapper avec. Elle avait entendu parler de ce genre de pratiques, mais n'avait jamais eu envie de les essayer. Déjà, elle avait appris que son corps appréciait le plaisir quand il s'approchait de la douleur, seulement, elle n'était pas pressée d'aller plus loin. En tout cas, c'était ce qu'elle pensait. D'un autre côté, elle avait si peu d'expérience et connaissait si peu ses propres désirs qu'elle ne pouvait en être certaine…

Elle allait bientôt apprendre.

Cette pensée la fit trembler de plus belle.

— Traverse le boudoir et va dans ma chambre !

Mairi lui jeta un rapide coup d'œil par-dessus son épaule. Le visage de Jack restait impassible. Elle obtempéra donc, marchant lentement devant lui. Ce n'était pas loin, mais elle se sentit terriblement exposée et vulnérable, nue, tandis qu'il restait tout habillé.

La chambre de Jack était meublée dans un style similaire à la sienne. Il avait un grand miroir, lui aussi. Cependant, le décor donnait une impression plus masculine, accentuée par un faible parfum de santal et de cuir.

Une différence majeure lui sauta aux yeux dès son entrée. Là où elle avait deux petits fauteuils coquets, ornés de coussins brodés, Jack jouissait d'un grand fauteuil de cuir. Il la conduisit justement là.

— Penche-toi.

Il plaça une main au bas de son dos pour l'entraîner par-dessus l'accoudoir rembourré, qui se logea à la perfection contre son bassin. Elle était si excitée que cette simple pression devint un tourment. Elle s'appuya sur l'assise du siège, attendant que Jack lui détache les mains. Mais, au lieu de ça, il s'accroupit et prit le bout de la ceinture pour l'attacher au pied du fauteuil. Quand il tira dessus, la lanière de cuir mordit doucement les chairs de Mairi, l'obligeant à se pencher davantage et à tendre les bras par-dessus le second accoudoir. Elle dut écarter les jambes d'une manière assez indécente pour garder l'équilibre. Dans cette position, la pointe de ses seins effleurait à peine l'assise de cuir, là où elle s'était appuyée, quelques secondes auparavant. Ses cheveux détachés tombaient autour de son visage, formant une cape soyeuse sur ses épaules.

Elle retint son souffle, se sentant désespérément écartelée, sans défense, à la merci de Jack. Jamais encore elle ne s'était retrouvée dans une position aussi impudique...

— Est-ce ma punition pour avoir refusé ta demande en

mariage ? lança-t-elle d'une voix un peu rauque. Ou bien est-ce une tentative pour me convaincre de t'épouser ?

Il restait accroupi devant elle, la dévorant de son regard de prédateur sensuel.

— C'est tout ce que tu veux que ce soit, chérie, murmura-t-il. Il ne s'agit pas de punition, mais de plaisir...

Le cœur de Mairi se mit à battre plus fort. Elle avait assez confiance en lui pour savoir qu'il ne lui ferait pas de mal, et son désir la rendait sourde à tout le reste.

— Je ne t'épouserai pas, lâcha-t-elle obstinément, au cas où il n'ait pas encore compris.

Il sourit tranquillement.

— Mais tu m'aimes, pourtant.

Il paraissait si fier de lui qu'elle l'aurait sans doute giflé, si ses mains avaient été libres.

— Je regrette de te l'avoir dit, répliqua-t-elle, furieuse. Je suis certaine que mes sentiments ne dureront pas longtemps.

— Contrairement à ton plaisir, gloussa-t-il. J'ai bien l'intention de le prolonger le plus possible, crois-moi.

Sur ce, il se leva, lentement, langoureusement. Chacun de ses gestes excitait davantage la flamme qui dévorait les chairs de Mairi.

— De plus en plus jolie, souffla-t-il. Tu es sûre que tu es vraiment prête à te soumettre ? C'est ta dernière chance de changer d'avis...

Elle ferma les yeux et maudit son corps perfide. Si Jack s'arrêtait maintenant, elle risquait d'exploser de frustration !

— Oui, je suis sûre, répondit-elle.

Jack prit son visage entre ses mains et l'embrassa avec une douceur infinie, laissant leurs langues s'effleurer un instant. Puis il lui caressa furtivement les seins – un geste possessif qui la fit frémir et lutter contre ses liens.

Quand il se plaça derrière elle, elle ferma de nouveau les yeux. Il lui écarta un peu plus les jambes, l'obligeant à se tenir sur la pointe des pieds. Cette position était encore plus obscène, plus difficile à tenir… Un petit air frais atteignit son sexe offert, et ses cuisses tremblèrent sous l'effort. Elle était déjà trop tendue, trop excitée, prête à l'orgasme.

Derechef, elle sentit les mains de Jack sur ses épaules. Il chassa ses cheveux, dévoilant sa nuque, et suivit ses bras jusqu'à ses poignets attachés. Il se figea un instant, puis Mairi le sentit se redresser. Elle attendit, impatiente et incapable de bouger, qu'il la pénètre.

Ce fut autre chose qu'elle sentit : une caresse soyeuse et légère, qui descendait le long de son cou, entre ses omoplates, puis suivait le tracé de sa colonne. Elle ne pouvait pas voir ce que c'était. Une plume, peut-être. Quoi qu'il en soit, sa peau déjà trop sensible lui rendait ce contact subtil presque insoutenable. L'odeur prenante du cuir l'enveloppait, l'enivrait. Elle pencha la tête entre ses bras tendus.

La caresse délicate se fit sentir une fois encore, sur ses seins sans défense. L'objet effleura ses chairs et la fit se tortiller contre le siège. Il atteignit ses tétons et joua avec jusqu'à ce qu'elle pousse un gémissement.

Soudain, une sensation sur son sexe la fit bondir dans ses liens. C'était plus intense que la caresse de la plume, plus vif, presque douloureux. Et ça passa tellement vite qu'elle en resta pantelante, prête à jouir, mais encore incapable de s'abandonner. Elle serra les dents et attendit, hantée par le désir pressant qui montait d'entre ses cuisses et les battements de son cœur.

Une seconde passa. Puis deux. Elle attendait toujours, tandis que son corps hurlait de frustration. Soudain, un coup vint lui frapper les fesses, comme des langues de feu. C'était une sensation extraordinaire… Elle sentit sa peau frémir, envahie par un délicieux mélange de douleur et de plaisir. Elle sentit un troisième coup, mordant, et comprit qu'il s'agissait d'un martinet aux lanières de cuir particulièrement fines et douces.

Sous le choc, elle eut à peine le temps de penser à ce qui

se passait, quand un autre coup léger s'abattit, la forçant à presser le bassin contre le cuir du fauteuil, dans l'espoir de provoquer la jouissance. Il fallait à tout prix qu'elle assouvisse la tension insupportable qui montait en elle, et pourtant elle n'y parvenait pas. Chaque fois que le martinet la touchait, il la conduisait plus près de la libération sans jamais la lui offrir...

Elle entendit un petit bruit et sentit un autre coup, doux et pourtant si bien appliqué que son corps se crispa davantage. Elle se rendit alors compte qu'elle s'était hissée sur la pointe des pieds et qu'elle écartait le plus possible les cuisses, impuissante, dans l'espoir d'obtenir enfin ce dont elle avait tant besoin.

Elle entendit Jack rire dans son dos.

— Je m'en doutais : tu réponds à merveille à cela...

Nouvelle morsure du fouet. Sur son sexe, cette fois. Une caresse sensuelle qui lui fit pousser un petit cri pressant. Les lanières dansaient contre la chair sensible de l'intérieur de ses cuisses, parfois douces, parfois cinglantes. Une fois de plus, Mairi dut languir, au bord de l'orgasme, pendant une longue minute. Elle aurait presque voulu supplier Jack. Puis, d'un seul coup, le plaisir redescendit, juste avant d'atteindre son sommet, et la frustration lui fit monter les larmes aux yeux.

Jack contourna le fauteuil et s'accroupit de nouveau devant elle. Il lui prit le menton et lui redressa la tête pour l'obliger à le regarder. Ses yeux sombres étaient hantés par le désir.

Il l'embrassa avec lenteur, laissant courir ses mains sur son corps et lui pinçant un peu les tétons pour la pousser à tirer davantage sur ses liens.

— Encore un peu, murmura-t-il. Tu peux supporter ça un peu plus longtemps, non ?

Mairi n'en était pas certaine, mais il était hors de question de lui demander de s'arrêter. Jamais encore elle n'avait imaginé des plaisirs charnels aussi érotiques.

Jack s'éloigna. Cette fois, elle tourna la tête sur le côté pour voir son reflet dans le miroir, curieuse et excitée, sans plus se soucier de sa honte ou de sa gêne. Elle frissonna en découvrant son corps attaché, étiré par-dessus le fauteuil, et Jack derrière elle, son fouet à la main.

Il se campa dans son dos. Elle l'observa, attendant avec impatience, le corps si crispé qu'elle se remit à trembler. Elle vit le martinet s'abattre et son corps se cabrer sous le coup. Elle sentit la morsure sensuelle du cuir sur sa chair.

Les pointes du fouet frôlèrent la peau humide de sa nuque, puis serpentèrent le long de son dos, effleurant ses côtes et ses fesses. Elles dansèrent sur la peau douce de ses cuisses une fois encore et caressèrent son sexe. Pendant une insoutenable seconde, elles atteignirent même la perle sensible qui se nichait entre les chairs.

Son estomac se noua. Elle ne put retenir un petit cri et se crispa, au bord de la jouissance. Puis, alors qu'elle tremblait toujours, fiévreuse, elle vit Jack prendre le fouet dans l'autre sens. Une seconde plus tard, la poignée de bois froid s'insinua entre ses cuisses et frotta ses chairs les plus sensibles dans une caresse indécente.

Mairi perdit soudain tout contrôle et se laissa emporter par le plaisir, aveuglée par la jouissance. Ce fut si intense qu'elle eut peur de perdre connaissance... Son corps, animé d'une volonté propre, luttait contre l'impitoyable ceinture qui le maintenait en place. La poignée du fouet appuya un peu plus contre ses chairs palpitantes et elle faillit hurler, incapable de résister. Puis, la poignée de bois lisse se glissa en elle et elle jouit de nouveau, plus violemment encore. Cette fois, elle ne put se retenir et étouffa ses cris dans le cuir du fauteuil.

Elle entendit vaguement le martinet tomber sur le tapis. La seconde d'après, Jack était en elle et faisait de lents mouvements de va-et-vient. Elle était épuisée, exténuée par l'intensité de ce qui venait de se passer. Dans cette position qui l'empêchait de s'ancrer dans le sol, elle ne pouvait empêcher son corps d'accompagner les coups de reins de Jack qui la tenait par les hanches, lui écartait les cuisses et se servait honteusement d'elle pour assouvir ses désirs, jusqu'à jouir à son tour.

Elle était si faible, après tout ce qu'elle avait éprouvé, qu'elle se laissa tomber entre les bras de son amant quand il la détacha enfin. Les yeux fermés, elle le sentit la soulever de terre, l'embrasser avec douceur et la coucher dans le lit. Il la serrait contre lui. Ses lèvres lui effleurèrent la joue.

— Tu vas bien ? demanda-t-il dans un murmure.

— Oh oui...

Bouleversée, rassasiée, elle n'avait plus qu'une envie : dormir.

— Ouvre les yeux ! lui ordonna-t-il, comme il l'avait déjà fait une fois.

Mairi perçut une pointe d'amusement dans sa voix. Seulement, elle eut plus de mal que jamais à obéir : ses paupières étaient alourdies par le plaisir.

— Veux-tu m'épouser ?

Elle ouvrit les yeux un peu plus grand et fit un effort pour se concentrer sur son visage. Il souriait. Ses doigts jouaient distraitement avec ses cheveux, et il y avait une telle tendresse au fond de ses yeux qu'elle aurait voulu pleurer. C'était si injuste ! Ça finirait par la détruire : Jack lui offrait tout, sauf son amour...

— Non, répondit-elle finalement. Non merci.

— Si polie, remarqua-t-il.

Il la contemplait toujours avec la même douceur, et elle sentit son cœur s'ouvrir un peu à lui. S'il continuait ainsi, elle finirait par accepter sa proposition, sans réfléchir et en dépit du bon sens. Ce serait un désastre !

Cette pensée chassa d'un seul coup sa fatigue. Elle se redressa d'un bond et s'assit dans le lit.

— Jack, dit-elle. Ne fais pas ça. C'est terminé.

Il parut honnêtement stupéfait par sa réaction.

— Est-ce à cause de ce que nous venons de faire ? Je sais que j'ai repoussé tes limites, mais...

Elle pressa les doigts contre ses lèvres, et il se tut.

— Ça n'a rien à voir. J'ai aimé ce qui s'est passé.

Il parut se détendre un peu.

— Dans ce cas, inutile de nous séparer. Nous pourrions continuer à nous voir après notre retour à Édimbourg...

De nouveau, elle l'interrompit :

— Non, Jack.

— Si je te demandais de changer d'avis, insista-t-il. Si j'essayais de te convaincre...

Il tenta de la prendre dans ses bras, mais elle le repoussa d'une main ferme.

— Je t'en prie, n'essaie pas, répliqua-t-elle. Je ne veux pas passer ma vie à espérer vainement que tu réapprennes à aimer, un jour.

Sur ce, elle se leva. Elle chercha ses vêtements des yeux, puis se rappela qu'ils étaient restés dans sa chambre. Elle était arrivée ici complètement nue ; et elle n'avait pas le courage de ressortir de la même manière. Ça aurait été trop étrange. Elle attrapa donc la chemise de Jack et l'enfila rapidement. Il ne lui fallut que quelques secondes pour comprendre son erreur. Le vêtement était imprégné de son odeur... Son cœur se serra douloureusement.

Elle attendit encore quelques instants, persuadée qu'il allait dire quelque chose. Mais le silence s'éternisa, emportant avec lui le peu d'espoir qui lui restait. Si elle ne le quittait pas maintenant, elle vivrait cette torture chaque jour. Elle attendrait. Elle espérerait. Et, chaque fois, la déception la briserait un peu plus.

— Adieu, Jack, finit-elle par murmurer.

Ils seraient obligés de se dire au revoir devant toute la famille, le lendemain, mais cet adieu-là n'était que pour eux. Comme il ne répondait rien, elle se pencha, l'embrassa sur la joue et partit.

19

Un vent mordant soufflait du nord, tandis que Mairi se tenait bien droite, au sommet des marches, en attendant que sa voiture entre dans la cour de Methven. Elle frissonna. La petite veste d'été qu'elle portait était un peu trop légère… à moins qu'elle n'ait froid en dedans.

À côté d'elle, Lucy paraissait inquiète.

— J'aurais préféré que tu restes plus longtemps. Je n'aime pas te savoir seule sur les routes.

— Tout ira bien, répondit Mairi.

Elle avait tellement hâte de partir. D'être enfin seule.

— Tu sais bien que Frazer et les garçons sont lourdement armés. Moi aussi, d'ailleurs.

Lucy sourit.

— Mais Jack ne sera pas avec toi, cette fois, poursuivit-elle avant de retrouver sa gravité. Est-ce que vous vous êtes disputés, tous les deux ? Vous avez l'air bien distants, aujourd'hui.

— Non, mentit Mairi en réprimant un frisson. Pas du tout.

Lucy ne parut pas convaincue.

— Très bien, admit-elle finalement. Nous avons rompu nos fiançailles, et je t'en prie, ne me pose pas de questions…

Sa voix se brisa, dangereusement proche des larmes.

— Oh ! Mairi ! s'écria Lucy en la serrant dans ses bras. Écris-moi, si tu as besoin de moi. Au final, je pense que je suis bel et bien destinée à tuer cet homme !

Au même instant, Jack passa la porte. Il était plus beau que jamais, dans sa veste de cheval taillée à la perfection. Mairi dut retenir son souffle quand il s'approcha d'elle, le regard grave. Il ne parla pas, se contentant de prendre ses mains gantées dans les siennes et de les embrasser. Elle ne put s'empêcher de lever les yeux sur lui, et son cœur se serra. Son regard était intense, profond, si différent du petit amusement moqueur qui y dansait d'habitude... C'était une manière de lui faire comprendre ce qu'il ressentait et le respect qu'il avait pour elle. Une manière de lui dire aussi que ce qui s'était passé entre eux lui importait. De nouveau, il lui disait tout d'un regard, sauf qu'il l'aimait. Comment devait-elle réagir ? Que devait-elle répondre ? Comment se comporter ? Elle n'avait encore jamais été confrontée à ce genre de situation.

Sa main se mit à trembler, et elle sentit les doigts de Jack se refermer un instant sur les siens. Il la gratifia d'un demi-sourire et, comme toujours, une vague de désir la parcourut.

— Je te ferai prévenir, quand je serai de retour à Édimbourg, dit-il. Et je viendrai te voir dès que j'aurai parlé à M. Innes.

— Merci.

Il acquiesça, hésita, puis se pencha pour déposer un petit baiser sur sa joue. Comme une caresse froide. Il l'aida ensuite à monter dans sa voiture, gardant sa main dans la sienne un peu plus longtemps que nécessaire, avant de tourner les talons.

Trois jours plus tard, de retour à Ardglen, Mairi allait de mal en pis. C'était peut-être un tort de ne pas avoir voulu retourner à Édimbourg : là, au moins, elle aurait eu de la compagnie et des distractions. D'un autre côté, elle n'aurait pu supporter d'être en ville en même temps que Jack. Elle aurait eu trop peur de le croiser avec une autre femme... Il aurait fallu être bien naïve pour penser qu'un homme tel que lui puisse se passer longtemps d'une maîtresse. Cette vérité lui faisait affreusement mal. *Tout* lui faisait mal. Pourrait-elle un jour se remettre de leur séparation ? Au lieu de s'apaiser, sa douleur ne faisait que s'accroître chaque jour. Elle s'épuisait, à force d'étouffer ses sentiments pour s'occuper de la gestion quotidienne de ses terres. Elle envisagea même d'aller retrouver Jack, pour lui dire qu'elle avait changé d'avis, qu'elle acceptait de l'épouser, car rien n'aurait pu être pire que cette douleur lancinante. L'orgueil et les principes ne la sauveraient pas de son amour. Elle alla même jusqu'à faire préparer sa voiture, puis la renvoya au dernier moment. À quoi bon, puisque rien n'avait changé ? Jack ne l'aimait pas et ne l'aimerait jamais.

Les rues d'Édimbourg étaient chaudes, poussiéreuses et presque désertes. Toute l'aristocratie avait déserté la ville pour passer l'été à la campagne. Jack se retrouva donc entouré de calme et de vide. Non qu'il ait voulu se plonger dans la fièvre des bals et des fêtes. Tout ce qu'il voulait, tout ce dont il avait besoin, c'était Mairi...

Il avait pourtant cru pouvoir tourner la page après leur rupture. Mais, au bout de trois jours, il lui avait bien fallu admettre que ça ne serait pas aussi simple. Le pouvoir que Mairi continuait à exercer sur lui le terrifiait.

Après dix jours de séparation, elle lui manquait toujours autant. Il avait besoin de la voir, de lui parler, d'entendre sa voix. Il dut faire appel à toute sa volonté pour ne pas prendre son cheval et parcourir les sept ou huit miles qui le séparaient d'Ardglen. Jamais encore il n'avait eu tant de mal à réprimer ses pulsions. Non seulement c'était une sensation inexplicable pour lui, mais cela lui parut affreusement sentimental. Il voulait sans cesse être auprès d'elle, la toucher – bien sûr –, mais aussi la serrer dans ses bras. Pas seulement lui faire l'amour. C'était comme si une part de lui manquait. Chaque fois que la porte s'ouvrait, il s'attendait presque à la voir et, quand ce n'était pas elle, ses espoirs retombaient.

Il ne pouvait espérer qu'une chose : que l'action finirait par chasser cette obsession dangereuse. Il entreprit donc de chercher Michael Innes pour accomplir sa mission aussi rapidement que possible – et il se montrerait sans pitié ! De plus, plus vite il s'en serait occupé, plus vite il aurait des nouvelles à rapporter à Mairi. Même si cela ne changeait rien entre eux. Elle refuserait toujours de l'épouser, et il ne voyait pas de solution à ça...

Il avait toujours été convaincu que chaque homme avait ses faiblesses. Il ne lui fut donc pas difficile de se servir de ses contacts pour découvrir le talon d'Achille de Michael Innes. Son vice était une passion du jeu qui dévorait presque tous ses revenus. Ce qu'il gagnait, il le dépensait immédiatement et se retrouvait noyé dans les dettes. Sans doute était-ce ce qui rendait la fortune de Mairi aussi désirable à ses yeux, et ce qui lui donnait à ce point une impression d'injustice.

Lors de sa troisième nuit passée à Édimbourg, Jack sortit à 11 heures du soir et se présenta à la porte d'un établissement discret donnant sur le Royal Mile. Son hôte, un grand homme aux cheveux noirs et aux yeux presque aussi sombres, l'entraîna dans une petite salle, ouvrant sur le hall d'entrée. On racontait que Lucas Black était l'enfant bâtard d'un souverain étranger, mais nul ne pouvait le prouver. La seule chose que Jack avait réussi à découvrir, au fil des ans, était que cet homme pouvait se montrer impitoyable et ne reculait devant rien pour arriver à ses fins. Ils se ressemblaient donc un peu, ce qui leur avait permis de devenir amis.

— Ta proie est ici, Jack, lui annonça Lucas.

S'il avait réellement des origines étrangères, son accent n'en laissait rien paraître. À l'entendre, on l'aurait cru tout droit sorti des meilleures écoles anglaises.

— Tu me dois une faveur. M. Innes est tellement intimidé qu'il a déjà perdu plusieurs milliers de livres, ajouta Lucas avec un sourire. Il faut dire qu'il n'a sans doute jamais été invité à jouer dans un établissement tel que celui-ci, ou en si bonne compagnie...

Jack lui rendit son sourire.

— Je te remercie. D'autant plus qu'il n'a pas dû être facile de trouver autant de joueurs, alors que la ville est si vide. Ne t'en fais pas, je rembourserai les pertes de M. Innes, ce soir.

Son ami le salua de la tête.

— C'est très délicat de ta part.

— Ce n'est rien. J'ai déjà racheté une bonne part de ses dettes, de toute manière.

Lucas salua cette annonce d'un sifflement admiratif, avant de s'asseoir sur le bord de son bureau, les jambes croisées.

— Pauvre homme ! Qu'a-t-il donc fait pour te contrarier ?

Jack hésita un instant avant de lui répondre.

— C'est Lady Mairi MacLeod qu'il a contrariée. J'agis simplement en son nom.

Une pointe d'amusement traversa les yeux noirs de Lucas.

— Il s'est attiré ses foudres ? Je m'étonne qu'il soit encore de ce monde... On raconte qu'elle est très bonne tireuse.

— La meilleure ! affirma Jack. Mais, cette fois, elle a préféré me demander mon aide pour user de subtilité et éviter la violence.

— J'ai appris vos fiançailles. Toutes mes félicitations.

— Merci.

Jack constata, surpris, que ces paroles lui firent plus mal qu'il l'aurait cru. Elles lui rappelèrent que, bientôt, dès qu'il aurait supprimé la menace que représentait Innes, il lui faudrait annoncer la rupture de ces mêmes fiançailles dans les journaux. Après cela, ses derniers liens avec Mairi seraient rompus.

Lucas le dévisageait d'un air intrigué, presque moqueur.

— J'avoue que tu es bien le dernier homme que j'aurais pu imaginer amoureux, Jack, dit-il au bout d'un moment. Mais ça me redonne foi en la nature humaine.

— Je ne suis pas...

Il s'interrompit brusquement, gêné.

— Inutile de le nier devant moi. Aucun homme ne se donnerait tout ce mal pour aider une femme sans une bonne raison. Ton cousin m'a écrit, tu sais, pour m'informer de tes projets concernant Innes.

— Maudit soit Robert ! lâcha Jack sans réelle colère.

Lucas avait raison : il était amoureux de Mairi et ne pouvait le nier. Il lui avait seulement fallu du temps – trop de temps – pour comprendre ce qu'il ressentait, parce qu'il ne voulait pas que ce soit vrai.

Soudain, il se rendit compte qu'il tremblait. C'était nouveau… La seule chose dont il avait à tout prix cherché à se protéger – aimer et prendre le risque de tout perdre encore une fois – était arrivée quand même. Et il n'y pouvait rien.

Souriant toujours, Lucas l'entraîna dans un grand salon où une partie de la bonne société d'Édimbourg était occupée à jouer. Il n'y avait que des hommes, dans la pièce, et l'air était chargé de fumée de cigare. Plusieurs gentlemen saluèrent Jack sur son passage. Lucas le conduisit ensuite dans une pièce plus petite, attenante au salon. Là, on ne voyait qu'une demi-douzaine de joueurs. Les présentations furent rapides : Jack connaissait déjà une bonne partie des hommes présents. Michael Innes le salua sans paraître le reconnaître, détail qui lui fit plaisir. De toute évidence, l'avocat était resté éloigné d'Édimbourg pour affaires et n'était rentré que très récemment, ce qui l'avait empêché d'entendre les rumeurs du mariage prochain de Mairi.

On jouait à la bassette, et l'atmosphère était déjà tendue. Jack tint sa place pendant la première heure, perdant et gagnant peu. Il observait Innes, de plus en plus entraîné dans le jeu. On devinait en lui le joueur invétéré, qui frissonnait chaque fois qu'une carte était dévoilée.

Jack entreprit alors de gagner de manière un peu plus prononcée. Plus Innes perdait, plus il buvait et, manifestement, il ne tenait pas l'alcool. Bien vite, il devint rouge et se mit à bafouiller. Il eut plusieurs bonnes mains d'affilée, ce qui lui rendit toute sa confiance et son imprudence. Au bout de quelques mises, il avait de nouveau perdu tout ce qu'il venait d'engranger. Finalement, lorsque la société se sépara, Jack avait dans sa poche une épaisse liasse de reconnaissances de dette signées de cet homme.

Les joueurs quittèrent tranquillement le petit salon, mais le malheureux perdant s'attarda pour parler à Jack. Son visage était rouge et son regard un peu vitreux. Il tanguait imperceptiblement, comme s'il était sur un bateau.

— Monsieur...

— Oui, monsieur Innes ? répondit tranquillement Jack.

— Je vous prie de m'excuser, mais je vais devoir vous faire attendre un peu, avant de pouvoir rembourser mes dettes.

Jack prit un air surpris, sans rien dire. En face de lui, Innes paraissait de plus en plus mal à l'aise.

— Ma situation va bientôt s'améliorer, murmura-t-il.

— J'ai cru le comprendre, oui, rétorqua froidement Jack, mais j'espère que vous n'avez pas l'intention de me faire attendre la mort de Lord MacLeod. Je n'apprécie pas de devoir parier sur le décès d'un homme.

Innes rougit de plus belle, et ses yeux clairs devinrent plus fuyants.

— Non, vous ne comprenez pas. Ce sera plus tôt que ça... Ma cousine, Lady Mairi, est très riche et sa fortune sera bientôt mienne.

Jack leva les yeux. Lucas Black se tenait sur le seuil. Sur un signe de tête convenu, il entra dans le salon et verrouilla la porte derrière lui, avant de s'y adosser d'un air tranquille. Innes lui jeta un rapide coup d'œil avant de se retourner si vivement vers Jack qu'il perdit l'équilibre et faillit s'écrouler. Jack le repoussa nonchalamment sur la chaise qu'il venait de quitter, et l'homme se tassa sur les coussins comme s'il essayait de se faire aussi petit que possible.

— Monsieur ! protesta-t-il dans un couinement de terreur.

— Vous m'intéressez beaucoup, Innes, déclara Jack. Parlez-moi un peu de ces espoirs que vous nourrissez pour l'avenir.

Mairi n'avait pas encore terminé son petit déjeuner quand on lui apporta un message de Jack. Il lui annonçait qu'il avait parlé à Michael Innes, la veille, et qu'il lui rendrait visite plus tard dans la matinée pour lui apporter les nouvelles. La note était très formelle, mais cela n'empêcha pas Mairi de se laisser envahir par une pointe d'espoir, hélas vite remplacée par une vive frustration. Voilà qu'elle recommençait à étouffer d'instinct tout ce qu'elle ressentait ! Celui qui avait dit que l'espoir était la dernière émotion à mourir avait raison. N'apprendrait-elle donc jamais de ses erreurs ?

Perdant ce qui lui restait d'appétit, elle décida de sortir se promener. Elle avait besoin de prendre l'air et de réfléchir. De penser à ce qu'elle allait dire à Jack. Comment pourrait-elle supporter de le revoir ? Très vite, la vue des jardins la découragea : tout lui rappelait Archie, ici, et elle avait besoin de s'affranchir enfin de l'influence qu'il gardait encore sur sa vie... Il fallait qu'elle prenne un nouveau départ. Raconter son passé à Jack l'avait libérée et, même si elle n'était pas destinée à vivre avec lui, elle avait retrouvé la force d'aller de l'avant.

Passant la petite porte du jardin muré, elle s'éloigna sur le sentier de derrière, le long de la rivière. La terre était sèche, craquelée sous ses pieds. Le chaud soleil pesait sur ses épaules. Heureusement, elle avait pensé à son ombrelle. À flanc de colline, elle sentit l'air lourd et étouffant se refermer sur elle. C'était un temps inhabituel pour un été écossais, et chaque effort pour avancer la fatiguait. Néanmoins, elle était heureuse de respirer le grand air.

Arrivée à la petite cascade, à mi-chemin, elle s'assit un instant pour se reposer. Le murmure de l'eau et le bourdonnement des abeilles dans les fougères avaient quelque chose d'apaisant. D'ici, la maison ressemblait à une petite oasis bien entretenue, au milieu de la campagne sauvage environnante. Cet endroit était l'un des préférés d'Archie. Pourquoi avait-elle été entraînée sur ce chemin précis, alors que cela faisait des années qu'elle ne l'avait pas emprunté ? C'était comme si elle ne parvenait toujours pas à échapper à l'esprit de son époux. Comme s'il y avait encore quelque chose en suspens, entre eux. Quelque chose à terminer.

Finalement, elle se releva et poursuivit sa promenade. Le sentier passait derrière la cascade, sur un petit balcon de pierre rendu glissant par l'eau. Les fougères y étaient plus denses. De l'autre côté, elle déboucha sur une prairie en herbe. L'espace d'un instant, elle eut l'impression de percevoir une vague odeur de fumée sous le vent. Étrange : il faisait bien trop chaud pour allumer une cheminée… Ignorant ce détail, elle contourna le promontoire rocheux, au bout de la prairie. La fatigue commençait à se faire sentir, il allait être temps de revenir sur ses pas. Un peu plus loin, elle atteignit un entassement de pierres accidentel, trop récent pour être déjà recouvert de mousses et de lichens, comme le reste de la vallée.

Elle s'y assit quelques minutes pour reprendre son souffle, appuyant sa petite ombrelle contre la pierre chaude. Les yeux fermés, elle laissa le soleil lui baigner le visage. Elle aurait dû se sentir en paix, pourtant, une part d'elle n'était pas tranquille. Elle avait presque l'impression que quelqu'un l'observait.

Poussant un léger soupir, elle voulut récupérer son ombrelle, mais celle-ci s'était coincée entre deux pierres, et elle dut faire un effort pour la dégager. Le caillou bougea, révélant un éclat de couleur. Quelque chose de bleu vif apparut au milieu des verts et des gris ternes.

Mairi bondit. Ses cheveux se redressèrent sur sa nuque, et un frisson d'horreur la parcourut. Elle reconnaissait ce bleu ! Quand elle avait acheté cette veste pour Archie sur Prince

Street, cinq ans plus tôt, le tailleur lui avait déclaré qu'il n'existait pas deux étoffes semblables dans tout Édimbourg.

— C'est une teinture très spéciale, madame, avait-il dit avec un grand sourire satisfait. On ne peut jamais la reproduire à l'identique ; c'est ce qui rend ce vêtement unique.

Elle recula d'un pas. Le soleil brillait toujours, mais elle avait froid, à présent. En y regardant de plus près, elle vit que les pierres, qu'elle avait crues entassées au hasard, formaient en fait un cairn. Ce qui lui avait paru un simple accident de la nature était en réalité un ouvrage bâti de main d'homme. Elle remarqua alors qu'il y avait autre chose, enveloppé dans la veste bleue, quelque chose de blanc et de rugueux...

Un os humain !

La nausée monta en elle sans prévenir, et elle eut à peine le temps de se détourner avant d'être malade. Elle eut même peur de s'évanouir. Ses joues lui paraissaient tour à tour brûlantes ou froides et moites. Prise de vertige, les oreilles bourdonnantes, elle rejoignit tant bien que mal un autre rocher, loin du corps, et s'y assit. Elle tremblait de tous ses membres.

Archie. Archie était enterré là, sous ce cairn rudimentaire. Il n'avait jamais atteint les Indes ou la Chine avec son amant, comme elle l'avait pensé. Pendant tout ce temps, alors qu'elle le croyait encore en vie, il reposait ici. Sans doute même était-il mort le soir de son départ. Quelqu'un – son amant peut-être – l'avait enterré près de la cascade. S'étaient-ils donné rendez-vous ici ? Cela avait-il été un accident ? Le résultat d'une querelle ? Soudain, elle se souvint que quelqu'un continuait d'écrire à Lord MacLeod au nom d'Archie pour lui donner des nouvelles et lui demander de l'argent. Quelqu'un lui avait fait croire que son fils était encore en vie.

Elle se frotta vigoureusement les bras dans l'espoir de leur rendre un peu de chaleur avant de se remettre en route. Il fallait qu'elle redescende à Ardglen au plus vite : elle allait avoir besoin de l'aide de Frazer. Elle se leva précautionneusement.

Ses jambes étaient encore un peu faibles, mais elles ne la trahirent pas. Tremblant toujours autant, elle repartit lentement sur le sentier, résistant à l'envie de jeter un dernier coup d'œil au cairn et au lambeau de veste bleu.

Soudain, une ombre passa devant elle, depuis le sommet de la colline. Elle leva vivement les yeux : personne. En revanche, elle sentit de nouveau l'odeur de la fumée. Elle en était sûre, cette fois. La brise soufflait un peu plus fort, et des nuages moutonneux traversaient le ciel, adoucissant l'éclat du soleil. Les cheveux de sa nuque se redressèrent, et elle eut de nouveau l'impression désagréable d'être observée.

L'ombre passa une troisième fois et, en plissant les yeux, Mairi parvint à apercevoir une silhouette d'homme qui descendait vers elle. Comme elle avait le soleil dans les yeux, en dépit de sa main levée pour les protéger, elle ne vit tout d'abord qu'une ombre à la place du visage. Cependant, il y avait quelque chose de vaguement familier dans la démarche de l'homme. Soudain, un nuage dissimula le soleil et, stupéfaite, elle reconnut Jeremy Cambridge, sur le sentier devant elle. Il chassa la poussière et la terre de ses vêtements de ville impeccables, paraissant complètement déplacé dans ce cadre bucolique. Il était une créature de salons et de rues pavées, citadines. Jamais encore elle ne l'avait vu sur un chemin de campagne.

— Jeremy ! Qu'est-ce que vous faites ici ? s'écria-t-elle.

— Vos domestiques m'ont dit que vous étiez partie vous promener. Je vous ai vue sur le sentier et je vous ai suivie jusqu'ici.

Sa voix avait un accent étrange, détaché et froid. Mairi fut parcourue d'un frisson glacé – puis d'un deuxième quand elle reconnut la forme d'un pistolet dans sa main.

— Quel dommage ! reprit Jeremy.

Il jeta un coup d'œil au cairn avant de la dévisager avec une intensité qui la fit tressaillir.

— Oui, quel dommage que vous l'ayez trouvé. Maintenant, je vais devoir vous tuer...

20

Jack était presque prêt à partir pour Ardglen quand Lucas Black fut introduit dans son appartement. Si leur discussion de la veille avec Michael Innes avait été satisfaisante sur certains points, elle avait aussi été très frustrante pour Jack. De toute évidence, Innes n'était pas l'homme derrière les actions de Wilfred Cardross. Il n'était pas fait pour la violence, et les menaces qu'il avait proférées contre Mairi n'étaient que du vent – des mots vides, basés sur les scandales et sa méchanceté. Il ne savait rien des secrets d'Archie MacLeod, et ses grands airs farouches avaient fondu comme neige au soleil, quand Jack lui avait appris que Mairi était sous sa protection. Tout cela aurait dû le rassurer, mais quelque chose continuait à l'inquiéter. Comme à Methven, il avait vaguement l'impression qu'un détail important lui échappait. La seule autre personne qui aurait pu avoir un intérêt à attaquer Mairi était Archie lui-même. Pourtant, Mairi était convaincue que son ancien époux était bien trop bon et la respectait trop pour tenter de lui faire du mal.

Il essaya de passer outre sa jalousie pour la croire, mais il n'était pas convaincu… En désespoir de cause, il avait pris le risque de raconter l'affaire en détail à Lucas et de lui confier ses inquiétudes. Tous deux en avaient discuté une bonne partie de la nuit, sans pour autant atteindre de conclusion satisfaisante.

— Je suis vraiment navré de te retenir, commença Lucas en jetant un rapide coup d'œil au pantalon de cheval de Jack. Mais il faut que tu voies quelque chose.

Il lui tendit un document et expliqua :

— Après ton départ, hier, j'ai pensé à un détail. Si MacLeod avait bien l'intention de quitter le pays avec son amant, il y aurait forcément eu une trace de leur départ du port de Greenock.

— Il a falsifié sa propre mort, répondit Jack. Il a sans doute réservé son billet sous un faux nom.

Lucas acquiesça.

— Oui, mais s'il voyageait avec son amant, il y aurait forcément eu *deux* noms. Je sais que c'est maigre, mais j'ai décidé de vérifier les registres aux alentours de sa mort présumée pour voir si je trouvais un nom familier...

Il déroula son document et pointa une ligne du doigt.

— Regarde ça.

Il s'agissait de la liste des passagers d'un navire nommé *Le Jura*, parti pour Madras le lendemain de la publication dans les journaux de la mort d'Archie MacLeod.

Jack examina impatiemment la liste des passagers : MacRae, parents avec leurs deux enfants ; M. et Mme D. MacReavy ; M. S. Soakes ; puis, souligné, MM. A. et J. Oxford, frères. Juste à côté le mot *annulé* avait été ajouté.

— Oxford ! s'écria Lucas d'un air excité. Cambridge... Tu vois le rapport ?

Jack dut réfléchir une bonne minute pour comprendre. Son esprit était d'une lenteur désespérante... Soudain, il se souvint que Mairi lui avait dit que Lord MacLeod était la seule autre personne à connaître l'existence de l'amant secret d'Archie. Était-ce vrai ? Jeremy Cambridge n'était-il pas arrivé à Methven la veille de la découverte du corps sans vie de Wilfred Cardross ? Et n'avait-il pas promis à Mairi de lui rendre visite dès son retour à Édimbourg ?

Soudain, une terreur noire le paralysa.

— Oh ! mon Dieu ! soupira-t-il en fourrant le document dans les mains de son ami. Je dois partir !

Il n'y avait que sept miles entre Édimbourg et Ardglen. Pourvu qu'il ne soit pas déjà trop tard.

— Vous étiez l'amant d'Archie, c'est ça ? balbutia Mairi. Je ne l'aurais jamais deviné...

Le soleil brillait toujours. L'eau chantait toujours dans la rivière. Mais elle n'en avait plus vraiment conscience. Elle avait l'impression d'être enfermée dans un autre monde, un monde qui se réduisait à Jeremy, son pistolet et l'atroce réalité : il avait tué son époux.

Elle rappela à elle tous ses souvenirs, à la recherche du moindre indice. Avait-elle vu quoi que ce soit ayant pu lui faire penser qu'Archie et Jeremy étaient plus que de simples connaissances ? Il ne lui semblait pas. En même temps, pourquoi y aurait-elle fait attention ? Elle n'avait aucune raison de les soupçonner, puisqu'elle pensait à l'époque qu'Archie aimait une femme, pas un homme.

— Vous avez menti à Lord MacLeod en lui faisant croire qu'Archie vivait toujours, lâcha-t-elle. Pourquoi tant de cruauté ?

Jeremy ne cilla pas. Ses yeux gris étaient dénués de la moindre émotion. On n'y lisait qu'un vide plus terrifiant que la colère la plus noire.

— J'avais besoin d'argent, répondit-il. J'ai maintenu Archie en vie, pour que MacLeod paie.

Mairi jeta un bref coup d'œil au cairn et vit Jeremy sourire.

— Je l'ai maintenu en vie en apparence, bien sûr. Il est mort le soir de notre départ.

— C'était un accident ?

Le regard de Jeremy s'emplit d'un mépris écœurant.

— Bien sûr que non ! Nous nous sommes disputés. Il était censé emporter tout son argent, mais cet idiot a été pris de remords et vous a tout légué ! Il a dit qu'il vous le devait bien, comme si sa fortune avait pu réparer ses erreurs ! Il a dit que vous vous serviriez de cet argent pour faire le bien, ajouta-t-il avec une moue dégoûtée. Pauvre Archie... Il était si faible et tellement dévoré de culpabilité !

— C'était un homme meilleur que vous ne le serez jamais !

Hélas, son accusation glissa sur Jeremy sans paraître le toucher.

— Je me moque d'être bon. Ce que je veux, c'est être riche. Pendant vingt-sept ans, je suis resté le laquais de Lord MacLeod, comme mon père l'avait été avant moi. Nous méritions mieux que ça.

Une fois de plus, l'odeur de fumée flotta jusqu'à eux. Mairi tourna vivement la tête, mais un mouvement sec du pistolet lui ordonna de ne pas bouger.

— Vous ne pouvez pas me tirer dessus, protesta-t-elle. Mes gens savent que vous êtes là. Ils comprendront que ce n'était pas un accident.

— Je n'ai aucune intention de tirer, sauf si vous ne me laissez pas le choix. Non, je serai celui qui aura essayé de vous sauver, en héros, mais qui sera arrivé trop tard.

Quand il la vit froncer les sourcils sans comprendre, un grand sourire satisfait illumina son visage.

— La colline est en feu, ma chère. Les bruyères et les fougères sont tellement sèches qu'une petite flamme allumée ici et là...

Il laissa sa phrase en suspens d'un air entendu.

— Bientôt, nous serons encerclés. Jamais vous n'en sortirez vivante.

Mairi entendait les ronflements du feu, à présent. Elle eut un mouvement involontaire pour fuir, mais Jeremy releva vivement le canon de son arme.

— Ne bougez pas. Je veux vous raconter le reste.

— Pourquoi ? Pour vous vanter ?

Il haussa les épaules.

— Si vous voulez, oui. J'ai tué Wilfred Cardross après qu'il a échoué à vous enlever pour vous conduire à moi. J'aurais même tué Michael Innes, si Rutherford ne l'avait pas fait taire. D'ailleurs... J'y réfléchis toujours. Peut-être dans quelque temps...

— Un autre accident ? Ce sera beaucoup en si peu de temps. Les gens auront des soupçons.

— Tout est votre faute, répliqua-t-il d'un ton étrangement pleurnicheur. Je voulais vous épouser pour mettre la main sur cet argent, mais vous avez préféré vous fiancer à Jack Rutherford ! Lord MacLeod avait beau affirmer que ce n'était qu'un stratagème, je savais que vous étiez réellement la maîtresse de Rutherford. Je ne pouvais pas prendre de risque avec lui.

— Et vous avez préféré envoyer Wilfred me tuer ?

— Vous enlever, rectifia-t-il. Vous ne m'auriez servi à rien morte. Mais à présent...

Il soupira, comme s'il trouvait son comportement particulièrement agaçant.

— À présent, je n'ai plus le choix, parce que vous connaissez la vérité au sujet d'Archie. Et c'est vraiment exaspérant.

D'un seul coup, il retrouva le sourire et oublia sa colère avec une facilité enfantine.

— Bref, je dois y aller. Heureusement, je cours beaucoup plus vite que vous, remarqua-t-il, en jetant un coup d'œil à ses jolies bottines cirées. Ces adorables petites choses ne vous aideront pas, face à un incendie.

Il leva son arme dans un simulacre de salut moqueur et s'enfuit, grimpant la colline en quelques enjambées pour disparaître au sommet. Mairi lutta un instant contre le soulagement et la nausée qui lui montait à la gorge. Ce n'était pas le moment de faillir. Elle serra les dents et commença à grimper à sa suite.

Lorsqu'elle eut atteint le sommet de la colline, ses bottines de cuir étaient en lambeaux, exactement comme l'avait prédit

Jeremy, et le bas de sa jupe avait été lacéré par les rochers et les bruyères. Elle avait mal aux jambes. Elle manqua de s'évanouir à la vue du spectacle qu'elle découvrit. La petite vallée qu'elle venait de quitter formait une oasis temporaire au milieu d'un véritable enfer de flammes. L'incendie la cernait et dévorait par vagues les plantes desséchées en descendant vers Ardglen. La fumée transformait le bleu du ciel en un gris menaçant. On entendait le souffle et le crépitement des flammes. Une odeur âcre de brûlé, portée par la brise, lui emplissait la bouche et les poumons.

Jamais encore elle n'avait vu de lande en feu. La vitesse de progression des flammes et le bruit la terrifiaient. Jeremy était passé juste à temps : elle l'apercevait, descendant le sentier en courant, talonné par l'incendie. Il courait beaucoup plus vite qu'elle, en effet.

Une bourrasque soudaine entraîna le feu si près d'elle qu'elle en sentit la chaleur mortelle. Elle n'avait plus le choix et recula, redescendant dans la vallée le cœur battant, s'agrippant aux rochers escarpés sans souci des blessures. Quand elle vit l'incendie passer la crête et la suivre, un hurlement lui échappa.

L'eau ! Elle devait se réfugier dans l'eau !

En dépit de la chaleur estivale, le ruisseau était glacé et le choc, quand elle y plongea, lui coupa le souffle. Elle suivit le courant vers le bas de la colline, sans prêter attention aux pierres moussues sur lesquelles glissaient ses chaussures abîmées, ou aux ronces qui déchiraient ses vêtements.

Par deux fois, elle tomba, s'égratignant les paumes et les genoux. Une seule pensée l'obsédait : ne pas mourir ici, ne pas rendre ce service à Jeremy et lui permettre de garder secret le meurtre d'Archie. Quelque part, elle aurait l'impression de trahir Jack. C'était presque comme si son amant l'appelait… Hélas, alors qu'elle descendait le cours d'eau, trempée et gelée jusqu'aux os, elle sentait les flammes la rattraper, tendant leurs langues brûlantes depuis la berge pour l'atteindre. Elles étaient si proches, à présent, que le spectacle était terrifiant.

À cinquante pas du bas de la côte, elle prit conscience qu'elle ne pourrait pas s'en sortir. À cet endroit, la rivière plongeait sous terre, dans une série de cavernes de grès creusées par l'eau au fil des millénaires. Un vieux chêne mort penchait au-dessus du ruisseau ; elle le vit soudain s'enflammer et se briser en deux. Le vacarme fut indescriptible : un claquement assourdissant, comme un coup de feu. L'arbre s'écroula en travers de la rivière, dévoré par les flammes qui s'étalèrent sur l'autre rive et transformèrent la dernière échappatoire de Mairi en enfer brûlant.

Jack entendit le bruit de l'arbre qui s'effondrait au moment où il atteignait l'un des épaulements de la colline. Toute la campagne environnante se consumait. En arrivant à Ardglen, il avait trouvé Frazer en train d'évacuer la maison. Les domestiques couraient dans tous les sens, terrifiés, et les valets d'écurie étaient occupés à maîtriser les chevaux. Aucun signe de Hamish, Murdo et Ross. Frazer, pâle et le regard éperdu de terreur, lui avait annoncé que Mairi était partie se promener un peu plus tôt et n'était pas rentrée. Ses fils étaient partis à sa recherche. Il lui apprit aussi que Jeremy Cambridge s'était présenté peu de temps avant et était allé la rejoindre dans les collines.

Jack avait alors senti une panique glacée lui étreindre le cœur.

Il crut tout d'abord entendre un coup de feu, puis il vit l'arbre s'écrouler en travers de la rivière. Au-delà, un éclat blanc et incongru attira son attention dans les rayons de soleil qui faisaient encore scintiller l'eau. Une ombrelle !

Mairi.

Au moment même où il s'élançait, Murdo réapparut et l'attrapa par le bras. Son visage était poisseux de sueur, de suie et de terre. La chaleur devenait insoutenable, et le feu gagnait du terrain sur eux. Le regard de Murdo était empli d'un profond désespoir et d'une tristesse poignante.

— Vous ne pouvez pas monter, monsieur.

— Oh si, je le peux et je vais le faire. Je ne laisserai pas le feu la prendre ! Il faut la sauver !

Hélas, une part de lui craignait qu'il ne soit déjà trop tard. Il l'étouffa de peur de faiblir.

Murdo, Hamish et Ross l'entouraient à présent.

— Laissez-moi passer ! rugit-il. Ou bien je vous assomme tous les trois.

Les valets reculèrent sans un mot, avec respect, même s'ils savaient tous que cette tentative de sauvetage était suicidaire.

Jack se précipita vers les flammes et s'y jeta à l'endroit où le ruisseau plongeait sous la terre. Il bondit dans l'eau, aveuglé, rendu sourd par le mugissement du feu, sentant des milliers de langues brûlantes l'effleurer. En un clin d'œil, il se retrouva dans le lit de la rivière, au milieu de l'eau glacée. Tétanisé par le froid, il faillit perdre l'équilibre. Tendant une main à l'aveuglette, il rencontra un bras, puis attrapa le poignet de Mairi. Son corps était gelé et tremblant, mais bien en vie ; jamais Jack n'avait ressenti une telle émotion en enlaçant une femme. Il la maintint serrée contre lui et l'entraîna sous la dalle de grès qui recouvrait le cours d'eau. Le feu ronflait toujours au-dessus de leurs têtes et la rivière se parait de reflets rouges.

Mairi avait enfoui son visage dans le creux de son épaule. Il la serrait plus fort que jamais, une main dans sa nuque, l'autre dans son dos. Il se rendit soudain compte qu'il tremblait, lui aussi, et que son souffle était saccadé, incontrôlable.

— Mairi, murmura-t-il, sans reconnaître sa propre voix.

Il la sentit bouger, se pelotonner plus encore dans ses bras. Tous deux étaient frigorifiés, trempés jusqu'aux os, mais leurs deux corps se réchauffaient mutuellement, et leur sang battait encore sous la peau.

Jack déposa un baiser sur les cheveux de Mairi, emplissant ses poumons de l'odeur de fumée qui y restait accrochée. Elle était peut-être sale et recouverte de suie, mais jamais encore il n'avait vu de femme aussi belle. C'était comme si son cœur s'ouvrait à elle pour la première fois.

Il ne serait jamais certain de ce qui se passa ensuite. Il avait pensé se cacher avec elle sous un abri, aussi minuscule soit-il, le temps que les ronflements de l'incendie se calment. Mais, d'un seul coup, le sol céda sous leurs pieds et ils tombèrent en roulant et se cognant jusqu'au fond d'une grotte, en dessous.

Mairi reprit conscience et s'aperçut qu'elle était toujours dans les bras de Jack. La tête appuyée contre son torse, elle sentait son grand corps protecteur autour du sien, comme s'il avait cherché à la préserver de la chute. Ses poumons brûlaient, irrités par la poussière et la fumée. Elle était gelée, sale et plus bouleversée que jamais, mais elle était en vie. Prudemment, elle bougea un peu pour redresser la tête. La berge, au-dessus de leurs têtes, s'était écroulée, et un rai de lumière passait encore entre les décombres, à peine suffisant pour éclairer leurs visages.

— Jack ? murmura-t-elle.

Il remua, lui aussi, la serrant contre lui avec une certaine urgence.

— Mairi ? Tu vas bien ?

— Oui...

Un frisson incontrôlable la parcourut. Elle avait tellement froid !

— Et toi ?

— Je survivrai, répondit-il avec un petit sourire inattendu. Mairi, ma chérie...

Soudain, sa voix se fit si farouche qu'elle en frissonna.

— Dieu tout-puissant, j'ai cru te perdre à jamais ! Je n'aurais pas pu le supporter.

Ces quelques mots balayèrent la peur qu'elle éprouvait encore. Là, sous les mugissements du feu qui dévastait toujours la campagne et les quelques cailloux qui tombaient encore autour d'eux, elle ressentit une inexplicable et infinie sérénité. Jack était là. Il la serrait contre lui. Il fermait encore les yeux, mais elle percevait les battements solides et réguliers de son cœur. Elle sut alors que si leurs vies devaient bientôt s'achever, ce qu'elle avait à présent lui suffirait.

Soudain, elle sentit les doigts de Jack sur son visage. Il la guida jusqu'à ses lèvres et l'embrassa avec une grande douceur.

— Tu as un goût de sel et de cendres, dit-il avant de l'embrasser de nouveau. Je t'aime, Mairi.

Sa voix se brisa.

— J'ai eu si peur de ne pas avoir le temps de te le dire !

Elle avait su, dès l'instant où il l'avait prise dans ses bras, qu'il l'aimait et qu'être avec lui était la chose la plus importante au monde pour elle. À présent, un petit rire nerveux montait en elle.

— Tu ne sais vraiment pas choisir tes moments, Jack !

— Tu ne t'es pourtant jamais plainte, avant.

Puis, dans un autre baiser, il répéta :

— Je t'aime.

Cette fois, sa voix était plus assurée, plus confiante, comme s'il s'essayait à la prononciation de ces mots et commençait à s'y habituer.

— Épouse-moi. Je sais que je ne suis pas assez bien pour toi, mais...

— Tais-toi, le coupa-t-elle avec douceur, avant de goûter une nouvelle fois ses lèvres. Tu es tout ce que je veux, absolument tout.

Elle l'entendit lâcher un petit rire gêné.

— Je t'aime plus que tout. Et je t'aimerai toujours.

— Tu t'en sors étrangement bien, pour un homme qui pensait ne jamais être capable d'aimer qui que ce soit.

— Méchante...

Elle perçut son sourire en l'embrassant, se laissant envelopper par sa tendresse et sa douceur. Tout son corps se détendait, acceptant les sentiments qu'il venait enfin d'exprimer et l'amour qu'elle lui offrait également. Sans la moindre tension désormais, il l'enlaçait d'un geste protecteur et si fier qu'elle sentit un mélange d'humilité et de bonheur la réchauffer de la tête aux pieds.

Soudain, un cri résonna, au-dessus de leurs têtes, et une lumière plus forte passa entre les débris.

— Monsieur ? Madame ? Lady Mairi ?

— Ils nous ont trouvés ! s'écria-t-elle, avant de se redresser. Murdo ! Nous sommes là !

Une demi-heure plus tard, ils émergèrent enfin à la surface, en plein soleil. Ils étaient sales, ils avaient froid, et la lumière soudaine les aveuglait. Mais le vent avait fini par emporter le feu plus loin vers l'ouest, ne laissant qu'une vaste traînée de débris carbonisés et fumants sur son passage. Une colonne de fumée noire montait en tourbillonnant de la colline. Au pied des contreforts, Ardglen était toujours debout, havre paisible et immaculé au bord de la mer scintillante.

— Nous avons trouvé le corps de M. Cambridge au bord de la rivière, dit Murdo. Est-ce qu'il est parti à votre recherche, milady ? On dirait que le feu l'a rattrapé. Les flammes allaient si vite... Je suis désolé, madame.

Mairi jeta un coup d'œil à Jack. Elle songea immédiatement à Lord MacLeod, à Archie et au scandale qui les menaçait toujours – sans doute Jack pensait-il à la même chose qu'elle. Finalement, elle prit une profonde inspiration.

— J'en suis navrée aussi, dit-elle. J'ignore ce que M. Cambridge essayait de faire : je ne savais même pas qu'il était là.

Elle vit le sourire un peu crispé de Jack, mais il ne prononça pas un mot et elle l'en aima davantage. Dans peu de temps, elle lui dirait la vérité au sujet d'Archie, et ils organiseraient un enterrement décent pour que ses parents puissent enfin faire leur deuil. Pour le moment, elle avait surtout besoin d'un bain, de vêtements propres, ainsi que de baume pour ses coupures, ses bleus et ses brûlures...

Elle se tourna vers Jack et lui sourit.

— Est-ce que tu pourrais m'emmener à Glen Calder, bientôt ? demanda-t-elle. J'aimerais me marier là-bas.

Jack lui rendit son sourire, l'air profondément heureux, cette fois. L'amour qu'elle lut dans son regard fit battre son cœur plus vite.

— Avec grand plaisir, répondit-il en l'emportant dans ses bras. Je te promets qu'on ira très vite à la maison.